FRIEDRICH
KALPENSTEIN

# Männerferien



TINTE
&
FEDER

Veröffentlicht bei
Tinte & Feder, Amazon Media EU Sárl
5 Rue Plaetis, 2338 Luxembourg
September 2015


Umschlaggestaltung: bürosüd° München, www.buerosued.de
Lektorat: Media-Agentur Gaby Hoffmann, www.profi-lektorat.com
Satz: Satzbüro Peters, www.satzbuero-peters.de
Printed in Germany
by Amazon Distribution GmbH
Amazonstraße 1
04347 Leipzig, Deutschland

ISBN: 9781503950405

www.amazon.de/tinteundfeder

# Kriegerstellung

»Was sind Sie denn von Beruf?«

Diese Frage galt Hans, während ich einen kräftigen Schluck von meinem Roten nahm. Eigentlich ist mir ein Bier zum Essen lieber. Da heute aber der erste Abend hier auf dem Kreuzfahrtschiff war, wollte ich mich nicht gleich als kulinarische Wildsau outen.

Hans stellte sein Weinglas ab, schluckte kurz und antwortete seelenruhig: »Ich bin Yogalehrer!«

In diesem Moment schoss mir der Rotwein in meine Nase; ich musste mich anstrengen, den 2012er bei mir zu behalten. Meine Augen tränten, ich war außer Stande zu schlucken. Hans war stets für eine Überraschung gut. Einmal in der Disco ließ er eine junge Blondine in dem Glauben, er sei Pornodarsteller. Das schreckte die Kleine nicht ab. Ganz im Gegenteil. Wie in Gottes Namen kam er auf Yogalehrer? Welche Absicht verfolgte er damit? Das war ihm doch nicht gerade in diesem Moment eingefallen. Was hatte er vor? Die Antwort auf meine Frage folgte auf dem Fuße. Kaum hatte Hans »Yogalehrer« ausgesprochen, bekamen die Damen am Tisch einen verklärten Blick. Sie legten gleichzeitig die Köpfe zur Seite und schmachteten ihn an, als könne er Lepra heilen. Die Befürchtung lag nahe, dass die Damen nun auch von mir wissen wollten, womit ich mein Geld verdiente. Mein Hirn ratterte auf Hochtouren. Ich hätte lügen können, wir würden miteinander in Schwabing eine Yogaschule betreiben. Ich wäre derjenige, der die Klangschalen bedienen würde.

Viel interessanter war die Frage, warum zwei so gut aussehende Jungs wie wir zusammen auf Kreuzfahrt waren. Männer, die zusammen in den Urlaub fahren, trifft man eher bei einer Alpenüberquerung an, auf dem Rennrad um den Gardasee oder einfach irgendwo ab vierzehn Uhr besoffen an einer Poolbar. Mit einem Schirmchencocktail an der Reling zu stehen und die Möwen zu zählen, war nicht direkt ein Männerding. Ich wäre niemals auf die Idee gekommen, ein Kreuzfahrtschiff zu betreten. Das war ganz alleine Anjas Idee gewesen. Ich gebe zu, ich hatte mich zwischenzeitlich schon mit ihr auf die Reise gefreut.

Dass ich jetzt mit Hans eine Kabine teilte, konnte ja keiner ahnen. Hans, der Yogi. Zeitlebens in der Kriegerposition.

# Prolog

Angefangen hatte alles damit, dass Anja eines Abends mit zwei Tüten voller Reisekataloge nach Hause kam. Zu diesem Zeitpunkt wohnten wir schon fast zwei Jahre zusammen in Schwabing in unserer gemütlichen Altbauwohnung. Das Café, das Anja zusammen mit ihrer besten Freundin eröffnet hatte, lief gut und ich arbeitete noch im Finanzamt.

Als ich meine Jugendliebe Anja vor etwa drei Jahren auf dem Rückflug von Griechenland traf, hatte es sofort wieder gefunkt. Damals arbeitete sie bei einer Bank und war frisch geschieden. Aus heiterem Himmel kündigte sie kurze Zeit später ihren sicheren Job und stampfte mit ihrer Freundin das Café »Zuckerrübe« aus dem Boden. Und genau mit diesem Elan wurde das Projekt »Urlaub« angegangen.

Da bist du als Mann machtlos.

Wir saßen mit einer Flasche Wein bewaffnet auf dem Boden vor unserem roten Sofa und wälzten Kataloge. Unnötig zu erwähnen, dass meine Vorschläge im Keim erstickt wurden. Wir wurden uns nicht einig, was zur Folge hatte, dass wir am nächsten Tag im Reisebüro landeten. Beraten wurden wir von einer netten Dame im selben Alter wie Anja und ich. Nach etwa zwanzig Minuten war klar, dass meine Meinung niemanden interessierte.

Die Damen träumten sich in ungeahnte Höhen, bis unerwartet das alles entscheidende Wort fiel: KREUZFAHRT!

Mein lieber Herr Gesangsverein! Damit hatte ich nicht gerechnet. Eine Kreuzfahrt war so ziemlich das Letzte, was ich vor meinem siebzigsten Geburtstag unternehmen wollte. Die Argumente dafür waren erdrückend. Drei Länder in einer Woche, Cocktails, Dinner, Casino …

Bei einer Sache hatte ich mich wenigstens durchsetzen können. Da wollte uns die Tante vom Reisebüro tatsächlich eine Reiserücktrittsversicherung andrehen. Ich winkte ab. Anja war damit einverstanden. Schließlich war ich derjenige, der sich mit Finanzen auskannte. Und in die Versicherung wollte ich nicht investieren. Dummerweise wurde uns gerade diese Entscheidung zum Verhängnis.

Anjas Freundin Franzi wollte im Café die Vorhangstangen abstauben. An sich eine saubere Sache. Da sie sich auf einen Bürostuhl stellte, endete ihr Vorhaben mit einem gebrochenen Bein und zwei geprellten Rippen. Ich sag's ja: Siebzig Prozent der Unfälle passieren im Haushalt. Das Dilemma geschah zwei Tage vor unserer Abreise. Wäre Anja für eine Woche auf Kreuzfahrt gegangen, hätten die beiden in dieser Zeit den Laden schließen müssen. Absolut ungünstig, da kurz vorher in eine neue Küche investiert und jeder Cent gebraucht wurde.

Nun wäre eine Reiserücktrittsversicherung gut gewesen. Anjas Stimmung sank unter null und ich weigerte mich, die Reise einfach verfallen zu lassen. Schließlich war alles bezahlt. Also musste ein Ersatz her. Anja war alles recht, solange sie nur ihre Ruhe hatte. Außerdem würde sie ja sowieso die ganze Woche im Café beschäftigt sein.

# Männertour

Da kam Hans ins Spiel. Mein Fels in der Brandung. Ich war mir sicher, dass er Lust auf diese Reise hatte. Hans zeigte mir einen Vogel und versicherte mir, ihn würden keine zehn Pferde auf so einen Rentnerschlepper bringen. Nachdem ich ihm den Prospekt gezeigt und ihm glaubhaft versichert hatte, dies sei ein Partyschiff, sagte er nach zwei Minuten zu. So spontan wäre ich nie gewesen. Ich hätte so schnell auch keinen Urlaub bekommen. Natürlich war er skeptisch, da Anja sich ja diese Reise unbedingt gewünscht hatte. Und die würde sicher nicht mit mir zusammen eine Woche Party machen. Er ließ sich darauf ein, weil ich ihm versicherte, die Hälfte seiner Kosten zu übernehmen. Hans freute sich wahrscheinlich genauso wie ich auf einen richtigen Männerurlaub. Schnell holte ich ihn von der Arbeit ab, um mit ihm und seinem Reisepass ins Reisebüro zu fahren. Schließlich musste das Bordmanifest geändert werden.

Tags darauf ging es los. Hans und Herbert. Wie früher. Eine Woche Freiheit, Abenteuer, Party. Zwei Männer auf einem Kreuzfahrtschiff. Innenkabine.

***

Es war kurz nach Mitternacht. Ich hatte meine Sachen bereits gepackt, als Anja vom Café nach Hause kam. Eigentlich hatte ich mir gewünscht, den Abend vor der Abreise mit ihr zu verbringen.

Aufgrund der Umstände im Café und der Tatsache, dass ich die Reise ohne Anja antrat, fand ich es unangebracht, diese Bitte ihr gegenüber zu äußern.

»Na, alles gepackt?«, fragte mich Anja, während sie ihren Schlüsselbund auf der Kommode ablegte.

»Kennst mich ja. Ich hatte eigentlich schon vor einer Woche gepackt.« Ich drückte sie.

Müde sah sie aus, ihre Haare rochen nach Essen. Da sie kleiner war als ich, konnte ich meinen Kopf prima auf dem ihren ablegen. Sie drückte mich ein wenig von sich weg und blickte mich mit ihren rehbraunen Augen von unten an.

»Lass die Mädels in Ruhe, hörst du!«

»Keine Angst! Hans passt da schon auf«, witzelte ich.

»Gerade das macht mir ja Sorgen!«

»Ich wäre verrückt, wenn ich das mit uns aufs Spiel setzen würde. Vertrau mir!«, beruhigte ich sie, während ich ihr Gesicht von ihren brünetten Haaren befreite.

»Halte du dich lieber von Exfreunden und Bürostühlen fern! In einer Woche bin ich wieder da.«

»Ja, bitte in einem Stück! Sonst verklage ich die Reederei!«

In diesem Moment klingelte es Sturm. Um Viertel vor Eins. Das konnte nur Hans sein. Ich drückte sofort auf den Öffner, bevor er das ganze Haus aufweckte.

Pfeifend nahm er zwei Stufen auf einmal und stand kurze Zeit später vor unserer Wohnungstür im zweiten Stock.

»Guten Morgen, Mädels. Na, bereit zum Einschiffen?«

Hans. Mein bester Freund. Stand da und grinste uns an. In kurzer Hose, Turnschuhen und einem T-Shirt mit der Aufschrift »Frauenversteher«. Er liebte diese Sprüche-Shirts. Seine langen blonden Haare hatte er wie immer zu einem Pferdeschwanz zusammengebunden. Die Ärmel des Shirts hatte er nach oben gekrempelt, damit man seine Muckis sehen konnte. Wenn er dafür zu faul war, zog er einfach ein Muskelshirt an.

»Geht's noch lauter?«

»Klar. Zum Beispiel …«

Anja hielt ihm den Mund zu. »Hallo, Hans.«

»Servus Anja. Gut schaust aus!«, schleimte er und setzte zu einem Schwabinger Bussi-Ritual an.

Anja verweigerte sich ihm. »Komm, geh weg! Wer weiß, wo der Mund heute schon überall war.«

»Das kann ich dir sagen. Du kennst bestimmt die Kleine aus dem …«

»Jetzt verschone uns mit deinen Weibergeschichten und mach dich nützlich!«, ich drückte ihm meinen Trolley in die Hand.

»Ist ja schon gut. Stehe sowieso im Halteverbot. Tschau, Anja, bis in einer Woche!«

»Tschüss Hans. Und pass mir auf, dass der hier nicht fremdgeht!«

»Definiere Fremdgehen. Ab wann …«

»Jetzt schleich dich, ich komm gleich nach!«, sagte ich zu ihm und schubste ihn samt Trolley ins Treppenhaus.

Während ich mich wieder Anja zuwandte, hörte ich, dass Hans den Trolley geräuschvoll Stufe für Stufe hinter sich herzog.

»Tschau, Anja, ich melde mich. Halte die Stellung und überarbeite dich nicht, ja!« Ich nahm sie in meine Arme.

»Da mach dir mal keine Sorgen! Pass auf dich auf!« Sie streckte sich und gab mir einen Kuss. Wir drückten uns noch mal.

Ich machte mich auf den Weg nach unten. Der Abschied fiel mir ein wenig schwer. Es war das erste Mal seit unserem Zusammenzug, dass wir uns so lange nicht sehen würden. Auf der anderen Seite hatte ich richtig Bock auf 'ne echte Männertour.

***

Auf der Straße angekommen, verharrte ich vor dem Elend: Hans' Volvo. Weinrot, achtzehn Jahre alt und ohne Airbags. Hans stand total auf seinen Wagen. Er würde ihn zu einer besonderen Einheit ergänzen, meinte er.

Wir verstauten meine Sachen im Kofferraum und setzten uns rein. Es war ungewöhnlich sauber im Volvo. Normalerweise lagen hier überall Karabiner und Seile. Hans war leidenschaftlicher Kletterer und schon von Kindesbeinen an im Alpenverein.

»Wo sind eigentlich deine Sachen?«, wollte ich wissen, während Hans den Wagen startete.

»Na hier!« Hans deutete auf die Sporttasche auf dem Rücksitz. »Die Badehose habe ich schon an!«

»Ach so!«

»Wir müssen noch tanken!«, er drückte aufs Gas.

Anja winkte vom Balkon. Ich drehte mein Fenster runter und schickte ihr einen Kuss nach oben.

»Geht's vielleicht dramatischer?«, fragte Hans und schnallte sich an.

»Fahren wir eigentlich über Bozen oder über die Schweiz?«, wollte ich wissen.

»Über Bozen. Die Schweiz ist mir mit der Autobahn zu teuer.«

»Sind aber gut und gerne fünfzig Kilometer weniger!«

»Das ändert nichts an der Fahrzeit, weil wir nämlich bis zur Landesgrenze schneller sind, wenn wir über Rosenheim fahren und nicht übers Allgäu, gell?«

Gut. Hans hatte den Überblick und ich war hier im Volvo auf dem Beifahrersitz gut aufgehoben. Bis Genua waren es etwa sechshundertachtzig Kilometer. Die würde Hans alleine runterschrubben. Fahren durfte mit seinem Schätzchen nur er.

# Einschiffen

Da wir die ganze Nacht durchgefahren waren, gab es verkehrstechnisch keine Probleme. Ich schlug Hans mehrmals vor, mal abzuwechseln. Aber Hans gab sein Steuer nicht aus der Hand. Dafür gab ich einen tollen Beifahrer ab. Ich schlief kein einziges Mal ein. Hans schon. Durch mein beherztes Eingreifen ins Lenkrad konnte ich einen Crash verhindern.

In Genua kurvten wir fast eine Stunde kreuz und quer, da wir immer wieder die Zufahrt zum Hafen verpassten. Dummerweise kamen wir genau zur Rushhour an. Hans gewöhnte sich schnell an den Fahrstil der Einheimischen und eroberte erfolgreich mehrmals die Vorfahrt.

»Ja, ich werde verrückt! Schau dir mal die Preise an!« Hans legte sein Kinn aufs Lenkrad und starrte auf die Preistafel des Hafenparkplatzes. »Achtzehn Euro pro Tag! Die meinen doch Lire, oder?«

»Hans, wir teilen es uns ja. Außerdem ist der Parkplatz hier bewacht.«

»Und du denkst, das bringt's? In Genua? Am Hafen?«

Hans setzte zum Wenden an. Die Jungs an der Schranke guckten blöd. Entweder, weil wir wieder wegfuhren oder weil ich ihnen gewinkt hatte.

***

»So! Hier ist es super!«, meinte Hans, während er die Handbremse anzog und den Motor abstellte. Ich war mir nicht sicher, ob er es ernst meinte. Wir standen etwa fünfhundert Meter vom Hafen entfernt in einer Seitenstraße, deren Häuserfassaden eine prima Kulisse für einen Film über die Nachkriegszeit abgegeben hätten.

»Und hier willst du wirklich parken? Ist das dein Ernst?«

»Klar, warum nicht. Ist ja kein Ferrari.«

»Na, wenn du meinst!«

Hans nahm seine Sporttasche vom Rücksitz und öffnete den Kofferraum. Es war tatsächlich so, dass er nur diese eine Tasche dabei hatte. Ich kam mir schon blöd vor mit meinem Gepäck. Schließlich hatte ich einen großen Trolley, eine Tasche und einen Rucksack dabei.

»Dass du keinen Beauty Case dabei hast, wundert mich. Magst dir noch mal den Lidstrich nachziehen, bevor wir losmarschieren? In der Sonnenblende wär' ein Spiegel.«

»Bevor du dumm daherredest, könntest du dich nützlich machen und die Tasche von mir nehmen.«

»Lieber Bertl, das ist wie früher bei der Bundeswehr. Jeder trägt sein Marschgepäck.«

Dann eben nicht! Wir gingen zu Fuß den Weg zurück zum Hafen. Die Mittagssonne brannte uns schon beachtlich auf den Kopf. In den Seitengassen traf man, typisch für eine Hafenstadt, Menschen verschiedenster Nationen an. Aus den Gullis stieg ein Geruch empor, wie man ihn gegen Ende August von Venedig kennt. Auch in Sachen Tauben stand Genua dieser Stadt in nichts nach. Es schien fast so, als hätten wir im düstersten Viertel geparkt. Mit Anja wäre ich hier nicht ausgestiegen. Ach, was rede ich, mit Anja wäre ich jetzt auf dem Parkplatz am Hafen. Gegen die Autos hier am Straßenrand sah Hans' Volvo aus wie ein Erlkönig. Hans marschierte mit seiner geschulterten Sporttasche voraus, während mir und meinem Trolley das Kopfsteinpflaster den Weg erschwerte.

»Wie heißt der Pott gleich wieder?«

»Unser Luxusschiff heißt ›Farfalle‹!«

»Far-wie?«

»Farfalle.«

»Hört sich an wie eine Nudel. War auf der Rigatoni nichts mehr frei, oder was?«

»Sei froh, dass es kein französisches Schiff ist!«, witzelte ich. »Sonst würden wir vielleicht auf einem Schiff sitzen, das Camembert heißt!«

»Oder Brie! Das wär' was!«

Wir kamen zur Hauptstraße direkt am Hafen.

Hans blieb auf einmal stehen, während ich meinen Rucksack auf die andere Schulter hievte.

»Was ist?«, fragte ich den großen Blonden.

»Leck mich am Arsch! Jetzt schau dir mal diesen Pott an!«

Wir standen am Straßenrand mit Blick auf das gesamte Hafenbecken. Da stand sie. Die »Farfalle«. Ein riesiges Schiff mit dreizehn Stockwerken und ungefähr dreimal so lang. Ich konnte Hans die Begeisterung ansehen, die er aber zum jetzigen Zeitpunkt nicht aktiv zeigen mochte.

Hans und ich überquerten die Straße, um zum Check-in zu gelangen. Wir betraten die Halle und folgten den Schildern zu unserem Schiff. Die Warteschlange vor uns war nicht lang, so konnten wir kurze Zeit später einer freundlichen Dame unsere Reiseunterlagen über den Tresen reichen. Sie sichtete diese, fand uns schnell im System und erklärte Hans, dass sie ein Foto von ihm machen wolle. Der war gerade wieder einmal in Flirtlaune und fing das Posen an. Das gefiel dem Herrn neben der jungen Italienerin überhaupt nicht; er ermahnte Hans und sagte in einem Gemisch aus Deutsch und Italienisch irgendwas von »Clown«. Als Hans meinte, ich solle mit aufs Bild war bei dem Sicherheitsbeamten Schicht im Schacht. Glücklicherweise erkannte

Hans endlich den Ernst der Lage und wir kamen weiter zur Gepäckkontrolle.

»Mann, die machen hier vielleicht ein Geschiss! Wir schippern mit ein paar tausend Rentnern auf dem Mittelmeer herum und reisen nicht in ein Krisengebiet. Die tun hier gerade so, als würden wir auf einer Galeere einchecken«, schimpfte Hans.

Als die Dame an der Sicherheitskontrolle den gesamten Inhalt aus seiner Sporttasche schüttete, war es fast mit seiner Gelassenheit vorbei. Tja, da hatte sich der Gute selbst hineinmanövriert.

Ich kam mit meinen gefühlten zwanzig Gepäckstücken ohne Probleme durch.

Hans meinte dazu nur, dass Mädchen in den wenigsten Fällen kontrolliert werden würden. Der Depp!

Wir verließen die Abfertigungshalle und gingen zum Schiff. Als wir durch die Türe traten, stand es in voller Pracht vor uns. Unser schwimmendes Hotel für die kommende Woche. Ein Koloss in Weiß, das jedes Fischerdorf in Küstennähe verdunkeln würde. Die weiße Haut des Riesen blendete in der Sonne dermaßen, dass wir gleichzeitig unsere Sonnenbrillen auf die Nasen setzten, um unsere Augen nicht zu sehr zu strapazieren. Wir entdeckten die Gangway ins Innere des Schiffes und steuerten geradewegs darauf zu.

Nächste Überraschung für Hans: Am Ende der Treppe stand schon wieder einer seiner Freunde von der Sicherheit. Mit einem gequält wirkenden Lächeln machte dieser uns darauf aufmerksam, dass wir uns vor dem Betreten des Schiffes zuerst die Hände am Spender desinfizieren sollten.

»Das wird ja immer besser!«, maulte Hans. »Die denken wohl, dass ich vorher mit meinen Händen einmal den Boden von Genua aufgewischt hab. Das könnte ich ja verstehen.«

»Mach einfach, dass es weitergeht!«, trieb ich ihn an.

»Ich meine ja nur. Ich wollte hier Urlaub machen und nicht am offenen Herzen operieren. Wahrscheinlich bekommen wir jetzt so neckische OP-Häubchen und einen Kittel. Spinner!«

»Scusi?«, fragte der italienische Sicherheitsmann.

»Passt schon«, konterte Hans und hielt beide Hände unter den Spender. Wieder wurden unsere Sachen gescannt. Anscheinend ein normales Procedere an Bord einen Schiffes. Dagegen war ja das Einchecken am Flughafen Kindergeburtstag!

***

Endlich hatten wir es auf das Schiff geschafft. Unser Gepäck wurde uns in der Abfertigungshalle abgenommen. Das würden wir später auf unserer Kabine wiederfinden. Lediglich meinen Rucksack hatte ich dabei, den ich abgeben konnte. Da ich seit einem sehr, sehr schlechten Croissant an der Raststätte nichts gegessen hatte, meldete sich mein Magen. Von der Dame im Reisebüro wusste ich, dass es auf so einem Kreuzfahrtschiff vierundzwanzig Stunden am Tag etwas zu Essen geben würde. Unsere Kabinenkarte war zugleich unser Getränkepass. Und der galt ab sofort, was Hans unwahrscheinlich freute.

»Wie schaut's mit einem Bierchen aus, Herbert?«

»Von mir aus gerne. Ich muss heute nicht mehr fahren. Hunger hätte ich auch. Was meinst, Hans? Wollen wir ein bisserl was essen?«

Wir machten uns auf die Suche nach einem Restaurant. Dies erwies sich als schwieriger als gedacht. So ein Schiff ist nicht nur von außen groß, sondern auch von innen. Glücklicherweise hing vor den Aufzügen ein Plan. Dieser zeigte uns an, wo wir uns befanden. Dummerweise standen wir genau mittig im sechsten Stockwerk. In unseren Unterlagen, die wir beim Einchecken bekommen hatten, stand, dass es am Einschiffungstag ab Mittag das Buffet im dreizehnten Stock gab. Im großen Buffetsaal

»Orlando«, der sich auf der Heckseite befand. Ganz hinten. Klar, wo sonst.

Ich drückte beherzt den Fahrstuhlknopf.

»Ja, freilich. Soweit kommt‘s noch! Du wirst jetzt nicht mit dem Fahrstuhl fahren.«

»Ey komm! Ich hab Urlaub«, verteidigte ich mich.

»Das mag schon sein, aber mit dem Fahrstuhl wird nicht gefahren. Tut dir mal ganz gut, ein bisserl Bewegung. Was meinst, wie du nach einer Woche hier auf dem Schlepper daherkommst? Sitzen, essen, trinken und mit dem Fahrstuhl fahren. Da können‘s dich am letzten Tag vom Schiff rollen. Dann kenne ich dich nicht mehr, dass du's nur weißt.«

Hans nahm wie immer zwei Stufen gleichzeitig und rannte wie ein Blöder die Treppe nach oben. Ganze sieben Stockwerke. Ich ließ es ruhiger angehen. Hey, ich hatte Urlaub! Außerdem merkte ich schon ab dem neunten Stockwerk meinen Puls im linken Auge.

Der Weg in den Dreizehnten zog sich hin, bis wir endlich am Buffet standen. Dafür wurde ich fürstlich für meine Anstrengungen belohnt. Das Buffet ließ keine Wünsche offen. Kennen Sie das, wenn am Buffet im Hotel so Schnitzereien aus Melonen stehen? Zwar kitschig, aber ich steh total drauf. Bei uns in der Kantine im Finanzamt gibt es so etwas nicht.

Nachdem wir unsere Teller beladen hatten, suchten wir uns einen Platz am Fenster und bestellten zwei Bier. Schade, dass Anja nicht hier sein konnte! Wehmut überkam mich. Sie hätte es genossen, mit mir hier zu sitzen. Am Fenster mit Blick auf Genua. Städte sehen, vom Wasser aus betrachtet, völlig anders aus. Die Hafengegend von Genua war keine Ausnahme. Dicht an dicht standen die Häuser, steil den Hang hinauf von einer Anmut, die einem das Herz schneller schlagen lässt.

In diese Idylle knallte Hans mit seiner charmanten Art und streckte mir sein Glas vors Gesicht. »Prost! Sag mal, ist dir auch schon aufgefallen, dass hier überhaupt nicht so viele alte Leute sind?«

»Sag ich doch! Prost!«

Wir zogen beide an unserem Bier und siehe da … leer.

»Bedienung!«

»Nicht so laut. Wir sind hier nicht im Hofbräuhaus!«, bändigte ich Hans.

»Das weiß ich selber, sonst hätte ich ja auch ›Fräulein‹ gerufen!«

Der philippinische Ober trat an unseren Tisch heran.

Hans streckte ihm seine Karte entgegen. »So, jetzt bringen Sie uns bitte noch mal zwei Bier, diesmal für Erwachsene, gell?«

»Excuse me?«, fragte der Ober zurück und starrte uns abwechselnd an.

»Two big beer, please!«, gab ich ihm zu verstehen und siehe da, er verstand.

Der Philippine machte sich auf den Weg.

Hans schaute ihm nach. »Der hat wirklich nicht verstanden, was ich wollte. Na das wird ja heiter!«

»Hast ja mich und meine Englischkenntnisse dabei«, beruhigte ich Hans und spießte zwei Nudeln auf meine Gabel.

Der schaute weiterhin dem Ober nach.

»Das heißt, dass ich übermorgen im Hafen von Ibiza auf einem italienischen Schiff mit einem philippinischen Ober Englisch spreche.«

»Ganz genau!«, bestätigte ich seine Überlegung und schob mir die Nudeln in den Mund.

# Innenkabine ohne Fenster

Nach drei Bier und mehreren Tellern »Irgendwas« beschlossen wir, auf diesem Luxusschiff endlich unsere Luxuskabine aufzusuchen. Es ging glücklicherweise abwärts in den elften Stock. Unfassbar, wie lang die Gänge hier waren! Vor vielen Kabinentüren standen schon die Koffer der neuen Passagiere.

»Was meinst, Herbert. Ob die dreimal gegangen sind wegen deines Gepäcks?«

»Sei du nur froh, wenn es deine Tasche überhaupt an Bord schafft. Schau, da vorne steht schon mein Gepäck!«

Wir waren angekommen. Kabine 1.108. Oberhalb des Türknaufs war der Kartenschlitz angebracht. In Augenhöhe befand sich ein Spion. Ich steckte meine Karte in den Schlitz. Nichts passierte. Ich wendete die Karte und versuchte es erneut. Wieder leuchtete lediglich das rote Lämpchen.

»Schau, Herbert! Da ist ein Pfeil auf der Karte. Meinst, das hat was zu bedeuten? Komm, lass mich mal!«

»Ich brauche dich doch nicht, um eine Tür zu öffnen. Den Pfeil hab ich längst gesehen.« Grünes Licht, die Türe öffnete sich.

»Komm, ich trag dich über die Schwelle!«, witzelte Hans und hob mich hoch, der Depp.

In diesem Moment kamen von beiden Seiten weitere Passagiere den Flur entlang. Das lenkte Hans ab, er verlor das Gleichgewicht und machte mit mir auf den Armen einen Schritt nach vorne. Da dort mein Trolley stand, flogen wir beide in hohem Bogen über das Teil geradewegs in unsere Kabine hinein.

»Schöne Flitterwochen!«, wünschte ein Herr, der mit seiner Frau vorbeikam.

Wir versuchten, so schnell wie möglich wieder auf die Beine zu kommen. In dem engen Eingangsbereich unserer Kabine eine echte Herausforderung.

»Scheiße!«, fluchte Hans und wand sich auf dem Rücken wie ein verunglückter Marienkäfer.

Ich stand mittlerweile. »Mach bitte mal die Vorhänge auf! Ist ja stockfinster hier«, wies er mich an.

»Hier gibt's keine Vorhänge!«

»Dann halt das Rollo!« Hans hatte wieder seine aufrechte Position eingenommen.

»Auch das gibt's hier nicht. Das ist eine Innenkabine.«

Hans tastete neben der Tür nach einem Schalter und machte Licht. Er ging inmitten unserer Kabine und drehte sich suchend im Kreis.

»Du verarscht mich!« Er legte seine Hände in die Hüften und blieb vor mir stehen.

»Ey, weißt du, was eine Außenkabine kostet? Da bist du pro Person mal schnell zweihundertfünfzig Euro mehr los. Ganz zu schweigen von einer Balkonkabine«, verteidigte ich mich.

»Das ist jetzt nicht dein Ernst, oder? Und schau mal, wie eng es hier ist! Da hat ja ′ne Henne in der Legebatterie mehr Auslauf. Wo ist hier bitte schön Amnesty International, hä?« Er setzte sich aufs Bett.

»Jetzt komm, wir sind kaum in der Kabine. Nur zum Schlafen oder Duschen.«

»Also für das Geld wäre ich lieber in Rimini in einem geilen Hotel mit Balkon und einer ganzen Fensterfront. Stattdessen hocken wir hier in dieser Schuhschachtel in unserem eigenen Mief.« Hans stand wieder und entdeckte ein Klappbett an der

Wand. »Schau, anscheinend ist die Kabine sogar für drei Leute gedacht. Sind die wahnsinnig? Da hat ja jeder Wirtschaftskriminelle im Knast mehr Platz. Und obendrein ein Fenster. Mit Gittern davor, damit keiner reinkommt.«

Zwischenzeitlich stand ein Herr vom Personal in der Tür und klopfte.

Wir drehten uns beide um.

Er wirkte mit seiner Dienerjacke wie ein Liftboy ohne Kappe. Er schleppte mein Gepäck in die Kabine.

»Hello. My name is Badrig! I am from the Housekeeping. Is everything okay with your cabin?« Er stellte meine Tasche auf die Seite zum Trolley und neigte daraufhin seinen Kopf neckisch zur Seite.

»Where is the window?«, wollte Hans wissen.

Fragend blickte der junge Mann zwischen uns hin und her.

»This is a cabin without a window!«, erwiderte er leise.

Ich schaltete mich ein, bevor der Herr vom Zimmerservice dachte, wir wären aus einer Irrenanstalt entflohen. »Yes, we know. He makes a Joke.«

»Ah!«, er quälte sich ein gezwungenes Lächeln auf die Lippen. Wahrscheinlich waren wir die ersten Bayern in seinem Leben. »The bed is okay?«

»No!«, setzte Hans nun an. »Do it auseinander.« Hans untermauerte seinen Wunsch mit wilden Gesten.

Der Mann verstand und machte sich sofort daran, die Betten auseinanderzuziehen. Schnell platzierte er die Nachttische dazwischen, schon war er durch unser beherztes Eingreifen fertig.

»Where are you from?«, wollte ich das Eis brechen.

Er war sehr verspannt. »From the Philippines. And you?«

»We are from Germany. From Bavaria. Munich!«

»Ah!«, strahlte er. »Weißwurstl!«

Jetzt strahlte Hans und versuchte sofort, den armen Badrig abzurichten.

»Sag einmal: Magst a Maß!« Jetzt ging das wieder los!

Der Philippine gab alles und hatte augenscheinlich seine helle Freude. Er erklärte, er sei jederzeit über das Kabinentelefon erreichbar und wollte gehen. In der Türe drehte er sich kurz um und wandte sich an Hans.

»Host mi!«

»Hob di, Badrig!«, nickte Hans. »Der gefällt mir. Den nehme ich mit heim!«

»Kannst ihn ja deinen Volvo fahren lassen. Vielleicht saugt er ihn dir ja hin und wieder aus!«

»Nix da! Auf dem Fahrersitz sitz nur ich.«

Wir packten aus.

# ALARM

Endlich rührte sich mal was in der Bude. Über die Lautsprecher dröhnten unüberhörbar sieben kurze Signaltöne, gefolgt von einem langen. Aus der Bordzeitung aus unserer Kabine wussten wir, dass dies das Signal zur allgemeinen Sicherheitsübung war. Dies war Pflicht für alle Passagiere, die neu auf das Schiff gekommen waren. Wer Angst hatte, dass der Kutter untergehen könnte, wurde mit dieser Aktion intensiv auf den bevorstehenden Urlaub eingestimmt.

»Komm, geh du und erzähl mir, was ihr gemacht habt!«, meinte Hans und machte es sich auf seinem Bett gemütlich.

»Das kannst dir abschminken, weil das nämlich Pflicht ist. Für alle und noch hier im Hafen. Sonst läuft das Schiff ohne dich aus.«

»Wenn der Herr meint!« Er holte seine Schwimmweste aus dem Schrank und begann, sie gleich hier in unserer Kabine anzuziehen.

»Hans lass das Ding aus! Kannst du nicht lesen, sag mal! Hier steht, die Schwimmwesten nicht im Inneren des Schiffes anziehen. Das ist wie im Flugzeug.«

»Siehst du, Herbert, darum bist du mein Freund. Du passt für mich mit auf; ich muss mich um solche Sachen nicht kümmern. Und jetzt komm, sonst kriegen wir keinen Platz mehr im Rettungsboot.«

Wir öffneten unsere Kabinentür und wollten auf den Flur. Einige der Menschen rannten wie verrückt mit ihren Schwimmwesten vorbei. Anscheinend hatten die, wie auch Hans, nicht gelesen, dass dies eine Übung war. Sie gingen wahrscheinlich davon aus, die »Farfalle« würde gleich hier in Genua im Hafenbecken untergehen. Da wir noch nicht ausgelaufen waren, wäre ja in diesem Fall die Schwimmweste direkt ein Schmarrn.

Wir reihten uns in die Menge ein und passten uns dem Tempo der anderen an. Hans ging schnellen Schrittes hinter mir. Wir kamen zur Treppe und mussten vom Elften in die Ebene sechs. Witzigerweise kamen uns ab dem neunten Stock wieder ein paar Urlauber entgegen. Ich dachte nicht weiter darüber nach. Vielleicht hatten sie ja in der Kabine ihre Kinder vergessen. Vor mir lief eine Dame mit ihrem Mann auf der Treppe und hielt den ganzen Verkehr auf. Die war nämlich damit beschäftigt, während des Gehens ihre Weste anzuziehen. Den Gurt, der die Weste am Körper fixieren sollte, zog sie über den Teppich hinter sich her. Just in diesem Moment überkam es mich: Ich musste die Dame auf ihre fehlerhafte Verhaltensweise aufmerksam machen. Wie konnte das besser gehen, als ihr einfach auf den Gurt zu treten. Dies hatte zur Folge, dass ihr Oberkörper für sie unerwartet gebremst wurde, während ihre Beine fröhlich weitergingen. Mein Manöver endete damit, dass die Dame mit einem Ruck stand. *So müssen sich Hunde fühlen, die loslaufen, obwohl sie angeleint sind.*

»Passen Sie doch auf!« Ihr Mann war sofort zur Stelle.

»Entschuldigung, mein Fehler. Obwohl man ja die Weste erst auf Deck anziehen sollte. Sie sehen ja, was passieren kann!«

Im selben Moment drückte sich Hans wie von der Tarantel gestochen an mir vorbei.

Anscheinend hatte ihn sein übertriebener Sportsgeist gepackt. Ich versuchte, Hans einzuholen. Zwecklos. Der bohrte sich durch die Leute wie eine außer Kontrolle geratene Schneefräse. Damit machte er sich keine Freunde.

Endlich auf Deck sechs angekommen, ging ich nach draußen zu dem Sammelpunkt, der auf meiner Kabinenkarte stand. Deck sechs, B.

»Erster!«, schallte es mir entgegen. Hans hüpfte auf der Stelle. »Na, hast du wieder deine Mitmenschen erzogen? Irgendwann kriegst du mal eins auf die Murmel, wirst schon sehen!«

»Na, wenn die ihre Weste schon anzieht!«

Wie es aussah, waren wir die ersten an unserem Sammelpunkt. Die Sonne brannte uns gnadenlos auf unsere nicht eingecremten Birnen. Komischerweise war an Deck jegliche Panik verflogen. Genüsslich spazierten einige Urlauber pfeifend an uns vorbei. Mit einer Seelenruhe suchten sie ihren Sammelpunkt.

»Dumm du dumm, wo ist die A? Tamm tamm tamm, wo ist die D?« Dabei zogen sie ihre Schwimmwesten hinter sich her, wie Kinder im Winter ihre Schlitten.

Na wenn das im Ernstfall auch so abläuft, hab ich ein Rettungsboot ganz für mich allein. Denn diese Schlaftabletten werden es sicher nicht rechtzeitig schaffen.

***

Nach einer gefühlten Ewigkeit in der prallen Sonne hatten es auch die letzten Herrschaften geschafft, zu uns zu stoßen. In einer Reihe standen wir mit unseren Westen da, wie bestellt und nicht abgeholt. Ich fühlte mich in die Kindergartenzeit zurückversetzt. Die Ringelblumengruppe macht sich bereit zum Ausflug in den Wildpark.

Natürlich dauerte es nicht lange, bis der erste Witzbold das neckische Pfeifchen an der Weste entdeckte. In unserer Gruppe war dieser Witzbold selbstverständlich Hans.

»Schau mal, Herbert! Wie bei der Titanic. Komm, ich mach dir den DiCaprio.«

Er pfiff drauflos; die Gruppen A und C neben uns taten es ihm gleich.

Lieber würde ich in den tosenden Wellen untergehen, als diese Pfeife in den Mund zu nehmen. Gut, diese Ansicht würde ich wahrscheinlich im Ernstfall überdenken. Hier, im Hafen von Genua, hole ich mir doch kein Bläschen auf die Lippe. Wer weiß, ob nicht die Person vor mir eine gepflegte Mundfäule hatte? Bei mir reicht es ja schon, wenn ich auf dem Oktoberfest nur einen Maßkrug anschaue. Schon blüht die Rose.

Man glaubte es nicht. Zu guter Letzt kam ein Fotograf vorbei. Ich fragte mich, ob der im Ernstfall auch auftauchen würde.

Jeder von uns wurde einzeln abgelichtet. Hans mit der Pfeife im Mund. Ich, wie ich Hans anschaute. Vielleicht würde er ja für die Hinterbliebenen Fotos machen, die man sich als Angehöriger im Internet downloaden könnte.

Wie verhält man sich auf solchen Fotos? Lächelt man, blickt man verzweifelt oder zeigt man den Stinkefinger? Wahrscheinlich kommt es darauf an, welchen Kontakt man zu seiner Verwandtschaft pflegt.

Vielleicht würde es auch die Möglichkeit für ein Video geben. Darauf könnte man final die wichtigsten Dinge loswerden. Zum Beispiel den Erben sagen, dass man vor der Abreise die Kombination vom Wandtresor geändert hatte. Oder, dass man alles laut Testament dem Kleingärtnerverein vermacht hat.

# Sushi und Cocktails

Nachdem ich unsere Schwimmwesten wieder in unserer Kabine verstaut hatte, machten wir eine Schiffserkundungstour.

Ich brachte die Westen alleine zurück. Hans meinte, es würde ihn depressiv machen, wenn er jetzt in die Dunkelheit unserer Kabine müsste. Der Spinner! Ab dem Moment war mir klar, dass mich dieses Thema bis zur Ausschiffung am letzten Tag begleiten würde. Wir schlenderten über die verschiedenen Decks und waren schwer beeindruckt, was man auf solch einem Schiff alles fand. Sogar ein Sushi-Restaurant existierte hier. Das war allerdings kostenpflichtig.

»Schau mal Herbert, wer isst bitteschön Sushi auf solch einem Schiff! Das ist voll krank, oder?«

»Mei, man muss den Leuten schon was bieten.«

»Und das ist Sushi? Das esse ich ja nicht mal daheim. Und Schwabing ist voll davon. Wer will denn rohen Fisch? Ich komme jeden Tag an so einem Running-Sushi vorbei. Weißt schon, wo das Essen ständig an dir vorbeifährt. Da denke ich mir oft, ob das Sushi da drinnen überhaupt Sushi-Qualität hat. Wenn überhaupt, würde ich solch ein Sushi nur durchgebraten essen.«

»Dann ist es ja kein Sushi mehr.«

»Was dann?«

»Gebratener Fisch mit Reis!«

»Hm!«

Auf dem Pool Deck waren 1A-Plätze für uns an der Bar frei. Langsam wurde es Zeit, den Alkoholspiegel wieder auf Urlaubsniveau zu bringen.

»Komm Hans, ich bestelle uns zwei Hübschen jetzt mal zwei Cocktails!«

Hans nickte zustimmend und legte die Getränkekarte wieder zurück.

Der Kellner hatte uns erspäht und eilte auf uns zu.

»Bon Giorno. Zwei Pina Colada, please!«

Der Mann der Getränke blickte etwas überfordert. Klar, jetzt merkte ich es auch. Ich sollte mich für eine Sprache entscheiden. Er zog unsere Karten durch die Kasse, ich musste einen Bon unterschreiben und schon bekamen wir unsere Cocktails inklusive Schirmchen.

»Mille Grazie, Merci!«, bedankte ich mich, wofür ich von ihm ein gepflegtes »Your welcome« erntete. Der war auf Zack!

Hans bekam von dem multikulturellen Spektakel zwischen mir und dem Personal nichts mit. Der war viel zu sehr damit beschäftigt, die Damen an Bord zu begutachten. Nach einem beherzten »PROST!« saugten wir an unseren Strohhalmen.

»Du, Herbert?«

»Was?«

»Also ich muss ja schon sagen … Ich habe mich da total getäuscht. Leck mich am Arsch, sind hier Hasen am Start! Nix von wegen Rentnergaleere.«

»Habe ich dir doch gesagt, dass das ein Partyschiff ist!«

»Und das hat die Anja gebucht? Sauber! Hätte ich ihr gar nicht zugetraut.«

»Tja, unterschätze du meine Anja nicht!«

»War sie eigentlich stinkig auf die Franzi?«

»Nein, ich glaube nicht. War ja keine Absicht von ihr. Ist einfach nur dumm gelaufen. Was fragst jetzt eigentlich so? Bist vielleicht wieder scharf auf die Franzi? Immerhin warst du mit ihr fast zwei Monate zusammen. Das ist ja für dich wie eine Ehe!«

»Ach, nein. Die Franzi war schon in Ordnung. Mei, mir wird's halt schnell langweilig. Irgendwann ziehst zusammen, bekommst Deckchen auf deine Stereo-Boxen und sie kuschelt sich abends schön an dich, in ihrem Bärchenpyjama. Brauchst ja bloß bei dir zu schauen!« Er zog wieder am Strohhalm und checkte weiter die Lage am Pool.

»Was heißt da, schau dich an!«

»Na, so ist es auch bei dir und der Anja, oder?«

»Überhaupt nicht. Die Anja hat keinen Bärchen-Pyjama. Da sind Enten drauf!«

Wir bestellten eine zweite Runde. Ich orderte einen Cocktail. Hans entschied sich dafür, von nun an ausschließlich Bier zu trinken. Während Hans schon die ersten Augenkontakte herstellte, rief ich Anja an. Ich hatte ihr versprochen, mich zu melden, wenn wir angekommen waren. Ich wählte die Handynummer, während ich auf dem Stück Ananas meines Cocktails kaute.

»Schönborn?«

»Hallo, meine Schöne. Hier ist dein Göttergatte!«

Hans verdrehte die Augen.

»Hallo, Herbert. Schön, dass du dich meldest! Seid ihr gut angekommen? Hier im Café ist die Hölle los. Es kommt gleich die Aushilfe.«

»Du Arme!«, tröstete ich sie. »Vielleicht hätte ich bei dir bleiben sollen!« Was zum Teufel redete ich da. *Herbert, du Heuchler!*

»Ach Quatsch! Das schaffe ich schon. Und? Wie ist es?«

»Mei, wie es auf so einem Schiff halt so ist. Viele ältere Leute!«

In dem Moment stolzierten zwei absolute Granaten an uns vorbei.

Hans und ich verrenkten uns förmlich und gafften ihnen hinterher, bis selbst der Schatten der beiden auf dem Boden nicht mehr zu sehen war.

»Das glaube ich dir nicht. Die Dame im Reisebüro hat gesagt, dass auf diesen Schiffen stets gemischtes Publikum sei!«

»Also hier ist es auf jeden Fall sehr ruhig, wir haben die Sicherheitsübung hinter uns. Hans durfte auf dem Pfeiferl blasen!«

Hans warf mir einen Bierdeckel an den Kopf und widmete sich wieder der weiblichen Auslage an Deck.

»Ich sehe schon, ihr habt Spaß.«

»Ach Anja, wir machen einfach das Beste draus.«

»Na super!«

»Was ist denn?«

»Jetzt kommt auch noch so ein Junggesellenabschied rein!«

Im Hintergrund hörte ich Gegröle und Trillerpfeifen.

»Lass dich bloß nicht anmachen, hörst du?«

»Ja, ja«, sagte Anja. »Ich passe schon auf mich auf. Ich muss jetzt weitermachen. Wie gesagt, hier ist die Hölle los.«

»Okay. Ich melde mich wieder. Bussi, hab dich lieb!«

»Ich dich auch. Viel Spaß!«

Hans schaute mich mit seinem Bier in der Hand an.

»Herbert?«

»Ja?«

»Ich hab dich auch lieb!«

»Da spricht der wahre Neid aus dir, mein Freund!«

»Was hat sie denn, deine Anja?«

»Stress!«

»Und du sitzt hier, säufst einen Cocktail nach dem anderen und gaffst den Mädels hinterher.«

»Also ich sehe hier ausschließlich alte Menschen. Und du, Hans?«

»Ja, ich auch!« Er lehnte sich zurück und ließ seine Sonnenbrille auf die Nase fallen. »Steinalt sind die hier. Besonders die zwei Blonden da hinten bei den Liegen.«

Ich streckte mich ein wenig.

»Hans, meinst du die zwei, die sich schon seit fünf Minuten gegenseitig eincremen?«

»Genau die!«

»Ja, die sind bestimmt schon stattliche Achtundzwanzig oder älter!«

»Ekelhaft. Prost!«

# Time to say goodbye

Zum Abendessen gab es an Bord zwei Essenszeiten. Eine um 18:30 Uhr und die zweite um 20:30 Uhr. Da wir bei der ersten Schicht im Speisesaal unseren Tisch hatten, wurde es Zeit, dass wir uns ein wenig der Körperpflege widmeten. Schließlich waren wir die ganze Nacht durchgefahren und hatten bisher nicht geduscht. Die Sicherheitsübung in der prallen Sonne hatte mir den Rest gegeben.

Ich drängelte mich als Erster ins Bad, weil ich nichts mehr liebe als eine jungfräuliche Dusche. Nichts gegen Hans! Wer weiß, was der unter der Dusche trieb! Außerdem stand der in Sachen Haare meiner Anja in nichts nach. Im Gegenteil. Und Haare in einer nassen Duschwanne an meinen Füßen … Sie wissen, was ich meine.

Ich seifte mir gerade meine Brust ein, als ich aus unserer Kabine Hans' Stimme vernahm.

Ich drehte das Wasser ab.

»Hans, redest du mit mir?«

Er antwortete nicht. Stattdessen schien er mit einer anderen Person zu sprechen. Am Telefon war er nicht, dafür war die andere Stimme zu laut.

Hans öffnete die Badezimmertüre einen Spalt.

»Herbert, es ist noch hell draußen. Ich habe gerade jemanden auf dem Flur gefragt.«

»Wen hast du gefragt?«

»Na, die von gegenüber. Die haben eine Außenkabine. Mit Fenster.«

»Und was hast du die gefragt?«

»Na, ob es noch hell draußen ist. Wir haben ja kein Fenster!« Er lachte dreckig und zappte zwischen den Sendern im Fernseher hin und her.

»Du bist echt ein Blödmann! Was die jetzt von uns denken.« Ich stellte die Dusche wieder an.

»Die Frau hat gemeint, dass ich jederzeit fragen kann und sie klopft, wenn was ist. Sie hat mich total mitleidig angeschaut.«

Mensch, der Hans! Der war ja wieder voll in seinem Element. Ich ließ ihm einfach seinen Spaß. Hauptsache, er war dabei und wir konnten wieder mal einen drauf machen. Wie in alten Zeiten. Ich verließ die Dusche und trocknete mich ab.

Als ich die Badezimmertür öffnete, kniete Hans mit einem Ohr am Teppich auf dem Boden.

»Was ist denn jetzt wieder?«

»Psst!«

»Wie *psst*?«

Er stand auf und schnappte sich sein Duschgel. »Ist alles im grünen Bereich. Die Maschinen sind noch nicht an. Also, wir laufen momentan nicht aus.«

Ich zog mir mein Handtuch von den Hüften und peitschte Hans damit ins Bad. Er grinste und schloss die Tür.

***

Ich musste an meine Anja denken. Natürlich war es schön, hier mit Hans zu sein. Hätte ich bei ihr bleiben sollen? Ihr im Café helfen, sie unterstützen? Andererseits hätte es ja auch anders kommen können. Was, wenn ich wegen meiner Arbeit verhindert gewesen wäre? Wäre Anja auch zu Hause geblieben oder wäre sie mit einer Freundin aufs Schiff gegangen? Wie dem auch sei, mit ihr hätte ich auch gerne diese Reise gemacht. Sie hatte sich so sehr auf die Kreuzfahrt gefreut. Seit ich mit ihr zusammenwohnte, bewunderte ich sie für die Treue, die sie mir bisher entgegengebracht hatte. Eifersucht? Anscheinend ein Fremdwort für sie. Entweder konnte sie diese gut verbergen oder sie war sich bisher ihrer Sache sicher. Einmal hatte ich ihr erzählt, dass mich im Finanzamt zwei Praktikantinnen angemacht hätten und dass sie abends mit mir um die Häuser ziehen wollten. Stimmte gar nicht. Total armselig. Was hatte meine Anja darauf gesagt? *Warum bist du nicht mitgegangen? Wäre bestimmt lustig gewesen?*

Entweder durchschaute sie mich und ließ es darauf ankommen oder sie hatte einen Plan. Vielleicht hatte sie ja hin und wieder Lust, mit anderen Männern auszugehen? Dann hätte sie bei der Großzügigkeit mir gegenüber natürlich einen Freibrief gehabt. Frei nach dem Motto: *Du triffst dich ja auch hin und wieder mit anderen Frauen. Was ist schon dabei?* Nicht mit mir! Nicht mit Herbert Neumann. Ich säße wahrscheinlich alleine mit meinen imaginären Damen in irgendeiner Sportkneipe und würde mir ein zweitklassiges Bundesligaspiel ansehen. Vermutlich eine Aufzeichnung. Was hätte ich ihr am Ende bewiesen? Nur, dass ich ein armes Würstchen bin. Was für ein Trauerspiel! Weil wir ja beide eine so tolle Vertrauensbeziehung hatten, würde sie eine Woche später von so einem Schwabinger Klimpergesicht mit 'nem Benz abgeholt werden.

Bitte verstehen Sie mich nicht falsch! Ich vertraue meiner Anja. Diesen Typen, die tagtäglich in ihrem Café an ihr und der Franzi herumschrauben, denen traue ich nicht. Ich stelle mir folgendes Szenario vor: Ich sitze in meiner Schlabberhose auf der Couch und zappe von einem Schwachsinn zum anderen. Anja ist im Bad und hübscht sich auf, weil heute Mädelsabend ist und sie mit Franzi auf eine Ü30-Party geht. Mit dabei sind zwei alte Freunde von der Franzi. Es klingelt. Ich mache natürlich auf, weil die Anja sich gerade die Wimpern tuscht. Vor der Tür steht ein Typ mit zurückgeschleckten Haaren und dem Hemdkragen über dem Kragen vom Sakko. Zwei Knöpfe offen. Die hab ich ja ganz gerne! Der fragt mich, ob ich ein Mitbewohner sei. Anja drückt mir im Vorbeihuschen einen Schmatz auf die Wange. Sie verlässt die Wohnung mit folgendem Satz: „Warte nicht auf mich, der Auflauf ist in der Tupper im Kühlschrank." Er blinzelt mir zu. Anja hängt sich bei ihm ein, weil die Stufen mit ihren Hochhackigen eine echte Herausforderung sind. Nein, nicht mit mir! Anja ist meine Freundin. Wir wohnen zusammen und sie hat auf meine Lautsprecherboxen kleine Deckchen mit Teelichtern gelegt. Das sagt wohl alles. Ein Bund fürs Leben. Das lasse ich mir nicht von so einem Hanswurst versauen.

***

Pünktlich um 18:00 Uhr fanden wir uns an der Reling wieder. Das Auslaufen des Schiffes aus dem Hafen von Genua wollten wir uns nicht entgehen lassen. Die Außendecks waren schon stark besiedelt. Hans ergatterte für uns einen Platz auf der Landseite; wir kamen gerade rechtzeitig, als die Taue eingezogen wurden. Das Schiff setzte sich in Bewegung und drückte sich, mit enormer Kraft von seitlichen Turbinen angetrieben, vom Hafenbecken ab. Die Hafenarbeiter und etliche andere Menschen winkten vom Land aus. Im Fernseher wirkt das bei Sendungen wie »Traumschiff« auf mich eher peinlich und ich neige dazu, mich darüber lustig zu machen. Immerhin schipperten wir eine Woche von Hafen zu Hafen und machten keine Weltreise.

Hier an der Reling war alles anders. Die Möwen schreckten auf und umkreisten das Schiff. Wir nahmen mehr Fahrt auf, die Sonne kratzte an die ersten Dächer. Es roch nach Süden mit allen Vor- und Nachteilen für meine Nase; ringsherum wurde ich von der Euphorie der Mitreisenden angesteckt.

Auch Hans war auf einmal still geworden und winkte den Daheimgebliebenen zurück.

Aus den Lautsprechern donnerte uns Bocellis »*Time to say goodbye*« entgegen; mir lief es eiskalt den Rücken hinunter. Meine trockene Kehle zwang mich, mehrmals hintereinander zu schlucken. Wir wurden schneller; die Möwen versuchten mit uns Schritt zu halten. Ja, das ging auch mit Flügeln. Neben uns steuerte das Lotsenboot gefährlich nah an uns heran und drohte, uns zu rammen. Wir verließen das Hafenbecken und der Kapitän betätigte das Nebelhorn. Einmal, zweimal, dreimal. Der Ton durchdrang meinen Körper; ich musste mich zusammenreißen, damit ich mir nicht eine Abschiedsträne für Genua aus meinem Tränenkanal quetschte.

Hans guckte mich an und ich konnte in seinen Augen erkennen, dass auch ein gestandenes Mannsbild wie er von diesem Ereignis überrascht wurde. Wir kommentierten uns gegenseitig den Moment wortlos mit unseren Augen und beobachteten, wie der Lotse bei voller Fahrt von unserem Schiff auf das Lotsenboot sprang. Für ihn tagtägliche Routine, für uns spektakulär. Um der Peinlichkeit über unsere Gefühlswelt nicht mehr Futter zu geben, machten wir uns auf den Weg zum Speisesaal.

»War schön, gell?«

»Ja, Hans, war schön.«

# Adieu Buffet

Wir erreichten unseren Speisesaal. Am Eingang stand ein Spender mit Desinfektionsmitteln, wie auch schon bei der Einschiffung.

»Jetzt reicht's aber bald! Was glauben die, was ich den ganzen Tag mach? Ich war gerade erst in der Dusche.«

»Du hättest ja auch in der Zwischenzeit auf dem Klo gewesen sein können. Außerdem hast du auch die Türklinke angefasst, als wir von draußen reingekommen sind.«

»Ja, was kann ich dafür, wenn sich jeder zweite Saubär seine Pratzen nach dem Pinkeln nicht wäscht!«

Hans war sauer, ergab sich und hielt seine Hände unter den Spender.

Wir zeigten einem Herrn vom Personal unsere Kabinenkarte; er wies uns den Weg zu unserem Tisch.

Hans schaute sich suchend um.

»Was suchst du, Hans?«

»Das Buffet. Da ist ja nichts aufgebaut!«

»Buffet gibt's hier nicht. Kannst alles von der Karte bestellen.«

»Ach, Schmarrn! Echt, oder? Das ist jetzt schade. Ich mag's lieber, wenn ich es mir anschauen kann, bevor ich es mir nehme. Wie bei den Frauen.«

Wir hatten unser Ziel erreicht. Ein Achtertisch. Wir waren die Ersten.

»So Signori, das is' die Tisch für der gesamte Reise. Bitte schön.« Der Oberkellner zog zwei Stühle vom Tisch, wir nahmen Platz.

Hans und ich studierten sofort die Speisekarte.

»Was meinst, Herbert? Wer kommt jetzt da an unseren Tisch?«

»Weiß nicht. Vielleicht eine Familie!«

»Na, bloß nicht! Vielleicht mit zwei so verzogenen Hosenscheißern. In dem Fall ziehen wir sofort um.«

»Jetzt warte erst einmal ab! Vielleicht kommen ja auch sechs superscharfe Mädels an unseren Tisch. Die schauen bestimmt, wer von den Gästen an Bord zusammenpasst.«

Hans legte die Karte ab und glotzte mich an. »Wie sollen die das bitte machen? Wir sind ja hier nicht bei ›Herzblatt‹. Außerdem ... warum sollten die ausgerechnet uns zwei Nasen eine Herde Mietzen an den Tisch setzen?« Er nahm die Karte wieder zur Hand und studierte weiter.

»Mal was anderes, Hans. Sagt dir das auf der Karte irgendwas? Das ist ja alles auf Italienisch.«

»Blättere eine Seite weiter, schon hast du's auf Deutsch. Vielleicht kommt ja weiter hinten alles auf Bayrisch.«

»Meinst?«

»Depp!«

Hans betrachtete den Tisch. Zwei Tischdecken übereinander, Stoffservietten, drei Gläser an jedem Platz und Besteck ohne Ende. Das hatte er sich bestimmt anders vorgestellt. Ein Mann wie er war auf einer Berghütte so richtig glücklich. Mit einem Bier, einem Südtiroler Schinken und a bisserl ein Brot auf dem Holzbrettl. Das war Hans' Welt. Ich gebe zu, mir war das alles auch ein bisschen zu anstrengend. Ein Buffet mit einer stattlichen Auswahl und meinen heißgeliebten Kroketten wäre mir jetzt auch lieber gewesen.

»Guten Tag«, kommt es von hinten.

Hans und ich drehten uns gleichzeitig um.

»Dürfen wir uns vorstellen? Wir sind die Krügers.«

Wir standen beide auf, um unsere Tischgefährten zu begrüßen. Vor uns stand ein etwas bieder wirkendes Ehepaar im Rentenalter. Wir gaben uns die Hände und stellten uns ebenfalls vor. Beide waren sehr klein und ich fragte mich, ob das wohl schon immer so gewesen war.

Ich zum Beispiel habe an manchen Tagen auch das Gefühl, nicht mehr so groß zu sein wie mit zwanzig.

Sie hatte ein dunkelblaues Kostüm an mit einer riesigen Brosche auf dem Revers. Ihre Haare waren etwas dünn, aber chic zurechtgemacht und bräunlich gefärbt. Ihn kleidete ein beiger Anzug und eine Krawatte, die bestimmt schon bessere Tage gesehen hatten. Seine Ohren waren riesig, dafür hatte er ganz kleine Augen, die von unzähligen Falten umrahmt waren. Für mich ein Zeichen, dass er in seinem Leben gern und viel gelacht hatte. Seine Haare leuchten schneeweiß.

Witzig fand ich, dass beide jeweils ein kleines Turnsäckchen dabei hatten. Was da wohl drinnen war? Ich zog der Dame den Stuhl links von mir zur Seite, damit sie Platz nehmen konnte.

Hans saß schon.

Herr Krüger setzte sich auch.

Das Ehepaar hing simultan die Säckchen an die Stuhllehne.

Bevor wir wieder die Karte studieren konnten, wurde Frau Krüger neugierig. »Wo sind denn Ihre Frauen? Kommen die noch?«

Hans machte sich nicht einmal die Mühe, auf diese Frage zu antworten und überließ wortlos mir das Feld.

»Nein. Wir zwei reisen alleine.«

»Ach, das macht nichts. Mein Mann und ich, wir sind da offen!«, erklärte sie und nahm sich auch die Speisekarte zur Hand.

Ich sah Hans an, er mich nicht. Er grinste. Ich wollte erst was äußern, hielt aber inne. Ich musste mich doch hier nicht erklären. Außerdem kamen schon die Nächsten. Zwei Frauen setzten sich neben Hans und grüßten kurz in die Runde. Beide so um die vierzig.

Hans war auch wieder aufgewacht und saß auf einmal gerade. Sofort redete er mit den beiden und drehte mir den Rücken zu. Eine der Frauen mit brünetten Haaren lächelte mich kurz an. Ich kam nicht dazu, ihr Lächeln zu erwidern, weil mich Frau Krüger links neben mir in Beschlag nahm. Sie konnte mit den Speisen auf der Karte nichts anfangen, weil alles auf Italienisch war. Ich nahm ihre Karte, blätterte um auf die deutsche Seite und gab sie ihr wieder. Sie quittierte mit einem beschämten Lächeln.

»Hallo, ich bin die Carmen.«

»Und ich bin die Susanne.«

»Habt ihr auch eine Innenkabine?«, wollte Hans wissen. Langsam, aber sicher überspannte er den Bogen.

»Innenkabine?«, fragte die blonde Carmen nach. »Da kann ich ja gleich daheim bleiben. Das sind bestimmt Restkabinen, oder? Die bucht doch keiner freiwillig!«

»Klar, unser Frühbucher hier«, er deutete zu mir rüber.

Die Brünette schmunzelte und senkte wieder den Kopf in die Speisekarte.

So ein Arsch! Seit wann hatte er das denn nötig? Sich in den Vordergrund zu stellen auf Kosten anderer. Ich betrachtete die beiden Frauen etwas näher. Die brünette Susanne sah süß aus. Sie wirkte ein bisschen schüchtern, hatte dunkle Augen und schulterlanges Haar. Sie trug eine weiße Capri-Hose und eine hellblaue Bluse dazu. Sehr dezent geschminkt, was ich persönlich an Frauen schätze. Carmen hingegen war alles andere als dezent. Sie trug ihr langes hellblondes Haar offen, einzig ein schwarzer Haarreifen verhinderte, dass ihr die Mähne ständig ins Gesicht hing. Die Augen extrem geschminkt und die Lippen feuerrot. Sie trug ein pinkfarbenes schulterfreies Oberteil und ebenfalls eine weiße Hose. Passend zur Kleidung hingen riesige pinkfarbene Creolen an ihren Ohrläppchen.

Zu guter Letzt kamen die Letzten im Bunde zu uns an den Tisch. Ein durchgestyltes Yuppie-Pärchen par excellence. Er, ein Schleimer vor dem Herrn mit zurückgeschleckten tiefschwarzen Haaren. Am Kinn ein kleines getrimmtes Ziegenbärtchen. Koteletten. Beiger Anzug, schwarzes T-Shirt mit V-Ausschnitt und das Sakko lässig geschultert. Sie … einfach nur ein Traum. Dunkles langes Haar, eine Figur zum Niederknien und die blausten Augen, die ich je gesehen hatte. Wahrscheinlich Linsen. Sie trug eine hautenge Hose, schwarze Schuhe mit irre hohen Absätzen, eine Bluse und eine knielange Strickjacke. Wahrscheinlich Kaschmir. Die Kleidung der beiden kostete sicherlich mehr, als Hans' Volvo wert war. Beide hatten sie eine Sonnenbrille in den Haaren. Da gehört ja so eine Brille auch hin. Das hatte ich also die ganzen Jahre falsch gemacht. Sie setzten sich. Er nickte wortlos in die Runde, sie sagte ein knappes Hallo.

»Na, jetzt wären wir komplett. Jetzt kann der Koch ja endlich die Sau schlachten!« Hans klatschte in die Hände und winkte den Ober heran.

Der stellte sich nun der kompletten Runde kurz vor. Er hieß Antra und kam von den Philippinen.

Bevor wir bestellen konnten, zog der Yuppie den Kellner zu sich heran. »Sagen Sie mal, gibt es hier auf dem Schiff keine Zweiertische?«

Antra war überfordert und schaute sich suchend nach seinem Vorgesetzten um. Gerade, als er etwas von sich geben wollte, übernahm Hans.

»Ihr zwei stört uns nicht. Könnt ruhig bleiben! Auf dem Dampfer ist Platz auch für euch. Oder was meint ihr?«, fragte er in die Runde.

»Klar!«

»Natürlich könnt ihr bleiben.«

»Mir ist das egal.«

So, jetzt war das also auch geklärt und Antra machte sich daran, die Getränkebestellung aufzunehmen, während unser Brille-im-Haar-Pärchen dumm dreinschaute. Geil! Der Hans traute sich was. Käme mir nie in den Sinn. Ich bestellte einen Rotwein. Einen 2012er. Hans hingegen bestellte ein Weißbier. Der Rest des Tisches Wein, nur unser Pärchen orderte Wasser. Zuvor wollte er wissen, woher das Wasser kam. Zu gern hätte ich für Antra geantwortet.

*Aus dem Hafenbecken von Genua, du Clown.* Leider traute ich mich nicht. Mir fiel auf, dass unsere blauäugige Schönheit ständig den Hans musterte. Bestimmt hatte es ihr gefallen, dass jemand ihrem Macker mal Paroli bot. Das war der Lackaffe wahrscheinlich nicht gewöhnt.

# Yoga und Garnelen

Antra erschien mit einem beachtlichen Tablett am Tisch und verteilte die Getränke. Wir stießen auf eine gute Reise miteinander an. Auch das Pärchen mit dem Sprudel ließ die Gläser mit uns erklingen. Entschuldigung. Mein Fehler. Ich meinte natürlich, *Aqua gassato*.

Antra umkreiste derweil den Tisch und nahm die Essensbestellung auf. Zu jedem der vier Gänge gab es drei Auswahlmöglichkeiten. Und ein Kindermenü. Ich tat mich echt schwer mit der Auswahl.

Hans schien es genauso zu gehen. Unaufhörlich las er von oben bis unten alles durch, in der Hoffnung, er habe vielleicht das Wiener Schnitzel übersehen. Stattdessen dominierten die Speisen mit Meeresfrüchten. Nicht meine Welt. Mit Garnelen konnte ich mich anfreunden. Bis zu dem Zeitpunkt, als ich vor längerer Zeit bei einem Edelitaliener in ein nicht entdarmtes Exemplar gebissen hatte. Absolutes No-Go. Ich hätte mich beinahe noch am Tisch übergeben.

Nachdem wir alle bestellt hatten, versuchte Herr Krüger, der Älteste der Runde, das Eis am Tisch zu brechen.

»Vielleicht sollten wir uns alle mal richtig vorstellen. Sonst weiß man auf der gesamten Reise nicht, mit wem man es zu tun hat, oder? Ich fange am besten mal an. Also wir sind die Krügers aus Heilbronn. Ich bin der Clemens und das ist meine Frau Mechthild. Wir hatten zusammen eine Tanzschule und tanzen bis zum heutigen Tag Seite an Seite durchs Leben. Jetzt sind wir natürlich in Rente.« Stets sah er beim Reden seine Frau an.

Sie nickte zustimmend.

»Wir eröffnen am letzten Abend hier an Bord die Tanzgala im großen Tanzsaal. Immerhin waren wir 1970 deutsche Meister im Tangotanz.« Jetzt nahm er die Hand seiner Frau und küsste ihren Handrücken.

Sie wurde rot im Gesicht.

Aus Angst, Herr Krüger könnte weiter aus seinem Leben erzählen, grätschte ihm der Yuppie dazwischen. Ich muss nicht erwähnen, dass er auch für seine Freundin gesprochen hatte.

»Um es kurz zu machen, ich bin Mattis Klaasen, das ist meine Lebensgefährtin Maike. Maike Franz.«

*Ja, der Esel nennt sich immer zuerst.*

Hans bestellte zwischenzeitlich sein zweites Weißbier.

»Wir mussten hier auf diesem Schiff mitfahren, weil auf der AIDA nichts mehr frei war.«

»Bei uns auf der Kabine geht die Dusche nur heiß!«, fügte Opa Krüger hinzu.

Niemand am Tisch reagierte darauf.

»Ich und Maike, wir betreiben in Hamburg eine Edelboutique.«

»Für was?«, wollte Hans wissen.

»Na, Kleidung!«, raunzte er Hans an.

»Ah.«

Hans beließ es dabei. Gott sei Dank! In diesen Situationen konnte er sich für gewöhnlich ins Abseits quatschen.

Maike schmunzelte ein wenig, was Mattis nicht verborgen blieb.

Er fixierte sie zumindest mit einem Blick, den man einem Kind schenkt, das herumzappelt.

»Na, dann bringe ich es am besten gleich hinter mich. Ich bin die Susanne, ihr könnt gerne Susi zu mir sagen.«

»Hallo, Susi!«, sagten wir alle fast gleichzeitig im Chor.

Ich konnte mir ein Lachen nicht verkneifen. Ich kam mir vor, wie in einer Selbsthilfegruppe.

Susanne wurde kirschrot im Gesicht; sie war sehr nervös, was ihre zittrige Stimme erklärte. »Also ich bin zum ersten Mal auf einem Kreuzfahrtschiff, Single und Krankenschwester auf einer Entbindungsstation. Und einundvierzig.« Sie schaute zu ihrer Freundin rüber. »Ach ja, und die beste Freundin von Carmen. So, jetzt hab ich's.« Sie nahm einen riesigen Schluck von ihrem Wein und schenkte sich gleich nach.

»Tja, ich bin die Carmen, frisch geschieden und mein Alter verrate ich nicht. Ich arbeite bei einem Proktologen. Meine Arbeit ist also für den Arsch.« Sie lachte dreckig mit ihrer rauen Stimme.

Die war der Knaller! Der Yuppie war leicht überfordert mit dieser Art von Frau. Wahrscheinlich machte sie ihm gehörig Angst. So, wie seine Perle neben ihm saß, war er wohl eher das Modell »Stilles Püppchen« gewöhnt.

Hans prostete Carmen zu.

»Auf die Ärsche!«

»Hört, hört!«, unkte der Tanzopi und wir alle erhoben die Gläser und tranken ... auf was auch immer.

»Was bist du von Beruf? Ich darf doch ›du‹ sagen«, wollte Carmen von Hans wissen, der gerade sein Glas absetzte.

»Klar, kannst du ›du‹ sagen. Ich bin Yogameister.«

Ich dachte, ich höre nicht richtig. Der kräftige Schluck meines Zwölfers stieg mir in die Nase; ich musste mich anstrengen, damit sich das edle Tröpfchen nicht schlagartig über die reinweiße Tischdecke ergoss. Meine Augen tränten, es war mir auf die Schnelle nicht möglich, zu schlucken. Stattdessen presste ich mit aller Kraft meine Lippen zusammen und hielt mir meine gestärkte weiße Stoffserviette vor den Mund. So konnte ich das kleine Rinnsal des Weines, das sich aus meinen Mundwinkeln den Weg ins Freie bahnte, aufsaugen. Endlich hatte ich den Roten unten.

»Sag mal, spinnst du? Was erzählst du da für einen Blödsinn?«, flüsterte ich Hans ins Ohr.

»Lass mich in Ruhe! Ich bin hier. Was willst du mehr? Ich jage einfach ein wenig.«

Wie, was, Jagen. Der hatte sie doch nicht mehr alle!

»Und, was macht man so als Yogameister?«, wollte Carmen wissen?

»Ach, ich gebe Yogakurse und Meditationsseminare. Kurzum: Ich schau halt, dass bei dir dein Chakra in deinem Körper wieder entspannt hin und her pendelt, gell.«

Nachdem er diesen Satz ausgesprochen hatte, war mir klar, dass Hans' Plan aufgehen würde. Nach Meditation und Chakra legten alle Frauen am Tisch gleichzeitig den Kopf zur Seite und atmeten mit einem entspannten »Ah« aus.

»Und was machst du so?«, wurde ich von der nervösen Susanne mit hochroter Birne ausgequetscht.

Ich setzte gerade an, als mir Hans zuvorkam.

»Unser Herbert hier ist mein Schüler. Ich habe ihn quasi bei mir aufgenommen.«

Wieder schmachteten ihn alle an; ich kam mir vor wie ein Findelkind. Ein Obdachloser, der vom gnädigen Hans auf den richtigen Weg gebracht wurde.

Mattis grinste blöd und hob seine Augenbrauen, bevor er weiter an seinem Wasser nuckelte.

Glücklicherweise kam in diesem Augenblick die Vorspeise. Somit waren weitere Befragungen erst einmal nach hinten gestellt; ich hatte Gelegenheit, mich ein wenig zu sammeln. Immerhin war ich ab diesem Moment kein Finanzbeamter mehr.

»Sag mal, was sollte das nun wieder?«, wisperte ich Hans zu.

»Sei froh Herbert! Ich mache dich nur ein wenig interessanter, gell? Oder wolltest du allen Ernstes verkünden, du arbeitest beim Finanzamt? Willst du, dass sich die Leute langweilen? Kosmetiker, Klangschalentherapie, Masseur, Yoga, das wollen die Frauen hören. Und nicht etwa Bankangestellter, Versicherungskaufmann, Informatiker oder Finanzbeamter. Von mir aus könntest du auch ein Reitlehrer sein, egal. So etwas zieht immer.«

»Hans, ich habe in meinem Leben nicht auf einem einzigen Gaul gehockt.«

»Und wie soll das hier auf einem Schiff jemand herausfinden? Vielleicht in dem Gestüt auf Deck acht?«

Ich legte mir meine Serviette über das rechte Bein.

Hans steckte sie sich in den Kragen seines Hemdes.

»Und außerdem brauche ich für andere Frauen nicht interessant zu sein. Ich wohne schließlich mit einer tollen Frau zusammen.«

»Ja, die nicht hier ist. Daheim ist daheim, und da ist da, gell?«

Da war er knallhart. Fremdgehen ist für ihn nur, wenn es der andere mitkriegt. Wenn die Frau nicht da ist, braucht er nicht treu zu sein. Das war stets Hans' Devise.

***

Die Vorspeise war grauenhaft. Gazpacho. Hans rief sofort Antra zu sich.

»Meister, die Suppe ist kalt.«

»Das gehört so. Das ist eine Gazpacho. Eine spanische Gemüsesuppe.«

»Das mag schon sein, aber bei uns daheim machen wir die Suppe warm.«

Antra lachte und verschwand wieder. Er dachte, Hans wolle ihn veräppeln. Ich vernahm bei Mattis ein leichtes Kopfschütteln. *Aufpassen, Freundchen.* Für Hans und mich war die Vorspeise für die Tonne.

»Erzählen Sie mal junger Mann, was ist denn Ihre Lieblingsstellung?« Oma Krüger wandte sich an Hans.

»Äh, ich weiß nicht, ob wir das hier ...«

»Na, beim Yoga! Was ist da Ihre bevorzugte Übung?«

»Ach so!« Hans war sichtlich erleichtert. Alle Damen am Tisch stoppten die Nahrungsaufnahme und blickten gespannt zum Guru. »Also wenn Sie mich so fragen: Der schlafende Hund.«

Alle aßen weiter, einzig Susanne wollte es genauer wissen.

»Also bei uns in der Yogagruppe, da machen wir den herabschauenden Hund oder den aufschauenden Hund. Wie geht denn der schlafende Hund?«

Alle senkten wieder ihre Löffel ab und warteten gespannt auf die Antwort.

»Das ist so ein Zwischending. Wird hauptsächlich in Indien praktiziert. Ist bloß für Fortgeschrittene. Kennt man in Europa kaum.«

»Ah«, machten wieder alle und leerten ihre Teller.

Die Hauptspeise wurde serviert. Auch hier hatten Hans und ich uns eindeutig das Falsche ausgesucht.

»So die Herren, hier für Sie die Zarzuela. Guten Appetit.« Antra lächelte uns an und ging wieder. Mir war nicht klar, ob er uns an- oder auslachte. Bestimmt hatte er bereits gespürt, dass wir eher von der einfachen Küche angetan waren. ZARZUELA. Ich las nochmals in der Karte. Eine spanische Fischpfanne. Warum in Gottes Namen ging ich auch davon aus, dass es sich hier vielleicht um eine Forelle handelte?

»Isst du das?«

»Mei, Hans, ich versuch's. Vielleicht ist es ja nicht so schlecht. Komm, wir trauen uns! Bestimmt geht's mit viel Brot.« Ich bestellte bei Antra vorsichtshalber Baguette nach.

»Also beim Reiher habe ich so meine Probleme!« Susanne meldete sich wieder.

»Ja, ich auch«, meinte Hans. »Mich würgt es da so schlimm.«

»Also ich bekomme da meine Knie so schwer durchgedrückt.«

Mir und auch den anderen am Tisch war klar, dass die beiden komplett aneinander vorbeiredeten. Es war sehr unterhaltsam. Vor lauter Unachtsamkeit hatte ich mir versehentlich ein Stück Tintenfisch in den Mund gesteckt. Geschmacklich nicht schlecht, aber die Konsistenz war fies. Ich hatte das Gefühl, das Teil wurde in meinem Mund immer größer. Ich leerte in einem Zug mein Weinglas, aß zwei Stücke Baguette, doch der Fisch wollte einfach nicht mit runterschwimmen. Kurzerhand nahm ich meine Stoffserviette und hustete das Stück aus meinem Mund. Klammheimlich ließ ich das Tintenfischärmchen unter den Tisch kullern. Es blieb vor dem großen Zeh von Oma Krüger liegen, der aus ihren Sandalen herauslugte.

Unsere Mitstreiter am Tisch waren sehr begeistert vom Essen. Ich sehnte mich nach einer Pizza. Immerhin waren wir auf einem italienischen Schiff.

Hans war damit beschäftigt, Susanne die Stellungen, die er sich ausdachte, zu erklären. Dabei merkte er nicht, dass er sich um Kopf und Kragen redete. Mir fiel sofort auf, dass die Damen in der Runde hungrig waren nach einem Privatlehrer. Fernab von jedem Volkshochschulkurs.

»Sag mal, Hans, ein Yogi wie du macht bestimmt jeden Tag seine Übungen, oder?« Carmen hing sich an das Gespräch zwischen Susanne und Hans.

Susanne gefiel das überhaupt nicht; sie zog sich sofort zurück.

»Klar, Carmen. Ich lebe das ja quasi.«

»Meinst, du könntest uns da ein bisschen was zeigen?«

»Freilich. Nur müssten wir das draußen machen. Weil ..., bei uns in der Kabine ist's ein wenig dunkel.«

»Na, das war es bei uns auch, als wir heute zum ersten Mal in die Kabine kamen, nicht wahr Clemens? Wir hatten sofort unsere Vorhänge zurückgezogen, schon war es taghell!«

Clemens stimmte seiner Frau zu und schenkte sich ein wenig Wein nach, weil er seine Tabletten nehmen musste.

»Klar. Das machen wir an Deck mit einer Portion Meeresbrise. Herbert, kommst du auch mit?«

»Ach, macht ihr nur. Ich bin gerade ein bisserl verspannt.«

»Da ist Yoga genau das Richtige! Hast du das bei deinem Meister nicht gelernt?«

»Ja, Herbert. Hast du das bei mir nicht gelernt?«, fügte Hans hinzu und grinste mich dermaßen dämlich an, dass ich ihm eine hätte reinhauen können. Was sollte ich da jetzt sagen? Ich konnte ja Hans nicht im Stich lassen. Immerhin hatte er zu Hause auch alles stehen und liegen gelassen, um mit mir auf diese Reise zu gehen. Ich willigte ein.

»Prima. Wie machen wir es? Kommt ihr zu uns oder kommen wir zu euch? Ach wir kommen einfach zu euch. Was habt ihr für eine Kabinennummer?« Na, die Carmen machte ja keine Gefangenen.

»Äh, Herbert, was haben wir für eine Nummer?«

»Die 1108.«

»Ja, Carmen, die 1108. Ist im elften Stock.«

»Deck.« Der unsympathische Mattis mischte sich ein.

»Was?«

»Wir sind auf einem Schiff. Da heißt das Deck und nicht Stock.«

Hans ging nicht weiter auf diesen Zwischenruf ein und wandte sich wieder Carmen zu.

»Hast du gehört, Carmen? Wir sind auf einem Schiff. Da heißt das Deck. Also, ihr holt uns morgen früh ab und ich zeige euch ein paar Stellungen. Äh, Übungen.«

Super, so viel also zum Thema »Urlaub«! Die hatten nicht einmal eine Uhrzeit vereinbart. Wie in den amerikanischen Filmen. Da heißt es auch stets: *Ich hole dich zum Essen ab*. Oder: *Wir treffen uns zum Lunch*.

Der Nachtisch war für alle gleich und sehr lecker. Es gab eine spanische Mandeltorte. Somit war es amtlich: Wir hatten einen spanischen Abend auf einem italienischen Schiff. Während Opa Krüger einfiel, dass die Schranktür auf seiner Kabine nicht richtig schloss, kam eine leichte Unruhe im Speisesaal auf. Das Licht wurde heller und man teilte uns auf diese Art mit, wir könnten uns gerne vom Acker machen. Schließlich musste der Saal für die zweite Schicht neu eingedeckt werden. Herr Krüger versicherte, uns morgen das Problem weiter zu erläutern.

# Kein Empfang

Nach dem Essen schlenderte ich mit Hans durch die Gänge und Decks des Schiffes. Wir hatten bisher kaum etwas vom Schiff gesehen und waren äußerst überrascht. Aus Hotels kannte ich es, dass es in der Anlage vielleicht mal einen Minimarkt und ein Zeitungsgeschäft gab. Auf so einem Kreuzfahrtschiff gab es wirklich alles, sogar eine Shoppingmall. Vom Schuhgeschäft über eine Boutique, ein Uhrengeschäft, einen Schmuckhändler, ja sogar ein kleines Elektrogeschäft gab es. Im Angebot hatte es Kameras, Handys und Notebooks. Ich bezweifelte allerdings, dass ich hier eine Waschmaschine oder einen Trockner erwerben konnte. Erst recht nicht einen Entkalker für einen Kaffeevollautomaten. Es gab sogar eine kleine Chocolaterie und ein Tabakgeschäft. An Bord herrschte allerdings striktes Rauchverbot, außer in der Raucherlounge und im Casino. Das war dem Hans und mir egal, da wir sowieso beide dieser Sucht nichts abgewinnen konnten. Obwohl ich früher wie ein Schlot geraucht hatte.

»Du, Hans, ich glaube, ich ruf mal die Anja an.«

»Du weißt schon, dass die Telefongebühren horrend hier an Bord sind, oder?«

»Schlaumeier! Darum telefoniere ich ja auch mit dem Handy.«

»Mit dem Handy. Auf hoher See. Du.«

»Ja, ich. Wir leben ja schließlich nicht mehr in der Steinzeit.«

»Versuche es einfach!«

Ich wählte Anjas Nummer. Kein Freizeichen. Ich wählte nochmals. Ein kurzer Blick aufs Display verriet mir, dass ich keinen Balken hatte. War das die Möglichkeit? Da fliegen sie ins All und ich konnte von so einem Kutter hier auf der Erde nicht ein paar Hundert Kilometer weit telefonieren.

»Und? Was sagt die Anja? Vermisst sie dich schon?«

»Verarschen kann ich mich selbst!«

»Also das ist ja klar, dass du hier auf dem Meer nicht mit dem Handy telefonieren kannst. Oder hast du draußen vielleicht irgendwo auf einer Boje einen Funkmasten vorbeischwimmen sehen?«

»Das ist alles nur, weil ich so einen Hunger habe. Da kann ich nicht klar denken.«

»Ja, ich könnt' jetzt auch noch was vertragen. Das da vorhin war ja eher suboptimal. Wenn morgen wieder so ein Rotz auf der Karte steht, esse ich das Kindergericht. Ich schwöre es dir.«

»Deswegen ist es ja nicht gleich ein Rotz, bloß weil es dir nicht gemundet hat. Hast einfach nur das falsche ausgesucht.«

»Ja, rede du dir das nur schön. Oder haben dir die Saugnäpfe etwa geschmeckt?«

Natürlich nicht. Wir sahen auf den Schiffsplan, der an Bord überall aushing. Auf dem obersten Deck war anscheinend eine Snackstation. Das hörte sich gut an. Aber, in welche Richtung sollten wir am besten gehen? Natürlich war auf dem Plan auch zu erkennen, wo wir uns zu diesem Zeitpunkt befanden. Dennoch hatte ich mit solchen Grafiken meine Probleme.

Kennen Sie diese Tafeln in den Einkaufszentren, auf denen vier Etagen mit gefühlten dreihundert Läden grafisch dargestellt sind? Irgendwo entdecken Sie einen kleinen, roten Punkt. Neben dem steht »Sie befinden sich hier«. Ich bin niemals sofort an mein Ziel gelangt. Stets kam ich einfach irgendwann einmal an dem gesuchten Laden vorbei.

»Komm!«, sagte ich zu Hans, »wir steigen jetzt einfach in den Aufzug und fahren ganz nach oben.«

»Ja, freilich, soweit kommt's noch. Nix da. Wir nehmen die Treppen. Du musst dir dein Essen schon verdienen.«

Direkt neben dem Schiffsplan konnte man durch ein Fenster in das Sushi-Restaurant blicken.

»Schau mal, Hans. Magst vielleicht da reingehen.«

»Ich schmiere dir gleich eine mit deinem Sushi.«

»Die spinnen, oder Hans? Auf so einem Schiff Sushi. Was meinst, ob's hier auch einen Döner gibt?«

»Schau mal da rein! Ein Tisch ist besetzt. Roher Fisch, pah! Da müssten die mir den Desinfektionsständer gleich neben dem Tisch parken.«

»Also mit dem Teil hast Probleme, oder?«

»Ist doch auch wahr. Ständig die Desinfiziererei. Als ob's nur Saubären auf der Welt geben würd'.«

»Du weißt ja Hans, wie das mit einer Epidemie ist. Ein Saubär reicht. Jetzt lass uns endlich essen gehen! Ich habe wirklich Hunger.«

Auf dem obersten Deck angekommen, waren wir natürlich genau am anderen Ende des Schiffes. Mittlerweile dämmerte es, die Sonne war schon nicht mehr zu sehen. Es war beeindruckend, aus dieser Höhe aufs Meer zu gucken und weit und breit kein Land in Sicht. Nachdem wir einmal das komplette Deck an der Reling abgeschritten waren, stieg uns schon der Geruch von Pizza und Burger in die Nase. Hier ging es zu wie auf dem Rummel. Anscheinend waren wir zwei nicht allein mit unserer kulinarischen Ansicht. Manchmal ist eine einfache Pizza Salami das Beste auf der Welt.

Waren Sie schon einmal auf einem Berg und haben oben am Gipfelkreuz ein selbstgeschmiertes Wurstbrot ausgepackt? Nichts auf der Welt schmeckt so gut wie diese stinknormale Stulle. Da könnten die mir ein Fondue abfackeln oder ein

Garnelenspießchen kredenzen. Das würde ich alles bis ins Tal werfen. Ein Wurstbrot und ein hartgekochtes Ei haben dort oben fünf Sterne verdient.

Hans und ich nahmen uns reichlich von allem, was es zu greifen gab und hauten uns so richtig die Mägen voll. Ich esse so gerne. Essen ist einer meiner großen Lebensinhalte. Aber nur gutes Essen. Kein schlechtes. Selbstredend spülten wir alles mit reichlich Bier hinunter. Jetzt war es eine Party!

»Ist viel geiler, als der Schickimicki-Fraß. Oder?«

»Freilich, Hans. Magst noch einen Burger? Ich schaffe den nicht mehr.«

»Her damit! Hier verkommt nix. Was meinst Herbert? Hat der Burger Sushi-Qualität?«

»Bestimmt, Hans. Der ist direkt aus dem Meer, dein Burger.«

»Was meinst, Herbert, ob wir von unserem Zimmerfenster auch die vielen Sterne sehen?«

»Fängst jetzt schon wieder an?«

»Ach ja, Entschuldigung! Mein Fehler. Dann sehen wir ja auch den Mond nicht. Schau Herbert, wie schön der ist.«

»Hans, ich bin mir sicher, dass du nach den ganzen Bierchen hier deinen ganz persönlichen Sternenhimmel haben wirst, wenn du im Bett nachher die Augen zumachst. Prost!«

Es war nicht das letzte Mal, dass wir uns an diesem Abend zuprosteten. Lange saßen wir dort oben und ließen uns die Meeresluft um die Nase wehen. Ich für meinen Teil hatte mich zu diesem Zeitpunkt auf dem Schiff eingewöhnt. Und so entspannt, wie Hans hier an Deck saß, mit seinem karierten Hemd, ging es ihm nicht anders.

# Der verunglückte Schmetterling

Dumpfe Schläge hämmerten gegen meinen Kopf. Immer und immer wieder. Ich drehte mich zur Seite. Ich wollte meine Augen öffnen, dies verhinderte jedoch jeder weitere Schlag. Ich presste meine Augenlider weiter zusammen. Wer quälte mich da? Ich hatte nichts verbrochen? Mein Kopf pulsierte, als würde mein Hirn versuchen, die Schädeldecke von innen zu sprengen. Ich suchte Schutz unter meinem Kissen.

»Herbert?«

»Ja?«

»Was ist los?«

»Weiß nicht, Hans. Ich glaube, das Schiff geht unter.«

Hans quittierte meine vage Vermutung mit einem lauten Grunzen, gefolgt von einem Rülpser.

»Hans?«

»Ja?«

»Ich glaub, deine Selbsthilfehühner sind da.«

»Die wer?«

»Na, deine Yogatanten.«

»Schick sie weg!«

Ich versuchte, mich seitlich aus dem Bett zu rollen. Dummerweise wählte ich ausgerechnet die Wandseite. Also rollte ich mich in die entgegengesetzte Richtung und versuchte, mit einem

Fuß meine Badelatschen zu ertasten. Ein schwieriges Unterfangen. Ich fand nur einen und gab mich vorerst damit zufrieden. Verdammt, war das dunkel in unserer Kabine. Zugegeben, mit ein wenig Tageslicht durch einen Vorhang hätte ich eine bessere Orientierung gehabt. Ich schlurfte in die Richtung, in der ich die Kabinentür erahnte. Vorsichtshalber streckte ich die Arme nach vorne. Wer weiß, was Hans und ich am Vorabend in unserer Bierlaune alles auf unserer Stube veranstaltet hatten. Ich ertastete die Türklinke und öffnete.

»Guten Morgen, die Herren. Die Sonne küsst das Meer. Wir wollen den Tag mit einem Sonnengruß beginnen«, schallte es mir entgegen. Vor unserer Türe standen Carmen und Susanne und zwei weitere Damen.

»Wir können keine Sonne hier drinnen sehen, weil der Glaser bei uns vergessen hat, ein Fenster einzubauen«, grunzte Hans unter seiner Bettdecke hervor.

»Hans, wenn wir hier ein Fenster drinnen hätten, weißt du, was du da sehen würdest?«

»Ja, das Meer!«

»Eben nicht. Du würdest 1A in unsere Nachbarkabine gucken. In die vom Parallelgang. Weil wir hier immer noch in der Schiffsmitte sind.«

»Das heißt ja, du hast nicht bloß eine Kabine ohne Fenster gebucht, sondern auch noch eine in beschissener Lage. Du bist ein ganz schlechter Urlaubsbucher. Ein ganz ein Schlechter!« Hans drehte sich auf den Rücken und vergrub sich wieder unter seiner Decke.

Ich wollte etwas zu dieser Buchungsgeschichte entgegnen, kam aber nicht dazu, weil Carmen dreist das Licht anknipste und an mir vorbei in unser Zimmer ging.

»Hans, guten Morgen. Du wolltest mit uns heute Yoga machen und uns ein paar Übungen zeigen.« Sie zog Hans die

Decke weg. Eher suboptimal. Damit, was sie zu sehen bekam, hatte sie bestimmt nicht gerechnet.

»Hoppla!«

Hans sah an sich hinunter. »Hoppla. Da ist wohl schon einer vor mir aufgestanden.«

Glücklicherweise hatte es Hans vor dem Schlafengehen in seine Pyjamahose geschafft, sonst wäre es wirklich peinlich geworden. Hans' kleiner Yogi machte der Carmen nämlich einen prächtigen Sonnengruß. *Tja, Carmen, man zieht auch einem Mann früh am Morgen nicht so einfach die Decke weg.*

Hans juckte das wenig. Erstens, weil er Hans war, und zweitens, weil er schätzungsweise zu dem Zeitpunkt noch ordentlich Promille gehabt hatte. In aller Ruhe nahm er Carmen die Decke ab und legte diese wieder über seinen Astralkörper.

Carmen sammelte sich, die anderen Damen wirkten wie ein dreiköpfiger Drache aus einem Fantasyfilm, wie sie da so übereinander ihre Köpfe in unsere Dunkelkammer streckten.

»Äh, vielleicht können wir uns ja auf dem Sonnendeck treffen; wir gehen schon mal voraus«, schlug Carmen vor.

Ich suchte derweil meine zweite Adilette.

Hans nickte zustimmend; die Damen zogen ab.

Ich schloss die Tür und wandte mich an Hans. »Du hast jetzt nicht wirklich vor, da hoch zu gehen und denen den Guru zu machen, oder?«

»Warum nicht? Das wird bestimmt witzig. Hast du gesehen, die beiden Mädels haben tatsächlich zwei andere gefunden, die sich für den großen Hans verbiegen wollen.«

»Hans, du weißt null über Yoga. Du könntest wunderbar mit denen eine Seilschaft bilden und die Alpen überqueren. Das ist dein Gebiet.«

»Ja, aber hier auf dem Wasser gibt's nun mal keine Berge. Obwohl, wenn ich da an die Titanic denke.« Hans suchte sich seine Klamotten zusammen.

»Jetzt mal ohne Witz: Was willst du denen da oben zeigen?«

»Du glaubst ja nicht, was man so alles im Internet findet. Weißt Herbert, ich hab mich vorbereitet. Außerdem war eine Ex von mir yogasüchtig. Ich glaube, die saß sogar im Schneidersitz auf dem Klo!«

Schnell zog ich mir auch etwas an. Schließlich wollte ich mir das Spektakel nicht entgehen lassen. Außerdem musste ich aus unserem Loch raus. Ja, eine Innenkabine war scheiße!

***

Wahnsinn. 6:30 Uhr im Urlaub und wir zwei Dödel sprangen schon an Deck umher. Wenigstens sahen wir cool aus mit unseren Sonnenbrillen und geschulterten Badetüchern. Von Weitem erblickten wir Hans' Schüler, wie sie sich in der Morgensonne dehnten und räkelten.

»Schau, Herbert! Meinst, die wären jetzt hier und würden auf uns warten, wenn ich gesagt hätte, dass ich Programmierer sei und du Finanzbeamter? Weißt, was die dich höchstens gefragt hätten? Wie sie am besten die Reise von der Steuer absetzen können. Mehr auch nicht. Aber die hier, die wollen von mir geführt werden.«

»Du, Hans, mir ist das wurscht, ob die jetzt da sind oder nicht, glaub's mir!«

»Ach Schmarrn! Schau, wie schön die sich strecken. Jetzt lass mir halt die Freude!«

»Das tät ich ja auch, wenn du mich in deine Eskapaden nicht ständig mit hineinziehen würdest.«

Carmen winkte uns zu.

Alle vier Damen wirkten, als ob sie diese Reise ausschließlich wegen Yoga angetreten hätten. Weite Hosen, Tops, Stulpen, Yogamatten ... *Geht's noch*?

»Huhu!«

»Ja, huhu. Servus, Mädels! Sehe ich doppelt oder habt's ihr zwei Hübschen gestern zwei Mitstreiter gefunden?«

»Die Uschi und die Katja haben wir an der Bar getroffen.«

»Mensch, und ich sitz mit dem Herbert die ganze Nacht hier draußen, dabei wimmelt es nur so von Schönheiten hier an Bord.«

Alle vier kicherten.

Ich konnte nicht anders, als meine Augen zu verdrehen. Sah ja dank meiner Brille niemand. Warum fingen Frauen in Hans' Gegenwart ständig wie die Zwölfjährigen zu kichern an? Vielleicht lag es ja am Pferdeschwanz!

»Herbert, kommst du nicht zu uns und machst mit?«, wollte Susanne wissen.

»Nein, nein, ich schau mir das alles aus sicherer Entfernung an. Weißt Susi, da kann ich am besten lernen.«

Hans breitete sein Handtuch vor den Damen aus und setzte sich.

Ich legte mich zwei Meter weiter auf eine Liege und wollte es mir gemütlich machen, aber es war einfach zu köstlich, Hans bei der Arbeit zuzusehen. Also setzte ich mich auf und mimte den Schüler.

Hans gab Anleitung und zeigte die schönsten Verrenkungen und die Damen taten es ihm gleich.

»So, wir gehen in die Hocke und strecken das rechte Bein nach hinten. Nun bringen wir gleichzeitig den Kopf nach hinten und strecken die Arme nach oben.«

Hä, das wollte ich sehen?

Hans kämpfte mit dem Gleichgewicht und turnte seine ausgedachte Yogafigur mehr schlecht als recht vor, stand auf und ging an seinen Schülerinnen vorbei. Natürlich brauchten die Damen an den Hüften Hans' Unterstützung.

»Hans, das geht irgendwie nicht. Wie soll ich mein Bein nach hinten und gleichzeitig ..., also ich kann das nicht.«

»Meine liebe Susanne, die Frage ist nicht, ob du es kannst, sondern ob du es willst. Probiere es einfach noch mal, ich halte dich.«

Der alte Schwerenöter. Irgendwie hatten alle Probleme mit dieser Übung und benötigten unbedingt Hans' Unterstützung. Ein Hund ist er ja schon, der Hans.

»Und wie heißt diese Position?«, wollte die Uschi wissen.

»Das ist Sanassanasa. Die Reiterstellung, die den Hund trifft.« Hans musste sich selbst zusammenreißen, der Depp.

Ich verbiss mich in mein Handtuch, weil ich sonst laut losgebrüllt hätte.

»Warum trifft sie denn den Hund? Ist die Reiterstellung nicht an und für sich eine fertige Übung?«

»Da gebe ich dir recht, Susanne.« Hans korrigierte wieder ihren Stand. »In Deutschland schon. Aber in Indien gibt es ja von jeder Grundübung, wie ihr sie kennt, bestimmt zwanzig Erweiterungen.« Hans zwinkerte mir zu, während die Damen sich bis zur Bewusstlosigkeit streckten.

»Ah« und »Oh« machten alle gleichzeitig.

»So, jetzt kommt mal wieder alle in die Ausgangsstellung zurück. Wir begeben uns in die nächste Position.«

Ich war gespannt wie ein Flitzebogen und konnte diesem Spektakel immer mehr an Unterhaltungswert abgewinnen.

Zwei Besatzungsmitglieder wischten zwischenzeitlich auffällig lange den Boden an ein- und derselben Stelle und sahen zu.

Hans turnte wieder vor und die Damen schauten gespannt zu. Der Blick der Damen wechselte von Erstaunen über Unsicherheit bis hin zu Angst. Du meine Güte! Ich stellte mir vor, dass die Damen nach dieser Reise wieder in ihre Heimat zurückkehrten und den Mist vom Hans verbreiteten. So ist wahrscheinlich Breakdance entstanden.

»Jetzt macht's gleich mit! Wir setzen uns in den Schneidersitz, lehnen uns langsam nach hinten und rollen uns auf dem Rücken ab.«

Was? Wie soll das gehen?

Die Damen starrten sich verwirrt an, taten aber, wie ihnen der Guru befahl und gaben ihr Bestes. Und das war schlecht.

»Bleibt auf dem Rücken liegend im Schneidersitz und jetzt pendelt ihr langsam von einer Seite zur anderen, die Arme vor die Brust.«

Die Sonne bekam mehr Kraft: Carmen schwitzte mit Susanne bereits um die Wette. Wie verunglückte Käfer schaukelten die Frauen ihre Körper hin und her.

Hans machte freudig mit.

»Und wie heißt das jetzt?«, wollte Susanne wissen und atmete bereits schwer.

»Das ist Padasama papasamassari nan.«

Ich biss mir bereits auf die Lippen.

»Und was bedeutet das?«, forschte Katja.

»Das bedeutet: Der verunglückte Schmetterling.«

Jetzt gab es für mich kein Halten mehr. Ich konnte mir ein schallendes Lachen nicht mehr verkneifen. Fast hätte es mich von meiner Liege geworfen. Verunglückter Schmetterling! Ich kriegte mich gar nicht mehr ein. Tollpatschiger Borkenkäfer wäre passender gewesen.

Hans versuchte, mich mit strengem Blick in die Schranken zu weisen. Dies gelang ihm nur mäßig, da er selbst bereits mit sich zu kämpfen hatte, seine Ernsthaftigkeit beizubehalten.

Carmen wirkte leicht skeptisch.

Zwei italienische Barkeeper unterbrachen ihr Vorhaben, ihren Arbeitsplatz einsatzbereit zu machen. Stattdessen standen sie auf der vorletzten Stufe der Treppe, die vom Deck darunter zu uns führte. Ihr Gesichtsausdruck sprach Bände. *Diese Deutschen!*

Ich hielt kurz inne, stand auf und schlenderte an die Reling. Na endlich!

»Land in Sicht!«, rief ich und zeigte Hans die Richtung. Der stand auf, klatschte in die Hände und wandte sich wieder an seine Schülerinnen.

»Die Damen, vielleicht treffen wir uns heute Abend an der Bar? Wir drei sehen uns ja auf alle Fälle beim Essen, gell?«

Carmen schaute Susanne an, dann wieder Hans. »War es das schon für heute? Was ist mit der Abschlussentspannung?«

»Ja mei, wir müssen uns langsam steigern, gell. Da können wir nicht gleich von null auf hundert. Mühsam ernährt sich das Eichhörnchen, wie der Inder sagt. Also, Namaste, bleibt mir gesund und tut's schön üben!«

Carmen stand schon und half Susanne auf die Beine.

Uschi saß auf ihrer Matte und massierte sich den Oberschenkel, während Katja sich den linken Ellbogen rieb.

Wir machten uns vom Acker. Schließlich wollten wir vor unserem Landgang anständig frühstücken. Bei den vielen Aperitifs, die wir gestern getrunken hatten, wurde es langsam Zeit, etwas zu essen.

Zurück blieben vier verwirrte Damen, die hoffentlich gemerkt hatten, dass Hans von Yoga ungefähr so viel Ahnung hat, wie ein Zehnkämpfer von Seidenmalerei.

»Sag mal, Hans, du spinnst doch. Reiterstellung, die den Hund trifft, verunglückter Schmetterling ... – was Dümmeres ist dir da nicht eingefallen. Und die glauben dir das alles auch noch.«

»Ja mei, Herbert, das ist halt mein Karma. Davon verstehst du nix.«

»Und du auch nicht, Hans.«

»Na also. Gleichgewicht wieder hergestellt. Darum geht's ja beim Yoga.«

»Vor unserem Landgang musst du unbedingt duschen. Du stinkst wie ein verunglückter Iltis.«

»Im Gegensatz zu dir habe ich mich heute wenigstens schon körperlich betätigt.«

»Das mag ja sein, Hans. Trotzdem dusche ich als Erster.«

»Mach das Wasser nicht zu heiß, sonst müssen wir das Fenster öffnen. Moment …«

»Und du redest einen Schmarrn.«

»Gerne.«

# Karte aus Salerno

Unsere Bordkarten wurden beim Verlassen des Schiffes gescannt. Die Bordkarte ermöglichte den Zutritt zur Kabine und war Zahlungsmittel an Bord. Hans wunderte sich, warum er sich nicht die Hände desinfizieren musste. Schließlich hatte Salerno auch ein Anrecht auf keimfreie Touristen.

Ich ging nicht weiter auf seine Sticheleien ein. Insgeheim gefiel es ihm sicher, mit diesem Schiff zu reisen. Ein Naturbursche wie Hans hätte sich bestimmt lieber auf die Zunge gebissen, als auch bloß einmal Enthusiasmus zu zeigen. Zugegeben, mit einem Kreuzfahrtschiff begibt man sich nicht gerade umweltfreundlich auf die Reise. Einmal im Jahr musste es wohl erlaubt sein, über die Stränge zu schlagen.

Immerhin sammele ich alte Batterien, das Altpapier, Flaschen und Dosen. Ich werfe nichts aus dem Autofenster außer ein paar flüchtiger Blicke, wenn es Sommer ist und die Röcke kürzer werden. Ja, ich weiß, ich wohne mit einer sehr schönen Frau zusammen! Schauen darf man. Kurzum, ich achte auf die Umwelt mindestens genauso gut wie Hans.

Unser Schiff hatte ja ein Qualitätssiegel. Außerdem war mein Wagen hundertmal umweltfreundlicher als Hans' uralter Volvo.

***

Es roch herrlich nach Süden.

Kennen Sie das, wenn Sie das erste Mal am Brenner aus dem Wagen steigen und die Wärme massiert Ihr Gesicht? Globalisierung hin oder her. Die Nase merkt es als Erstes, ob man fern der Heimat ist. Es folgt ein Espresso an einer Raststätte. Es ist die gleiche Marke wie zu Hause. Trotzdem schmeckt er anders.

Dieses Gefühl beschlich mich, als ich das Schiff verließ. Hans schien es genauso zu ergehen, weil er kurz stehen blieb und einen tiefen Zug italienische Luft in sich hineinsaugte.

»Hans, was meinst? Fahren wir mit dem Shuttlebus von der Reederei in die City?«

»Ja, freilich, soweit kommt's! Wir zwei Siegertypen im Touribus. Wirklich nicht. Wir nehmen uns ein Taxi und können bestimmen, wo und wann wir aussteigen. Meinst, ich will da im Pulk durch die Gegend latschen?«

»Okay. Organisiere du schon mal ein Taxi, ich probier's mal bei der Anja.«

»Die Anja kannst auch nachher anrufen. Da hinten stehen zwei Taxis, da nehmen wir jetzt eins, sonst sind die weg.«

Gut, er hatte recht. Außerdem wollten wir unsere Zeit an Land voll und ganz auskosten. Schließlich legten wir um 19.00 Uhr ab; eine halbe Stunde vorher gab es ja für uns schon wieder Abendessen. Wir steuerten auf das erste Taxi zu; der Fahrer spurtete sofort um seinen Wagen herum, um uns die Tür zu öffnen. Wir nahmen beide standesgemäß hinten Platz.

»Dove vuole andare?«

»Wer ist hier doof?«, fragte mich Hans und blickte fragend zum Taxifahrer, der wiederum uns beide durch den Rückspiegel anstarrte.

»Bitte in die Innenstadt!«, ich schnallte mich an.

»Scusi?« Jetzt drehte er sich um.

»Ortskern. In the middle of Salerno. Ins Zentrum!«

»Ah, Centro.«

Na bitte! Anscheinend hatten wir den einzigen Taxifahrer erwischt, der ausschließlich Italienisch sprach.

»Siehst du, Hans, so macht man das. Ich habe schließlich langjährige Auslandserfahrung durch meine Singleurlaube.«

»Wie gut, dass wir dich haben.«

»Wer ist wir?«

»Na du und ich.«

Wir fuhren los.

Hans kurbelte sein Fenster runter und ließ sich den Fahrtwind um die Nase wehen.

Ich tat es ihm gleich und öffnete auch mein Fenster. Dadurch gab es im Wagen allerdings einen Luftstrudel und ich befürchtete, eine Mittelohrentzündung zu kassieren. Ich schloss mein Fenster wieder und beobachtete den Fahrer. Dieser nahm eine gelbe Ampel nach der anderen mit sportlicher Geschwindigkeit, während er an seinem Handy spielte. Zwischenzeitlich hupte er.

Hans holte sich einen Haargummi aus der Hosentasche und band damit seine Haare zu einem Pferdeschwanz zusammen.

»Na du kleine Schönheit?«, neckte ich ihn.

»Kannst dich schon lustig machen, Mister Gelschädel. Wenn du schon mal am Abend lauter kleine Knoten aus den Haaren gekämmt hast, machst sie dir gerne zusammen.«

»Das ist Wachs.«

Der Taxifahrer knallte seine Kutsche auf den Bordstein, drehte sich zu uns um und deutete mit dem Finger auf sein Taxameter.

Ich zahlte und wir stiegen aus. Das war also Salerno. Die Stadt hatte sicher schon bessere Zeiten erlebt.

»Also Hans, wenn das hier das Zentrum ist, lass uns bitte nicht in Nebenstraßen oder in Randbezirke gehen.«

»Jetzt mach dir nicht ins Hemd, das hat Flair. Gut, vielleicht gehört mal ein bisschen gekehrt und das eine oder andere Fenster repariert. Ein bisschen Farbe an die Wände ...«

Es war bereits kurz vor zehn Uhr. Entweder schlief die Stadt noch oder es war schlicht und ergreifend einfach nichts los hier. Ein Fotograf hätte sicherlich seine wahre Freude gehabt. Eine Häuserfassade nach der anderen, an der die Zeit nagte. Endlose Gassen, eng gebaut mit hohen Häusern, die es der Sonne fast unmöglich machten, ihre Strahlen bis auf das Kopfsteinpflaster zu befördern. Dieses Privileg hatte der Boden hier bestimmt lediglich für wenige Stunden am Tag, wenn die Sonne am höchsten stand. Wäsche, die an Schnüren die Balkone hinunterhing, geschlossene Fensterläden und provisorisch wirkende Aufputz-Leitungen prägten das Stadtbild.

»Und Herbert? Ist doch total stylish hier, meinst nicht?«

»Na ja, es ist jetzt nicht gerade Ibiza. Ich rufe mal die Anja an.«

»Ja, mach das! Sie sitzt bestimmt daheim und wartet vorm Telefon, bis der Bub sich endlich meldet.«

Ich wählte Anjas Nummer im Café.

Hans schlenderte derweil ein wenig im Kreis umher und versuchte, durch die Schlitze der Fensterläden im Inneren der Häuser vielleicht etwas zu entdecken.

Ein Herr auf einem Balkon räusperte sich, während ich endlich ein Freizeichen hatte.

Hans blickte nach oben und grüßte.

Der Mann, der gerade alleine an einem kleinem Tisch sein Frühstück genoss, grüßte zurück. Vielleicht war das Wort »Frühstück« ein wenig übertrieben. Er trank einen Kaffee und tunkte jedes Mal ein Gebäckstück in die Tasse, bevor er davon abbiss. Es tutete bereits sechsmal. Dabei hatte ich der Anja gesagt, wenn es einmal klingelt, bin ich es. Spaß beiseite. Wo war sie nur?

»Café Zuckerrübe, Schönborn?«

»Hey, da bist du ja.«

»Oh, Herbert. Schön, dass du dich endlich mal wieder meldest! Ich dachte schon, du hast mich vergessen.«

»Anja, ich hätte dich bestimmt schon öfter angerufen, aber auf dem Schiff gibt es einfach keinen Empfang.«

»Herbert. Wir leben im einundzwanzigsten Jahrhundert. Das glaubst du doch selbst nicht.«

»Wenn ich es dir sage. Oder hast du schon mal einen Sendemasten auf einer Boje im Meer schwimmen sehen?«

Hans guckte mich fragend an und konnte sich ein Lachen nicht verkneifen. Er wusste bei dem Wort »Sendemast« genau, um was es bei diesem Telefonat gerade ging. Er freute sich in diesem Augenblick bestimmt über sein Singledasein. Somit musste er solche Gespräche nicht führen.

»Wie geht es dir?«

»Ich bin total müde. Ging noch lange gestern. Außerdem nervt meine Mutter ständig, dass ich zu ihnen kommen soll. Also für die Tage, an denen du nicht da bist.«

»Na danke, dass du das jetzt noch hinzugefügt hast! Das wäre ja ein Ding gewesen, wenn sie grundsätzlich wollten, dass du wieder bei ihnen wohnst!«

Hans kam näher und grinste. Machte sich der Dödel etwa über mich lustig? Klar machte er das.

»Und Herbert? Wie ist es bisher? Ich bin ganz schön neidisch, dass ich nicht dabei bin. Bei uns regnet es übrigens.«

»Ich hätte auch gern, dass du dabei bist!« Für diesen Satz erntete ich von Hans einen protestierenden Blick. »Wir haben bereits 26 Grad. Dabei ist es nicht mal Mittag.«

»Na toll!«

»Glaube mir Anja, so viel verpasst du nicht. Wir sind jetzt gerade hier in Salerno, total tot die Stadt. Das Abendessen gestern war auch nicht der Brüller ...«

»Gleich tust du mir leid. Was macht der Hans?«

»Hans ist Hans! Kennst ihn ja!«

»Lass dich bloß nicht anstecken vom Hans'schen Gen und grüß ihn!«

»Hans? Viele Grüße!«

»Zurück. Es ist wunderschön hier, Anja!«, brüllte er, woraufhin umgehend ein Hund in einer Nebengasse zu bellen begann.

»Hast ihn gehört?«

»Ich muss jetzt auch wieder weitermachen. Du weißt ja, Sonntag. Brunch!«

»Gut, Anja, hab dich lieb. Ich melde mich wieder.«

»Okay. Viel Spaß. Bussi.«

»Bussi.«

Hans schaute mich angewidert an.

»Das wird echt schlimmer mit euch. Nicht mehr lange, und ihr schlendert mit einem Körbchen Samstagvormittag über den Markt und kauft lecker ein fürs Wochenende.«

»Und?«

»Alles klar, das macht ihr schon. Oder?«

»Jetzt lass uns weitergehen! Schließlich sind wir schon eine halbe Stunde hier und haben bisher nur zwei Gassen gesehen.«

»Und das liegt jetzt an mir, oder was?«

Wir spazierten die Gasse weiter hinunter und Hans grüßte kurz zum Abschied zu seiner Urlaubsbekanntschaft auf dem Balkon hoch.

Dieser winkte, stand auf und ging in seine Wohnung. Wahrscheinlich wunderte den auch nichts mehr.

Wir bogen nach einigen Schritten nach links ab und siehe da, es gab überraschend schicke Plätzchen in Salerno. Sogar bevölkerte Plätzchen. Hier gefiel es uns. An einem Haus stand »Piazza Sedile di Portanova«. Ja, das war Italien, wie man es kannte und sich an verregneten Tagen in Deutschland sehnsüchtig vorstellte. Italien mit Motorrollern, älteren Menschen, die sich angeregt auf Bänken unterhielten, und Katzen, die müde vom nächtlichen Jagen durch die Straße schlichen – auf der Suche nach einem ruhigen Plätzchen, das von der Morgensonne schon leicht angewärmt war. Die Menschen unterhielten sich, wild gestikulierend.

Ein Flair, das ich stets als beruhigend empfand. *Mach ich es heute nicht, mache ich es morgen.* Getränkt mit dieser Lebenseinstellung, fuhr ich jedes Mal nach einem zweiwöchigen Aufenthalt zurück nach Hause. Mein fester Vorsatz: Ich will es den Italienern gleichtun. Nach zwei Tagen scheiterte ich stets mit der kläglichen Erkenntnis, dass dies unmöglich war. Der Takt, nach dem im Finanzamt getanzt wird, war ein anderer, als der in Italien. Somit trat man seinen Mitmenschen und Kollegen entweder auf die Füße oder blieb einfach schlicht und ergreifend auf der Strecke.

Ich hatte Anja versprechen müssen, ihr von jedem Landgang eine Karte zu schreiben. Somit steuerte ich einen Laden an, vor dem ein Rondell mit einer beachtlichen Auswahl an Ansichtskarten stand.

»Herbert, das ist jetzt nicht dein Ernst, oder?«

»Ich habe es der Anja versprochen. Ist gleich vorbei.«

»Darum geht's nicht. Du bist ein Mann. Männer packen keine Geschenke ein, Männer zünden sich keine Kerze an, wenn sie in die Badewanne gehen, und Männer schreiben keine Ansichtskarten. Außerdem steht da eh dieselbe alte Leier drauf. Oder hast du schon mal auf so einer Karte gelesen: Wetter beschissen, Essen so lala, bin froh, wenn ich endlich wieder nach Hause komme? Also kann man es auch gleich lassen. Weil es im Normalfall eh schön ist oder eben gelogen.«

Also bei manchen Dingen konnte sich der gute Hans absolut in Rage reden.

»Hans, ich will der Anja lediglich zeigen, dass ich an sie denke.«

»Niemand schreibt eine Ansichtskarte an andere Menschen, weil er gerade an sie denkt. Diese Karten werden geschrieben, um zu protzen. Schaut her, was ich mir für eine tolle Reise leisten kann, und ihr müsst daheim bleiben. Ätsch!«

»Also Hans, jetzt redest du echt einen Schmarrn. Die Anja bekommt auf jeden Fall eine.«

»Du bist ein hoffnungsloser Romantiker. Ich setze mich mal da drüben in das Straßencafé. Ich bin stark unterhopft.«

»Bestelle mir auch ein Bier mit, ich komme gleich. Hast du einen Stift?«

Hans blieb stehen, drehte sich um und tastete sich von oben bis unten ab.

»Warte, ich muss nachschauen! Nein, Fehlanzeige! Eine Nagelfeile hätte ich vielleicht.«

»Komm, hau ab und bestell zwei Bier, du Spinner!«

***

Hans fläzte sich in einen Stuhl vor dem Straßencafé und ließ sich die Sonne ins Gesicht scheinen. Mich nervte es ja auch, dass ich Zeit mit Kartenschreiben verschwendet hatte. Was sollte ich machen? Schließlich musste Anja zu Hause bleiben und konnte das alles hier nicht genießen. Sie sollte wenigstens von jedem Landgang eine Erinnerung erhalten und den Beweis: *Schau her, ich habe an dich gedacht.* Außerdem wollte ich Hans nicht Futter zum Dumm-daher-Reden geben, wo er ein eingefleischter Single war. Das Letzte, was ich auf dieser Reise brauchte, war, dass sich Hans in seiner Meinung zu Beziehungen bestätigt fühlte. Das hätte nämlich bedeutet, dass er sich aktiv auf die Suche nach einer Frau für mich begeben hätte. Ich wollte einfach bloß ein wenig Ausspannen in meinem Urlaub!

***

»Und, hast jetzt deinen Liebesbeweis endlich auf den Weg gebracht?«

»Gerade in den Postkasten dort hinten geschmissen.«

»Du weißt schon, dass die hier mit der Post nicht die Allerschnellsten sind. Gut möglich, dass du vor der Karte daheim bist.«

»Darum geht's nicht. Hast schon bestellt?«

»Klar. Schau, da kommt es auch schon.«

Hans hatte zwei kleine Bier bestellt. Er meinte, dass es zu früh sei, für eine volle Mahlzeit. Allerdings drifteten hier die Vorstellungen von einem kleinen Bier ein wenig auseinander. Diese zwei Gläser waren wirklich klein. Dagegen waren Kölsch-Gläser die reinsten Maßkrüge.

Wir prosteten uns zu und mit einem Zug hatten wir unsere Gläser geleert. Das kam uns sehr gelegen, da mittlerweile die Stadt erwacht war und dieser Platz zwischenzeitlich stark besiedelt war. Es wurde einfach zu laut.

Hans schickte sich an, zu zahlen und winkte den Ober zu sich. Dieser nannte ihm den Preis: Hans zog es fast die Schuhe aus. Dafür hätten wir in München zwei volle Halbe bekommen. Hans fragte mit Händen und Füßen und einer schlechten Mischung aus Italienisch und Englisch, ob der Ober Lire meinte.

Dieser ging nicht weiter auf die Bemerkung ein und hielt die Hand auf.

Hans zahlte widerwillig und ließ sich die zehn Cent Wechselgeld zurückgeben Begründung: Für diese monetäre Frechheit wollte er überdies kein Trinkgeld löhnen.

Wir zogen weiter; ich blätterte unterwegs ein wenig in einem kleinen Reiseführer über Salerno, den ich zusammen mit der Postkarte für Anja erstanden hatte.

»Du Hans? Hast nicht ein wenig Lust auf Kultur?«

Hans drehte sich kurz um und entdeckte meinen Reiseführer. »Jetzt sag nicht, du hast so ein Ding gekauft.«

»Klar. Ich will ja wissen, was hier so los ist. Dadurch, dass wir nicht viel Zeit haben, sollten wir nichts dem Zufall überlassen. Meinst du nicht?«

»Und was verstehst du unter Kultur? Jetzt sag bloß nicht, du willst hier durch so ein Museum latschen. Das Deutsche Museum in München reicht mir. Samt Sternwarte.«

»Hm, wir könnten in den Dom gehen.«

»Bin vor Jahren aus der Kirche ausgetreten.«

»Trotzdem kann man sich doch einen Dom ansehen.« Wir bogen in eine Seitenstraße ab. »Was hältst du von der Pinacoteca Provinciale?«

»Und was gibt's da?«

»Warte, Gemälde. Aus der Renaissance.«

»Die haben wir bestimmt bei uns auch im Haus der Kunst.«

»Also Hans, weißt du, du bist wirklich kulturell gesehen eine Wildsau.«

»Es wird bestimmt auf der Welt andere Dinge geben als Museen und Kirchen.« Er blieb stehen. »Gibt's keine Brauerei, die man besichtigen könnte? Vielleicht können die uns den Preis von der Plörre von vorhin erklären. Vielleicht bauen die ihren Hopfen ja in kleinen Gewächshäuschen an.«

Ich blätterte in meinem Reiseführer weiter. »Brauerei nicht, aber es gäbe da einen Garten. Den Gardino della Minerva.«

»Wenn es da so fesche Hasen gibt, wie bei uns im Englischen Garten, bin ich dabei.«

»Ja, das kann ich dir natürlich nicht versprechen«, ich klappte meinen Reiseführer zu. Ich war mit meinem Latein am Ende. Hans sollte einfach sagen, wozu er Lust hatte. Gerade, als ich ihn fragen wollte, kam er mir zuvor.

»Du Herbert? Fahren wir nicht lieber wieder zurück auf unser Schiff? Was meinst?«

»Hans, es ist nicht mal Mittag.«

»Ja, schon, aber ich finde es ehrlich gesagt, hier absolut nicht so prickelnd. Um nicht zu sagen: fad. Außerdem kriege ich langsam ein bisserl Hunger und sehe nicht ein, dass wir hier dafür zahlen. Wo wir doch auf dem Schiff alles bekommen, was wir wollen. Inklusive Bier.«

Gut, ich hatte mir unseren ersten Landgang auch etwas anders vorgestellt. Ich wusste ebenfalls nicht so recht, was wir uns ansehen sollten. Vielleicht wäre es besser gewesen, sich einer Reisegruppe anzuschließen. Immerhin gab es von unserem Schiff aus für jeden Landgang zig Angebote. Das war dem Hans natürlich viel zu touristisch. Ich willigte ein. Hans stoppte ein Taxi, das uns wieder an den Hafen zu unserem Dampfer brachte. Schade war es dennoch, eigentlich nichts von Salerno gesehen zu haben. Außer einem Souvenirladen und einem Straßencafé.

# Verfallsdatum am Beckenboden

Nachdem Hans das Bier im Straßencafé bezahlt hatte, übernahm ich das Taxi. Hans zog es regelrecht wieder auf unser Schiff. Voller Elan desinfizierte er sich seine Hände, bevor wir durch die Sicherheitskontrolle gingen. Während Hans kurz in die Kabine ging, um sich umzuziehen, nutzte ich die Gelegenheit, mich nochmals nach Anja zu erkundigen. Ich war beunruhigt, dass es ihr nicht gut ging. Was mich allerdings nervös machte, war die Tatsache, dass ihre Mutter sie zu sich holen wollte. Immerhin war die mit mir als Partner ihrer Tochter absolut nicht einverstanden. Sie hätte sich lieber einen reichen Schnösel für sie gewünscht. Damit Geld zu Geld käme. Sah ich etwa aus, wie ein Schmarotzer?

Endlich. Freizeichen.

»Café Zuckerrübe, Schönborn, guten Tag«, hörte ich meine Süße sagen und freute mich, ihre Stimme zu hören.

»Ja, ich bin es. Hallo, Anja.«

»Wer ist ich?«

»Na ich, Herbert. Dein Mitbewohner. Normale Größe, gutaussehend …«

»Sorry, Herbert. Es ist ziemlich laut hier.«

»Na, wie geht es dir?«

»Ach, ich bin total groggy. Ich könnte mich glatt hier auf den Tresen legen.«

»Kannst du den Laden nicht einfach zusperren?«

»Na, du bist witzig! Ach ja, ab heute Abend erreichst du mich nur über das Handy oder bei meinen Eltern zu Hause. Mein Papa holt mich heute hier ab, sonst macht meine Mama am Ende ein Fass auf, wenn ich allein daheim bin. Vielleicht ist es auch besser so. Tut bestimmt gut, mich wieder mal von oben bis unten bemuttern zu lassen.«

»Oder beeinflussen?«

»Was? Ich verstehe dich so schlecht.«

»Ich sagte, na, dann ist es ja gut, ich weiß Bescheid. Ich werde dich erst wieder morgen früh anrufen können, weil wir heute Abend hier ablegen und weiterschippern.«

»Also ich kann das nicht glauben, dass du da nicht mit deinem Handy telefonieren kannst.«

Ich verkniff mir weitere Erklärungen. Außerdem konnte ich das gestern ja selbst nicht glauben. Ich schwor Anja, dass ich brav blieb und wir legten auf.

Hans war schon in Sichtweite. Er hatte ein Muskelshirt angezogen und seine Badehose, die aussah, wie eine kurze Lederhose. Diese Hose war sein ganzer Stolz.

»Und? Was sagst? Schick, oder?«

Breitbeinig stolzierter er in seinen Flip-Flops auf mich zu. Ich konnte den Aufdruck auf seinem Shirt lesen: „Privatpatient".

»Sag mal, wo hast du eigentlich diese Shirts her?«

»Geheimnis. Gehen wir jetzt was essen? Ich habe Hunger.«

»Klar. Snackbar oben an Deck? Wie gestern Abend?«

»Bingo.«

Jetzt war Hans' Ordnung wieder hergestellt.

***

Sich an Bord aufzuhalten, während ein Schiff im Hafen lag, hatte durchaus seinen Reiz. Die meisten Passagiere hatten das

Schiff verlassen. Das hieß: Mehr Platz für uns und kein Anstehen beim Essen. Wir hätten uns in die Burger und Pizzen reinsetzen können. In weiser Voraussicht auf das Abendessen nahmen wir vorsichtshalber ein bisschen mehr zu uns. Außerdem wollten wir eine solide Grundlage für das Bier schaffen. Hans hatte beschlossen, den finanziellen Verlust der zwei Kinderbiere vom Landgang doppelt und dreifach wieder reinzutrinken. Wir bewaffneten uns nach dem Essen mit einem frischgezapften Blonden und suchten uns einen idealen Platz im Poolbereich. Hans wollte ein bisserl gucken und ich, ja, ich hatte auch nichts dagegen.

»Und Herbert? Hast noch mal mit deiner Anja telefoniert?«

»Ja. Weißt du, was saudumm ist? Jetzt wohnt sie in der Zeit, in der ich nicht da bin, bei ihren Eltern. Ihre Mutter meint, sie müsse sie pflegen. Kannst du dir das vorstellen?«

»Ja mei, das ist doch cool. Sie braucht nicht einkaufen zu gehen, nicht zu kochen. Ich weiß gar nicht, was du hast.«

»Pah! Pure Berechnung ist das. Die arbeitet jetzt bestimmt an meiner Anja herum und versucht, ihr wieder irgend so einen Schnösel anzudrehen. Einen aus besseren Kreisen. Das macht mir aber weniger Sorgen. Mit der Anja, da bin ich mir schon relativ sicher.«

»Relativ?«

»Ja, schon so richtig. Mehr Sorgen macht mir da eher ... Wie soll ich sagen? Der hygienische Zustand im Hause Schönborn.«

»Von Schönborn bitte, ja, Herbert? So viel Zeit musst schon haben. Wieso, was ist da im Haus?«

»Na ja, ich sag einmal, außen hui, innen pfui.« Ich bestellte zwischenzeitlich eine weitere Runde, weil's gerade so gemütlich war. »Du, ich habe bei denen mal in den Kühlschrank geschaut. Mein lieber Schmarrn! Ein Mekka für Keime, Viren und Bakterien. Also sauber ist anders. Dagegen kann man in deinem Kühlschrank am offenen Herzen operieren. Ich schwöre es dir, Hans!«

»Na, so schlimm wird es wohl nicht sein, oder?«

»Du Hans, da stehen Joghurts drinnen, die sind bestimmt schon eine Woche abgelaufen.«

»Ha! Du bist vielleicht ein Spinner. Und das war es, oder was?«

»Nicht allein, aber, das geht doch nicht, Hans.« Ich nahm einen kräftigen Schluck.

Hans versuchte, mir eine Lehrstunde über Mindesthaltbarkeitsdaten zu geben. Da biss er bei mir auf Granit. Bei diesem Thema verstand ich keinen Spaß.

»Herbert, du bist echt ein Hypochonder vor dem Herrn. Das Datum ist ein ungefährer Wert. Das heißt: mindestens. Da steht ja nicht drauf, dass du einen Tag später stirbst, nachdem es abgelaufen ist. Außerdem siehst du ja den Schimmel, wenn du den Becherdeckel öffnest.«

»So, du Schlaumeier, was machst du beim Trinkjoghurt? Den musst du nämlich vorher schütteln und siehst nicht mehr, ob da Schimmel drinnen ist oder nicht.«

»Ja, dann probierst du einfach ein bisserl, dann wirst schon merken, ob der gut ist oder nicht.«

»Hans, das klappt nicht.«

»Klar! Du musst probieren. Schau, ein Beispiel!« Ui, ein Beispiel vom Hans.

Früher waren diese Beispiele legendär. Eigentlich hätte man den ganzen Mist, den er all die Jahre verzapft hatte, sammeln müssen. Im Fernsehen wäre das der Hit geworden. Frei nach dem Motto »Hans erklärt die Welt!«. Ich war mir sicher, es war ein Beispiel mit irgendeiner Frau.

»Ja, Hans, was ist mit deinem Beispiel?«

»Es gab da mal eine heiße Mietze.« Na bitte, was sagte ich! »Alle haben sie mich vor der gewarnt. *Lass dich nicht mit der ein*, haben alle geunkt. Trotzdem habe ich sie probiert.«

»Und?«

»Gut war sie!«

»Hatte die auch ein Mindesthaltbarkeitsdatum? Vielleicht am Deckelrand oder am Beckenboden?«

»Du bist ein Hanswurst.«

»Nein, das bist und bleibst du!«

# Neptun und Bikinis

Gerade, als ich meine Lippen an meinem Glas ansetzte, wurden wir aus unserer relaxten Stimmung brutal herausgerissen. Laute Paukenschläge hämmerten an mein Trommelfell, Rauch quoll aus einer Nebelmaschine auf einer Bühne. Schnell war klar, dass auch hier an Bord ein Animationsteam existierte. Dass die uns allerdings mitten im Hafenbecken ihr Unterhaltungsprogramm aufs Auge drückten, damit hatten wir nicht gerechnet. Umgehend ging das typische Gegröle der Passagiere los, das ich bis dato einzig aus Cluburlauben kannte. Wir sahen uns an, bevor unser Blick auf eine Tafel neben der Bühne schweifte, auf der stand: Heute: 14 Uhr, Neptunfest.

Aus dem Fernseher kannte ich solche Spielchen. Allerdings nur, wenn ein Schiff den Äquator überquerte. Hier im Hafen von Salerno waren wir ja ein paar Meter davon entfernt. Egal, die Reederei wollte ihren Gästen einfach etwas bieten.

Hans und ich standen auf und sicherten uns einen idealen Platz mit uneingeschränkter Sicht auf Pool und Bühne. Zugucken war super. Mitmachen war nicht so mein Ding. Bei Hans war das eine Sache des Promillespiegels.

Das italienische Animationsteam legte voller Elan los. Aus den Boxen dröhnte die Filmmusik zu *Fluch der Karibik* in einer Lautstärke, dass sich bestimmt der Stuck von der Decke des Teatro Municipale Giuseppe Verdi in Salerno löste. Woher ich das kannte? Es stand in meinem Reiseführer.

»Die machen ja ein Fass auf. Schau dir den an!« Hans wies auf einen Animateur, der anscheinend Neptun darstellen sollte. Er war grün im Gesicht und hatte eine grüne Perücke auf. Bekleidet war er mit grünen Lumpen, die in unterschiedlichen Längen an ihm herunterhingen. In der einen Hand hielt er ein Mikrofon, in der anderen einen Dreizack. Eigentlich hätte dieser Kerl auch einen Teufel spielen können, der Moos angesetzt hatte. Sein Gefolge bestand aus vier leicht bekleideten Animateurinnen, die hinter ihm her tanzten und das Publikum zum Klatschen anfeuerten.

Der Poolbereich füllte sich, da immer mehr Passagiere wieder auf dem Schiff eintrafen. Fotoapparate, Handys und Filmkameras wurden gezückt, um vielleicht ein paar erhebende Momente für die Daheimgebliebenen zu erhaschen.

»Also, in meinem nächsten Leben werde ich auch Animateur. Schau dir mal die Mädels an, die der Typ da im Schlepptau hat!« Hans war voll bei der Sache.

Neptun erreichte mit seinen Damen die Bühne und setzte sich auf einen selbstgebastelten Thron. Er gab seinen Dreizack ab und legte in einer für Italiener mit Mikrofon typischen Lautstärke los. Immer wieder hielt er inne, das italienische Publikum an Bord applaudierte und grölte. Anschließend wurde es ins Deutsche übersetzt. Anscheinend ging es darum, dass Frauen gesucht wurden, die Neptun etwas vortanzten. Je wilder und erotischer dies vonstattenging, desto milder würde der gestimmt sein. Dadurch würde er das Meer in Ruhe lassen und uns eine ruhige See schenken. Das hieß: Hans und ich waren aus dem Schneider. Der Preis für die beste Tänzerin war ein Cocktail, der für die, die ein Getränkepaket hatten, sowieso kostenlos war.

»Also Herbert, langsam gefällt es mir auf deinem Schifferl. Da kriegst ja am helllichten Tag schon was fürs Auge.«

»Das wissen wir ja überhaupt nicht. Wer weiß, wer sich da meldet. Das sind ewig dieselben. Oder hast du etwa schon mal

…?« Ich hielt inne, blickte zum Pool und traute meinen Augen nicht.

Da stelzte tatsächlich eine Schönheit Richtung Bühne, das glaubte ich nicht.

Hans pfiff auf zwei Fingern, die Menge grölte. Also, die Männer. In den Gesichtern der Frauen ringsherum las ich den gedachten Satz: *Na ja, wenn sie meint, sie kann das tragen.*

Hans und ich waren uns einig. Sie konnte!

Kaum war sie auf der Bühne angekommen, legte der DJ sofort mit heißer Mucke los. Wie sollte es anders sein: *You can leave your hat on* von Joe Cocker.

Die Kleine war in ihrem Element und vergaß anscheinend, wo sie war. Sie räkelte sich und rutschte zum Takt der Musik auf dem Bühnenboden umher, als ginge es nicht allein um einen Cocktail. Sie gab richtig Gas.

Hans bekam ganz glänzende Augen. *War diese Frau dort unten alleine hier?*, fragte ich mich. Als ich mir vorstellte, dass dort Anja vor etwa fünfzig Kameralinsen alle Hemmungen verlieren würde, wurde mir ganz anders.

Glücklicherweise saß die Tänzerin bald auf Neptuns Schoß und tat dort ihr Bestes. Somit waren meine Gedanken um Anja schnell verflogen; ich widmete mich wieder mit allen Sinnen dem Bühnenprogramm.

»Schau mal Hans, der scheint durch seine grüne Schminke schon ganz rot durch. Mit dem Schweiß hat der bestimmt nicht gerechnet.«

»Hoffentlich ist der Typ volljährig!«, grölte Hans mir zu, ohne auch nur einen Blick von der Bühne abzuwenden.

Endlich war das Lied aus und die junge Künstlerin holte sich vom Publikum einen stattlichen Applaus ab.

Hans und ich bekundeten auch unsere Bewunderung für diese außerordentliche Leistung mit lauten Zurufen und waren gespannt, was uns erwartete.

»Das kannst ja eigentlich nicht toppen, oder?«, fragte mich Hans.

Ich musste darauf keine Antwort geben.

Cocker legte zum zweiten Mal los und auf die Bühne kam eine absolute Allzweckwaffe. Ein Wunder, dass sie überhaupt etwas anhatte. Der Fetzen, der sich Bikini schimpfte, bestand hauptsächlich aus Bändchen. Neon pink. Die insgesamt etwa fünf Quadratzentimeter Stoff schafften es mehr schlecht als recht, die nicht ganz jugendfreien Stellen abzudecken. Ach ja, vielleicht sollte ich erwähnen, dass sich eine Menge Kinder an Bord befanden. Immerhin war Ferienzeit. Vielleicht war Italien ein offeneres Land, was das betraf.

Die Dame, die ich auf Mitte vierzig schätzte, wähnte sich anscheinend in einer Stripteasebar. Schade, dass sich keine Stange auf der Bühne befand! Ich meine natürlich, zum Glück. Wegen der Kinder. Leck mich am Ärmel, war die scharf!

»Hans! Wo sind wir hier?«

»Im Paradies, Herbert. Im Paradies. Guck sie dir an! Wie talentiert die ist. Und so gelenkig.« Hans spitzte schon ganz aufgeregt die Lippen. »Schau Herbert, was macht sie jetzt?«

Ja, wir sahen richtig. Die Talentierte fummelte in ihrem Nacken am Bikinioberteil herum. Sie war kurz davor, es auszuziehen, wäre da nicht der DJ mit einem Handtuch dazwischen gegrätscht, um sie davon abzuhalten. Von den zahlreichen Frauen um den Pool herum erntete er zu hundert Prozent Dankbarkeit für seinen Einsatz. Von den Männern hingegen einstimmig Buh-Rufe. Eine Gruppendynamik entwickelte sich, wie man sie sonst von der Grundausbildung der Bundeswehr kannte.

Ein Urlauber fasste sich ein Herz und warf den Spielverderber in den Pool.

Da der sich von der Tänzerin nicht vollständig mit seinem Handtuch getrennt hatte, ging die gleich mit ihm baden. Somit waren der Animateur und die scharfe Braut im Wasser und das Bikinioberteil auf der Wasseroberfläche.

Gleich fassten sich ein paar andere Mitreisende ein Herz und sprangen dem Objekt der Begierde hinterher.

»Da sagt noch einer, wir Männer wären nicht hilfsbereit.«

»Was meinst, wollen wir auch?«

»Gerne nach dir, Hans. Ich brauche das nicht. Ich schaue mir lieber die Stripteasetante an, wenn sie aus dem Wasser kommt. Oder glaubst du, dass die jemals wieder ihr Bikinioberteil zurückbekommt?«

»Nein. Natürlich nicht. Vielleicht sollte auch jemand das Handtuch retten, damit wir alle was davon haben.«

Die ersten Frauen verließen mit ihren Kindern den Poolbereich und schimpften vor sich hin.

Die Männer hielten mit ihren Kameras die Stellung, schließlich hätte ja nachträglich was passieren können. Ob sich das Animationsteam dieses Szenario so vorgestellt hatte, wagte ich zu bezweifeln. Dennoch war es für uns ein Heidenspaß.

Hans und ich orderten ein weiteres Bier. Wir waren in Partylaune.

***

Als wir auf unserer Kabine angekommen waren, hatten wir schon gut einen im Tee. Es wurde Zeit, dass wir endlich wieder etwas in unsere Mägen bekamen. Es war schon 17.30 Uhr durch und wir hatten eine knappe Stunde bis zum Abendessen. Auch für Männer nicht gerade viel Zeit. Besonders dann nicht, wenn man sich ein Badezimmer teilen muss, das so klein war, dass sich bloß eine Person darin aufhalten konnte.

Hans bestand darauf, heute zuerst ins Bad zu gehen. Er meinte, ich könne ja solange aus dem Fenster schauen und vorbeifahrende Schiffe beobachten. Der Witzbold.

Mir war das überhaupt nicht recht, dass ich nach ihm ins Bad musste.

Hans nahm es nie so genau mit der Ordnung. Dementsprechend sah es auch aus.

Ich fand mich damit ab und blätterte in der Zwischenzeit ein wenig in der Bordzeitung, die täglich neu auf unserer Kabine lag. Mit Erschrecken musste ich darin lesen, dass heute Gala-Dinner auf dem Programm stand. Darauf hatte ich überhaupt keine Lust. Gala-Dinner, wo am Vorabend das Essen schon scheiße gewesen war. Also für uns. Die Gourmets unter den Mitreisenden fanden das Menü bestimmt klasse, trotzdem mag ein bayerischer Durchschnittsgaumen wie meiner einfach lieber ein Schnitzel.

»Hans?«

»Ich hab's gleich. Nur keine Eile. Ich dusche uns gerade.« Ich wollte mir nicht vorstellen, wen er schon wieder mit »uns« meinte.

»Du, Hans? Heute ist Gala-Dinner!«

Er stellte die Dusche ab. »Was ist heute?«

»Gala-Dinner!«, rief ich in etwas lauterem Ton, sodass die Passagiere, die an unserer Kabinentüre vorbeikamen, auch gleich Bescheid wussten.

»Warum richtet die GALA hier an Bord ein Essen aus? Ist das am Ende eine italienische Zeitung? Vielleicht sind ja ein paar Promis an Bord!«

»Hans, Gala-Dinner hat überhaupt nichts mit ...«

Er öffnete die Badezimmertüre und streckte seinen Kopf durch den Spalt. »Das weiß ich, mein Bester. Ich ziehe dich nur auf.« Er schloss wieder die Tür. »Ich sage es dir lieber gleich. Für solch einen Anlass habe ich nichts zum Anziehen dabei.«

»Wie? Du wirst ja wenigstens ein Sakko eingepackt haben.«

»Für was ein Sakko? Wir haben Sommer und ich kein Vorstellungsgespräch. Ich habe hier keine Bewerbung abgegeben.

Allerdings könnte ich mir vorstellen, mich vielleicht dem Animationsteam anzuschließen.«

»Ich check mal deine Klamotten«, ich öffnete seine Seite des Schranks.

»Das lässt du schön bleiben. Sonst bringst du mir Unordnung in meine Sachen.« Er stellte die Dusche wieder an.

Als ich den Schrank öffnete, fiel mir alles entgegen, weil er einfach nur alles hineingestopft hatte. Was, bitte schön, sollte ich hier durcheinanderbringen? Und was zum Teufel war das?

»Du Hans? Für was hast du eigentlich deine Lederhose dabei?«

Er stellte die Dusche wieder aus. »Ich habe doch gesagt, du sollst meine Sachen in Ruhe lassen. Ein Bayer hat natürlich seine Lederhose dabei. Das ist ungeschriebenes Gesetz. Die könnte ich ja heute Abend anziehen. Was dem Geschäftsmann sein Anzug ist, ist dem Bayer seine Lederhose.«

»Bloß nicht.«

»Kannst ja dein Dirndl anziehen. Darfst dich auch bei mir einhängen.«

»Rede du bloß dumm daher.« Ich schloss den Schrank wieder und widmete mich der Bordzeitung.

»Du, Hans, im Casino ist heute auch ab 22.00 Uhr Happy Hour.«

»Ui, das wollte ich schon immer mal machen. Ein bisserl Karten spielen. Meinst, die können Schafkopf?« Er kam aus dem Badezimmer, um sich abzutrocknen. Dafür war unsere Nasszelle wirklich zu klein. Ständig blieb man irgendwo hängen oder stieß sich die Ellbogen an.

»Hans, die spielen dort Black Jack und so etwas.«

»Du, Herbert, ich habe mir was überlegt. Du kannst ja alleine zu dem tollen Dinner gehen. Ich warte solange oben an Deck und zieh mir eine Pizza rein, was meinst?«

»Wirklich nicht«, protestierte ich. »Wir sind zu zweit hier. Du kommst schön mit. Alleine gehe ich nicht.«

»Na gut. Wo ist denn das Problem? Die werden uns bestimmt nicht vermissen. Vor allen Dingen nicht der überspannte Schleimschädel mit seiner Tussi, die ihre Zähne nicht auseinanderkriegt.«

Das könnte ihm so passen.

»Nix da. Ich habe der Anja versprochen, ihr alles vom Schiff haarklein zu erzählen, dazu gehört vor allen Dingen so ein Scheiß-Gala-Dinner. Außerdem wartet bestimmt schon deine Yogagruppe auf dich. Hast du dir schon ein paar neue Figuren für morgen überlegt?«

Hans zog seine Jeans an und suchte in seinem Saustall, den er Ordnung nannte, einen passenden Gürtel. Also den einen, den er mithatte.

»Ach woher. Glaubst du, die stehen morgen wirklich auf der Matte? Ich wollte nur ausprobieren, ob die Yogamasche zieht. Und siehe da, sie zieht. Außerdem war ich neugierig, wie sich die Carmen so anfühlt. Von mir aus können die alleine Yoga machen.«

Freu dich nicht zu früh, Hans! Ich habe die Augen deiner Schülerinnen gesehen. Die wollen eindeutig ein bisserl was von ihrem Guru.«

Ich zog mich aus, um ins Bad zu gehen.

»Von mir aus kriegen sie halt ein bisserl was von mir. Aber nur, wenn du diesmal mitmachst. Schau, ich geh ja auch mit zu diesem verdammten Dinner.«

»Ok, abgemacht.«

Ich verschwand im Badezimmer, nahm den Duschkopf aus der Halterung und versenkte erst mal Hans' Haare im Abfluss. Hans und seine Eskapaden! Während ich mich einseifte, fragte ich mich, wann er endlich erwachsen werden würde. Klar hatte ich meinen Spaß mit ihm. Dennoch beschlich mich das Gefühl, ich würde mich schneller weiterentwickeln als er. Hans war für mich Zeit meines Lebens der Fels in der Brandung gewesen. Heute gab es vermehrt Momente, in denen ich mich für ihn schämte. Dabei wehrte ich mich gegen diesen Gedanken. Ich wollte mich nicht für jemand anderen schämen müssen. Jeder war für sich selbst verantwortlich. Vielleicht war es auch bloß Trauer. Trauer um meinen Spezl. Der, zu dem ich immerzu aufgesehen hatte. An den ich mich drangehängt hatte, um von ihm zu lernen. War er einsam? Hatte er deshalb einen so beachtlichen Frauenverschleiß, weil er sich einsam fühlte? Was, wenn wirklich einmal eine tolle Frau in sein Leben trat und er bemerkte es nicht? Ich war mir sicher, dass die eine oder andere Bekanntschaft von Hans sicherlich bei ihm geblieben wäre, wenn er es nur zugelassen hätte. Doch er hatte seine festen Prinzipien und zack: Die nächste bitte!

Keine durfte ihm zu nahe kommen. Da ging er sofort auf Abwehr. Ich hatte meine Anja. Klar, es könnte jederzeit wieder vorbei sein. Eine feste Beziehung bedeutete Arbeit. Jeden Tag. Entweder war Hans also irgendwann einmal zutiefst verletzt worden oder er war einfach zu faul, um sich gemeinsam mit einer tollen Frau etwas Festes zu erarbeiten. Jedes Mal, wenn ich ihm mit diesem Thema kam, wich er stoisch aus. Er riss sofort Witze über Pärchen, die sonntags spazieren gehen, oder abends auf der Couch sitzen und sich gemeinsam einen Film ansehen. Bohrte man weiter, lief man Gefahr, dass er wütend wurde. Was also, wenn ich das Bohren bei ihm nicht aufgab? Würde ich meinen besten Freund verlieren oder erfahren, was wirklich hinter diesem Single steckte?

Als er mit Franzi, Anjas bester Freundin und Geschäftspartnerin, zusammen gewesen war, sah von außen alles super aus. Selbst Anja war fest davon überzeugt gewesen, dass das was Festes werden könnte. Kaum wurde es enger zwischen den beiden, blockte er ab und machte mit Franzi Schluss. Die war natürlich am Boden zerstört und ich saß zwischen zwei Stühlen.

Glücklicherweise hatte sich der Sturm gelegt und Franzi sich auch wieder gefangen.

Anfangs hatte ich mich heimlich mit ihm getroffen. Kann man sich das vorstellen? Selbstredend suchte ich das Gespräch mit ihm. Hans blockte sofort und meinte, mich würde das nichts angehen. Ich hatte den Eindruck, als würde er sich nicht festlegen wollen. Als ob er von dem Gefühl getrieben wurde, es könnte sich bestimmt etwas Besseres finden.

Da sich bereits Schwimmhäute zwischen meinen Zehen und Fingern bildeten und ich auf dem Kreuzfahrtschiff einfach meinen Spaß haben wollte, verließ ich die Dusche. Und mit ihr auch die Gedanken um Hans.

In der Kabine stand er in voller Pracht vor mir. Hans, ganz in Weiß. Der alte Playboy. Wo hatte er denn diese Klamotten versteckt? Der einzige Eyecatcher war sein schwarzer Gürtel. Sogar der Haargummi war weiß. In diesem Moment hatte ich das Gefühl, er wollte sich wirklich Mühe geben, dazuzugehören. Ich war zufrieden. Alles war besser als Lederhose und Muskelshirt. Ich warf mich in meinen Anzug, den ich glücklicherweise eingepackt hatte. Hans zuliebe trug ich keine Krawatte.

»Komm, Hans, lass uns vor dem Essen kurz von der Reling schauen.«

Hans nickte zustimmend und wir nahmen im Hafen von Salerno an Deck einen Grappa zu uns. Sozusagen unser Aperitif. Ganz alleine, ohne lästige Yogadamen und geschleckte Yuppies. Fast alle Passagiere waren im Bauch des Schiffes, um sich fein zu machen für das Gala-Dinner.

Der Geruch von Meerwasser stieg mir in die Nase und vermischte sich dort mit dem Aroma des Grappas. Möwen kreisten in der Hoffnung, vielleicht etwas Essbares zu erhaschen. Kleine Kutter fuhren vorbei, von Land waren ein paar Vespas zu hören.

Solche Momente brennen sich ein, man möchte sie festhalten. Für schlechte Zeiten. Wenn sich auf der Arbeit die Akten stapeln, der Chef mies gelaunt ist oder der Haussegen schief hängt. Man schließt die Augen und holt sich genau diesen Moment her und die Sorgen werden kleiner.

# Turnsäckchen

Vor dem Speisesaal war die Hölle los. Am Vorabend waren wir angekommen, hatten den Desinfektionsspender betätigt und waren eingetreten. An diesem Abend hatte sich eine beachtliche Schlange gebildet. Weiter vorne blitzte es unentwegt. Es ging schleppend voran. Wenig später hatten wir den Grund für die Verzögerung vor Augen. Am Abend des Gala-Dinners ließ es sich der Kapitän anscheinend nicht nehmen, jeden Passagier einzeln zu begrüßen. Im Flugzeug machte das die Stewardess, hier gab sich der Steuermann persönlich die Ehre. Zu allem Übel wurden alle Passagiere mit ihm und einem anderen Mann im Smoking abgelichtet. Wahrscheinlich der Manager dieses Schiffes.

Wir waren an der Reihe. Hans schob mich voran, ich solle als Erster gehen.

Der Kapitän begrüßte mich zuerst, danach der andere, ich stellte mich in die Mitte, Cheese, und weiter ging es. Dachte ich.

Nun war Hans an der Reihe. Schnell war klar, dass Hans die Gelegenheit beim Schopf packte, und aus der Nummer eine Hans-Show machte. Er redete auf den Kapitän ein, als hätten sich die beiden schon vor der Reise gekannt.

Der war glücklicherweise gut drauf und lachte unentwegt.

»Sie fahren sehr gut!«, bescheinigte Hans dem Kapitän sehr langsam und überdeutlich.

»Grazie. Mille Grazie!« Ich war nicht sicher, ob der überhaupt verstanden hatte, was mein Freund ihm zugetragen hatte. Mittlerweile schüttelte er Hans mit beiden Händen dessen Hand.

Da Hans auch, bis auf den Gürtel, weiß gekleidet war, hatte der Fotograf alle Hände voll zu tun, einer Überbelichtung aus dem Weg zu gehen. Ständig spähte er auf sein Kameradisplay, nachdem er abgedrückt hatte und startete einen neuen Versuch.

Die Stimmung war gut. Hans posierte ohne Rücksicht auf die Wartenden. Teilweise hatte er die Kapitänsmütze auf und nachkommende Passagiere wussten nicht mehr, wer nun das Oberhaupt dieses Kahns war. Hans war auch auf den Bildern anderer Urlauber mit dem Kapitän dabei.

Mir dauerte das Spektakel zu lange. Ich ging schon mal in Richtung Tisch, während ich das Desinfektionsmittel zwischen meinen Händen verrieb. Bevor ich unseren Tisch erreichte, hatte mich Hans schon eingeholt.

»Wo willst du so schnell hin?«

»Hans, ich habe Hunger.«

»Hast gesehen, ist witzig drauf, der Kapitän. Enzo heißt er. Ich hab ihm gesagt, dass ich der Hans bin. Wir sind jetzt per Du.«

»Dass du aus allem ein Event machen musst.«

»Lass mich doch!«

Unser Tisch war bereits vollständig besetzt und die Getränke serviert. Da jedem bewusst war, was sich am Eingang abgespielt hatte, fand ich es unnötig, mich für die Verspätung zu entschuldigen. Wir grüßten in die Runde und setzten uns.

Carmen grüßte Hans nochmals, als der Platz genommen hatte, entfaltete seine Stoffserviette und legte sie ihm über sein rechtes Bein. Bis auf Hans und mich waren alle in kompletter Abendgarderobe.

Ein Blick durch den Speisesaal verlieh mir die Erkenntnis, dass auch eine Reederei so ihre Wünsche hatte, die dennoch nur bedingt erfüllt wurden. Die Hälfte der Gäste war stinknormal gekleidet. Natürlich mussten wir unbedingt am Hardcoretisch sitzen! Ich hatte das Gefühl, wir gingen nach dem Essen in die Oper.

Wir riskierten gerade einen Blick in die Speisekarte, als plötzlich zwei uns fremde Damen an den Tisch kamen.

Carmen und Susanne grüßten ganz aufgeregt. Okay, man kannte sich.

»Sie müssen Hans sein. Wir kennen uns nicht«, sagte die eine und griff nach seiner Hand. »Das ist meine Freundin Sybille, kannst Bille sagen, und ich bin die Gundi.«

Der Rest unseres Tisches unterbrach die Suche nach der richtigen Speisenauswahl und beobachtete meinen Kumpel und alles, was um ihn herum passierte.

»Bille, Gundi«, grüßte er zurück und guckte fragend zu Carmen und Susanne.

Letztere meldete sich zu Wort. »Hans, wir haben die beiden heute im Bus nach Salerno kennengelernt. Du hast bestimmt nichts dagegen, wenn sich die zwei uns morgen früh anschließen, oder?«

Hans war sichtlich erstaunt. Damit hatte er nicht gerechnet. Ich, ehrlich gesagt, auch nicht. Immerhin war Hans' Yogastunde, milde ausgedrückt, ziemlich beschissen gewesen. Bevor Hans einen Ton dazu sagen konnte, bedankten sich die zwei Neuen und waren wieder weg.

Carmen winkte ihnen hinterher, alle anderen am Tisch schenkten die Aufmerksamkeit wieder der Karte.

»Ist doch in Ordnung für dich, nicht wahr, Hans?«, fragte Carmen und legte ihre Hand auf sein mit der Serviette bedecktes Bein.

»Freilich. Je mehr, desto besser«, log Hans und schenkte mir einen flüchtigen, verzweifelten Blick. Meine Schadenfreude über Hans' Schlamassel, in den er sich manövriert hatte, verflog schnell. Schließlich hatte ich ihm ja versprochen, auch dabei zu sein.

»Ui, schau, Hans! Die Uschi und die Katja von heute Morgen winken.«

Hans drehte sich zur Seite. Er winkte zurück.

»Morgen früh, gleiche Zeit?«, wollte Uschi flüchtig wissen.

»Ja, ja, klar!«, gab Hans zu verstehen und wirkte zunehmend verzweifelter. Schön, zu sehen, dass auch ihn etwas überfordern konnte. Erst recht, wenn es sich um sechs Damen handelte.

»Also, ich bin ja gespannt, wie die anderen morgen klarkommen. Ich bin heute den ganzen Tag verspannt gewesen«, bemerkte Susanne.

»Es ist einfach wichtig, den Körper ganzheitlich als eine Einheit zu sehen, liebe Susanne. Dann klappt das auch«, versuchte Hans, Susanne zu beruhigen.

»Mensch, du redest vielleicht einen Scheiß!«, flüsterte ich. »Vielleicht ist es besser, den Mädels morgen reinen Wein einzuschenken. Vermutlich sind sie kurz verärgert, weil du sie hochgenommen hast, aber eventuell ist die restliche Reise entspannter.«

»Jetzt warte erst mal ab, wie es morgen läuft! Bei den Neuen ist eine dabei, die sieht scharf aus. Ich meine, gesehen zu haben, dass die ein Auge auf dich geworfen hat.«

»Hans, für dich zum Mitschreiben: Ich brauche keine Frau, keinen heißen Flirt und schon lange keine verzweifelte Damen, die mit Augen um sich werfen. Dir ist schon klar, dass die Nacht morgen um kurz nach sechs wieder vorbei ist, oder? Mensch, Hans, ich habe Urlaub!«

»Na also, Herbie. Atme locker durch die Hose und entspanne dich! Du kannst dich ja morgen früh auf dein Handtuch legen und den schlafenden Hund machen. Meditierst halt ein bisschen.«

Keine Chance, ihn zur Vernunft zu bringen. Mir war es egal, dass er sich hier von einer Scheiße in die andere manövrierte.

Aber wenn ich diesen Schwachsinn mit ausbaden musste, ging mir die Hutschnur hoch. Er begriff einfach nicht, wann Schluss war. Ständig eins draufsetzen. Ich wollte bloß ein wenig die Seele baumeln lassen. Ich wünschte mir in Gedanken meine Anja an Bord. Mit ihr könnte ich hier relaxen. Zugegeben, die Landgänge wären mit ihr stressig. Einfach umherschlendern, ein Straßencafé hier, ein Bierchen da, das wäre mit Anja nicht möglich gewesen. Sie hätte vielmehr den Drang gehabt, alle Sehenswürdigkeiten abzuarbeiten. Das wäre ein anderer Stress gewesen. Ich hätte ihn gerne auf mich genommen. Bei Hans fiel es mir zunehmend schwerer, seine Projekte zu unterstützen. Ich hatte ja nichts davon. Wenn er nur endlich mal die Eine finden würde. Sollte das mit ihm ewig so weitergehen?

***

»Bei uns ist vor der Badezimmertür der Teppich nass«, erklärte uns Herr Krüger, während er seiner Frau ihr Turnsäckchen an deren Stuhllehne richtete. »Immer, wenn wir die Dusche anhatten.« Wieder reagierte niemand am Tisch auf diese Information. Mich interessierte viel mehr, was wohl in diesen ominösen Säckchen drin war.

»Clemens, das interessiert die Leute hier nicht«, sagte seine Frau. »Waren Sie heute auch an Land?«, fragte sie in die Runde.

Alle nickten.

Mattis Klaasen, unser Modezar, ließ es sich nicht nehmen, uns zu erzählen, dass er sich nach den modischen Trends umgesehen hatte. Immerhin wollte er in Hamburg mit seiner Boutique auf dem neuesten Stand sein. Ich schmunzelte in mich hinein. Genauso gut hätte ich mich als Finanzbeamter bei meinem letzten Griechenlandurlaub erkundigen können, wie man dort so die Steuer machte. Mailand, Paris, das sind Gegenden, wo man neueste Trends erwarten konnte. Aber Salerno?

»Mir ist aufgefallen, dass die hier so Hosen tragen. Und Flip-Flops. Allgemein würde ich behaupten, der Italiener in Salerno kleidet sich eher luftig«, versuchte Hans, sich wichtig in Kleiderfragen einzubringen.

Maikes Mundwinkel zog es nach oben, was ihrem Freund nicht verborgen blieb. Entwickelte sich hier an unserem Tisch etwa ein Kampf um die Schwanzlänge?

»Na, Mode scheint für dich eher ein Fremdwort zu sein, nicht wahr?«, meinte Mattis und nippte von seinem Wasser.

»Ach, weißt du, Mode ist für mich nichts anderes, als der verzweifelte Versuch, dazuzugehören.«

»Hört, hört!«, rief Mattis aus. »Wie kommen wir zu der Ehre, von deiner reichen Lebenserfahrung auch profitieren zu dürfen?«

»Die gibt's von mir gratis. Da kann einer noch so teure Hosen anhaben. Wichtig ist, wer er ist, wenn er die abends auszieht.« Hans schaute in die Runde und erntete für seine Lebensweisheit schmunzelnde Gesichter.

Antra kam an den Tisch, um die Bestellung aufzunehmen. Freudig und mit Stolz erfüllt, teilte er uns mit, was uns an diesem Abend kulinarisch erwartete. Krustentiere! In allen Variationen. Spitze. Während sich alle anderen am Tisch freuten und Carmen sogar kurz applaudierte, reichte es mir schon wieder. Krustentiere zu essen, setzte ich mit einer Mutprobe gleich. Wenn Gott gewollt hätte, dass wir diese Viecher essen, hätte er sie nicht so robust verpackt, oder? Ich war einmal auf einer Vernissage in Schwabing eingeladen gewesen. Eine Ex hatte mich damals dort hingeschleift. Da gab es Hummer. Wir saßen alle mit Lätzchen am Tisch und waren mit Zangen bewaffnet. Es splitterten Teile vom Panzer um mich herum und alle aßen mit den Fingern. Definitiv nichts für mich.

Hans' Begeisterung hielt sich auch in Grenzen. Maike wurde es schlecht. Da sich das Schiff zwischenzeitlich wieder auf See befand, meldete sich ihr Magen. Anscheinend war sie seekrank.

Zu ihrem Leidwesen wurde ihr Magen zum neuen Tischgespräch gewählt. Hauptsache, es wurde nicht mehr über Mode gesprochen. Maike war das natürlich nicht recht.

»Lass dir von Antra einen geschnittenen Apfel bringen. Ich habe einmal gehört, dass das viel bringt«, gab ich zum Besten.

Susanne bestätigte meinen Tipp. »Ja, das habe ich auch gehört. Der füllt deinen Magen und die Säure macht auch irgendetwas mit deinem Magensaft!«

*Genau, lasst uns über Maikes Magensaft diskutieren. Vielleicht haben wir ja Glück und sie schenkt uns ein wenig Anschauungsmaterial.*

»Schatz, das wird schon wieder. Ich würde sagen, du isst den Hummer. Der füllt deinen Magen genauso. Das liegt bestimmt an diesem Schiff. Auf der AIDA gab es das nie mit dir«, bestimmte Mattis. Man hatte das Gefühl, er würde mit seiner Tochter reisen. Also mit Anja hätte ich so nicht reden dürfen. Nicht, wenn wir alleine waren, und schon gar nicht, an einem Tisch mit lauter Fremden.

»Also ich würde sagen, du isst, was du willst, nicht wahr Kleines?«, gab nun Frau Krüger zum Besten.

Auch Herr Krüger fühlte sich genötigt, etwas zu äußern. »Akupunktur soll da ja helfen! Früher gab es so etwas überhaupt nicht, diese Seekrankheit. Wieder so was Modernes.«

Mattis bestellte für sich und seine bleiche Maike Hummer und vorneweg eine Bouillabaisse. Klar, warum nicht. Ein angeschlagener Magen lechzt ja förmlich nach Fisch und Co.

Hans und ich waren an der Reihe. Nach einem kurzen Blick waren wir uns einig. Es war Zeit für uns, dem Kindermenü eine Chance zu geben. Hans bestellte.

»So Antra. Ich hätte gerne vorneweg die Fischstäbchen, als Zwischengang nehme ich die Nudeln mit der Tomatensoße, und als Hauptgang entscheide ich mich heute mal für das Schnitzel mit den Pommes. Nachspeise wähle ich später, wenn ich weiß, ob anschließend was reinpasst.«

Antra blickte zu mir.

»Ja, das hört sich gut an. Ich probiere das auch. Genauso.«

Mattis grinste dämlich.

Hans war das egal, und mir mittlerweile auch. Niemals in meinem Leben würde ich diese Pfeife wiedersehen. Also, wen juckte das?

Seine Freundin erlaubte sich die Frage, ob für sie vielleicht die Nudeln mit Tomatensoße auch die bessere Wahl wären. Ein kurzer Blick von ihm genügte, und sie war wieder auf Kurs.

Herr Krüger fühlte sich genötigt, die illustre Runde bei Laune zu halten und schwärmte von seinem Landgang in Salerno. Wie schön dort alles wäre.

Hans fand das äußerst übertrieben.

Ich musste gestehen, dass ich mich auch fragte, ob Herr Krüger samt Gattin am selben Ort gewesen waren wie wir.

Carmen und Susanne nuckelten an ihrem Weißwein.

Mechthild Krüger bestätigte die Meinung ihres Mannes.

Maike war weiterhin schlecht.

Mattis klinkte sich aus dem für ihn langweiligen Gespräch aus. Er wischte auf seinem Handydisplay umher und heuchelte Konzentration. Moment: Hatte der Sack ein Netz?

Eigentlich befürchtete ich, dass Hans Herrn Krügers Freude an der Schönheit Salernos in der Luft zerreißen würde.

Hans hatte jedoch an diesem Abend eine andere Strategie gewählt. Er gab Herrn Krüger in allen Punkten recht und schwärmte wie wild mit ihm um die Wette.

Ich bekam nach einiger Zeit so richtig Lust auf Salerno und wollte schon zum Kapitän an den Ausgang des Restaurants gehen. Vielleicht würde er ja noch mal umdrehen?

Hans setzte einen drauf. Er fragte die Krügers nach Sehenswürdigkeiten ab, die es überhaupt nicht gab.

Immer wieder blickte sich das Paar ratlos an und überlegte, wie es im Reiseführer diese Hotspots übersehen konnte.

Hans schwärmte von Kirchen, Marktplätzen und einem berühmten Brunnen. *Ja, wir hatten einen Brunnen gesehen. Zerfallen, leer und voller Taubenscheiße.* Hans' Brunnen hingegen war der schönste und tollste, den er jemals gesehen hatte.

Auch Carmen und Susanne hingen schnell an den Lippen meines Freundes. Carmen definitiv nicht wegen Hans' Geschichten. Ständig kniff sie ihre Augen leicht zusammen und befeuchtete ihre Lippen mit der Zunge. Also entweder durchlebte sie in diesem Moment einen gedanklichen Ausflug mit Hans auf einer Yogamatte oder ein Brunnen war für sie einfach ein Fetisch.

# Hummer mit Pommes

Während unsere Tischgenossen ein Kokossüppchen schlürften, über das ein Garnelenspieß am Tellerrand balancierte, genossen Hans und ich unsere Fischstäbchen. Ein Blick auf den Spieß meiner Nachbarin bestätigte mich in meiner Wahl der Vorspeise. Ich war zwar kein großer Gourmet, jedoch so viel wusste ich: Der Darm hat auf dem Teller nichts zu suchen. Für mich kein Kavaliersdelikt und sollte mit Limburger Käse nicht unter 500 Gramm bestraft werden. Hans und ich waren schnell mit unseren Stäbchen durch und orderten bei Antra Getränkenachschub.

Der freute sich über unsere leergefegten Teller, während wir von Mattis hämische Blicke ernteten.

Seine Freundin quälte sich zwischenzeitlich mit der Suppe. Sie konnte einem wirklich leidtun. *Aufgepasst bei der Partnerwahl!* Tja, da musste meine Anja auch durch. Erst ein Fehltritt lässt die wahren Werte des neuen Partners erkennen. Jetzt hatte sie ja mich, die Glückliche.

»Schau, Herbert! Lecker oder?« Wir betrachteten beide unsere Spaghetti Pomodoro. »Soll ich dir beim Antra einen Parmesan ordern?«

»Depp!«

Flüchtige Blicke am Tisch auf unsere Teller. Selbst der liebe Mattis schaute zweimal. Typisch Yuppie. Daheim wahrscheinlich zu blöd, um eine Dose Ravioli zu öffnen und hier den Mann von Welt mimen. Wir drehten unsere Nudeln auf die Gabeln, während Maike ihre Jakobsmuscheln in sich hineinschaffte. Umgehend bekam die Gute auch dieselbe Gesichtsfarbe, wie die Muschel. *Tja, du bist, was du isst!*

Der Höhepunkt des Abends war gekommen. Antra karrte sechs Hummer an unseren Tisch und verteilte große Plastiklätzchen.

Mattis, der alte Charmebolzen, verknotete seiner Maike die Schürze in deren Nacken.

»Maike sollte vielleicht diese Schürze für den Rest des Abends tragen. Wer weiß, wie sich ihr Magen später entscheidet«, flüsterte ich Hans ins Ohr.

Da saßen sie. Sechs Erwachsene, mit Lätzchen und Hummerzange. Fünf davon total überfordert beim Blick auf ihr Krustentier.

Mattis strahlte seinen Teller an, wie seine Maike es von ihm sicherlich so nicht kannte.

»Also seid mir nicht böse!«, sprach Hans in die Runde. »Ihr schaut aus, als würdet ihr auf die Kindergärtnerin mit den Fingerfarben warten!«

Mich hätte es fast zerrissen.

Die anderen fanden das überhaupt nicht lustig.

Mattis zog die Augenbrauen hoch. »Das ist wohl alles neu für euch, was?«, sagte er und zerlegte seinen Hummer.

»Wer schon einmal eine Schweinshaxe fachmännisch zerlegt hat, der kommt auch mit dem Käfer da klar.« Hans fand immer die richtigen Worte.

Antra brachte unsere Schnitzel mit Pommes.

»Wenn du uns jetzt anstelle dem Zangerl einen Ketchup bringst, wär das pfundig, Antra«, setzte Hans eins drauf.

Mattis widmete sich voll und ganz seinem Hauptgang.

Maike kämpfte damit, die Scheren vom Tier zu lösen, die Krügers machten sich über das Baguette her und Susanne nahm erst mal einen kräftigen Schluck. Nur Carmen zerteilte den

Hummer dermaßen gekonnt, als würde sie tagtäglich nichts anderes tun. Da konnte selbst Mattis etwas lernen.

Da unsere Schnitzel nicht von einem Panzer umhüllt waren, konnten wir ohne Lätzchen essen. Obwohl Hans es den anderen besser gleichgetan hätte. Fünf Pommes waren einfach zu viel auf einmal, somit verabschiedete sich die Hälfte von der Gabel und landete samt Ketchup auf seinem rechten Oberschenkel. Hatte ich erwähnt, dass Hans komplett in Weiß gekleidet war?

»Hoppla!«, war alles, was er dazu äußerte, bevor er die Ausreißer mit der Gabel von seinem Bein pikste.

Der rote Ketchup-Fleck weckte wiederum in Carmen Muttergefühle oder Sonstiges. Die tunkte sofort ihre Stoffserviette ins Wasserglas und rieb an ihm herum.

Hans blickte mich an und grinste. Es wäre nicht verwunderlich gewesen, wenn sich Hans absichtlich an anderen Stellen besudelt hätte. Glücklicherweise gab es selbst für ihn Grenzen. Schließlich waren Kinder an Bord.

Wir leerten unsere Gläser.

»Du, Herbert, was meinst? Nachtisch auf dem Außendeck?«

»Wir können nicht einfach aufstehen und gehen«, flüsterte ich ihm zu.

»Du glaubst wohl nicht, dass ich jetzt hier eine halbe Stunde zusehe, wie die an den Tieren da rumbasteln.«

In dem Augenblick flog ein Stückchen Hummerpanzer an uns vorbei, gefolgt von einem »Sorry«. Das war unser Stichwort.

»Ihr entschuldigt uns«, sagte Hans, während wir unsere Servietten auf den Tisch legten und uns erhoben. »Mir haben noch was vor.«

»Och, geht ihr schon?«, fragte Susanne.

»Ja, es ist Zeit für eine kleine Zwischenmeditation an Deck. Habt's einen schönen Abend.«

Mattis blickte zu uns auf, schluckte sein Hummerfleisch hinunter und setzte an, Hans mit seinen geistigen Ergüssen zu erfreuen.

»Na, da hättest du auch besser ein Lätzchen getragen, wenn ich dich so ansehe.«

Hans schaute in die Runde, auf seine Hose und zu mir.

»Komm, Hans, wir gehen nach oben«, versuchte ich, ihn vom Tisch zu locken.

Hans steuerte um den Tisch herum und ich ahnte Böses. Doch er blieb cool. Er blieb zwischen dem Yuppie-Pärchen stehen und beugte sich nach unten.

»Wisst ihr eigentlich, dass sich Hummer beim Paaren gegenseitig ins Gesicht urinieren? Denkt mal drüber nach!«

Das war zu viel für die liebe Maike. Ruckartig stand sie auf, hielt sich die Serviette vor den Mund und lief los in Richtung Toilette.

Mattis war knallrot im Gesicht und mit der Situation überfordert. Er sah seiner Freundin hinterher, dann wieder zu Hans. Er kochte.

Hans blieb weiter entspannt. »Was meinst, willst nicht hinterher und deiner Maus die Haare halten?«, schlug er vor.

Mattis stand auf, blickte Hans tief in die Augen, warf seine Serviette auf den Tisch und ging schnellen Schrittes Richtung Waschräume.

Hans klopfte zweimal auf den Tisch. »Also, einen schönen Abend!«

Die Krügers nickten, während sie weiter Baguette durch die Cocktailsoße zogen und in sich hineinstopften. Die Hummer der beiden waren unberührt.

»Bis morgen früh. Wir freuen uns«, erwiderte Carmen, um den morgendlichen Termin mit uns nochmals bestätigt zu wissen.

»Ja, ich mich auch. Komm Herbert, unser Nachtisch wartet.«

Ich folgte ihm und lächelte kurz in die Runde.

Antra bekam Trinkgeld. An Bord nicht gerne gesehen, egal.

»Hans, da oben bekommst du keine Nachspeise. Da gibt es nur Burger und Pizza.«

»Sag ich ja. Nachspeise! Wie passend.«

Ja, es passte. Und wie es passte!

***

Die Pizzaecken an Deck waren eine Wucht. Eigentlich war ich nach dem Abendessen schon satt gewesen, aber das Meer, die Luft, das Bier ... Es schmeckte einfach. Mit Anja wären diese Fressattacken nicht möglich gewesen. Ihr wäre das sicherlich peinlich gewesen. Außerdem wäre sie niemals mit mir vorzeitig vom Tisch aufgestanden. Mit Hans kein Problem. Er war ja sogar der Initiator des kulinarischen Umzugs.

Ich drängte Hans, sich eine andere Hose anzuziehen.

»Warum? Schämst du dich mit mir?«

»Iwo. Dennoch kannst du hier am Dinnerabend nicht so herumlaufen mit deiner eingesauten Hose.«

»Klar kann ich. Siehst ja. Schau lieber mal hier, Herbert. Im Sushi-Restaurant ist wieder tote Hose. Also was die geritten hat, diesen Laden hier an Bord zu eröffnen.«

»Hans, ich weiß nicht, was du willst. Heute sind schon zwei Tische besetzt. Ach nein, da sitzt an dem einen der Koch.«

# Herbert sieht ROT

Wir schlenderten weiter durch die Gänge und kamen zum Casino.

Hans wurde langsamer. »Komm Herbert. Da gehen wir jetzt rein. Vielleicht spielen die ja irgendwo Schafkopf.«

»Hans, das ist nicht dein Ernst, oder? Schafkopf! Roulette kannst spielen.«

»Gut, meinetwegen spiel ich einfach das.«

»Das war jetzt nicht gleich als Aufforderung gemeint. Du hast von Roulette überhaupt keine Ahnung. Außerdem gewinnt hier stets die Bank.«

»Siehst du Herbert, wie im richtigen Leben.«

Wenn der sich etwas in den Kopf gesetzt hatte, war er nicht mehr davon abzubringen. Wir steuerten auf den Roulettetisch zu und stellten uns hinter die sitzenden Passagiere, die gerade ihre Jetons setzten. Da weder Hans noch ich Ahnung von diesem Spiel hatten, sahen wir erst einmal zu.

Ehe ich mich versah, hatte Hans dem Croupier fünfzig Euro auf den Tisch gelegt und sich die Summe in Jetons geben lassen. Fünfzig Ein-Euro-Jetons. Neben mir unterhielten sich zwei Männer. Der eine erzählte, dass er am Vorabend bereits über vierhundert Euro verspielt hätte. Mir wurde schlecht. Ich war Finanzbeamter. Mich sollte man eigentlich überhaupt nicht in eine solche Hölle mitnehmen. Das kam ja einem Vegetarier gleich, der sich in einer Metzgerei aufhielt.

Ein verzweifelter Herr stand vom Tisch auf. Sein Gesichtsausdruck verriet, dass er hier und jetzt wahrscheinlich ein paar Scheinchen verzockt hatte. Ich hoffte für ihn, dass er am nächsten Abend nicht versuchen würde, seinen Verlust wettzumachen. Dieser Versuch hatte schon so manche Existenz zerstört.

Hans freute sich über den Verlierer, somit hatte er sich einen Platz in der ersten Reihe ergattert. Mir wurde ganz anders. Besonders in dem Augenblick, als sich Hans zu mir umdrehte. Siegessicher guckte er mich an mit seinem Draufgängerblick.

Ich stellte mich hinter ihn, um ihn wenigstens bremsen zu können, wenn er den Überblick verlor.

»Hans, du hast keine Ahnung von Roulette!«

»Du, ich habe da ein wenig zugeschaut, das ist ganz leicht. Du musst bloß auf die richtigen Zahlen setzen«, er warf zielgenau seine Jetons aufs Zahlenfeld. Er wählte die »Drei« und die »Zwanzig«.

Der Croupier machte ihn darauf aufmerksam, dass er an diesem Tisch einen Mindestbetrag von fünf Euro setzen musste.

Kein Problem für Hans. Wahllos warf er drei weitere Jetons auf den Tisch.

»Rien ne va plus«.

Niemand durfte mehr setzen. Das Rad wurde langsamer, aller Augen waren auf die Kugel gerichtet. Es wurde ruhiger am Tisch.

Meine Hände wurden feucht, obwohl ich selbst nicht spielte.

Hans erhob sich von seinem Stuhl, um die Kugel besser im Blick zu haben. Die Kugel verließ die äußere Bande, kam ins Stolpern.

»Zwanzig, schwarz!«

Hans klatschte in die Hände und ließ ein »*YES*« verlauten. Er hatte tatsächlich die Zwanzig. Der Croupier schob Hans fünfunddreißig Jetons über den Tisch.

»Da sagt noch einer, hier kann man nichts gewinnen. Das ist ja besser, als Schafkopf!«, freute er sich.

»Hans, wenn du jetzt aufhörst, hast du wirklich gewonnen.«

»Ach was, jetzt geht's erst so richtig los.«

Nun war er nicht mehr zu bremsen und machte freudig weiter mit seinem Einsatz. Mal setzte er auf Schwarz, mal auf Rot. Er begriff allmählich die Möglichkeit, auf ganze Reihen zu setzen. Es war schier unglaublich.

Kurzzeitig waren die Krügers am Tisch und sahen Hans ein wenig zu. Nett, wie sie da so standen, mit ihren Turnsäckchen. Wahrscheinlich legten sie hier einen kurzen Zwischenstopp ein, um den restlichen Abend auf der Tanzfläche zu verbringen. Umsonst hatten sie ja ihre Schuhe nicht dabei.

Eine ältere Dame wurde auf Hans aufmerksam und wollte an seinem Glück teilhaben. Sie wartete stetig ab, bis mein Kumpel seine Einsätze tätigte. Danach legte sie ihre Chips auf die von Hans.

»Siehst du das, Herbert? Die versaut mir mein Glück. Die legt ihre Jetons auf meine Felder!«

»Das darf sie, Hans. Das ist nicht verboten.«

»Trotzdem. Da ist so viel Platz. Warte, der werde ich's zeigen.«

Mir war nicht so richtig klar, was er damit meinte. Mittlerweile hatte er schon einen richtigen Fanclub. Etwa fünfzehn Personen standen um den Tisch herum und freuten sich für meinen Kumpel mit, wenn sich seine Jeton-Türme vergrößerten.

»So, Herbert«, wisperte er über die Schulter zu mir, »jetzt pass auf!«

Das Rad wurde langsamer.

Hans begann, schnell seine Jetons zu verschieben.

Die ältere Dame wurde nervös und schickte sich an, es Hans gleichzutun. Doch so schnell wie Hans war sie nicht. Gerade, als sie Hans' Glück folgen wollte, kam vom Croupier: »Nichts geht mehr«.

Was soll ich sagen? Hans, der Hund, räumte wieder ab. Zwar immer nur Ein-Euro-Chips, aber immerhin. Es läpperte sich.

HANS IM GLÜCK! Er machte sich Runde für Runde einen regelrechten Spaß, die Frau zu ärgern. Einmal dachte sie, sie käme Hans zuvor und verschob ihre Jetons schnell vor Schluss jeweils um ein Feld. Da ließ Hans seine liegen. Glück für Hans. Er grinste mich pausenlos von einem Ohr zum anderen an.

Ich brauche wohl nicht zu erklären, dass allmählich auch die Damenwelt im Casino auf meinen Freund aufmerksam wurde.

»Ich wette, Herbert, der Ketchup auf meiner Hose bringt mir Glück. Wie gut, dass ich die nicht ausgezogen habe!«

»Und wie gut, dass du es nicht gleich hier am Tisch getan hast«, frotzelte ich.

Die Dame hatte keine Chips mehr und für diesen Abend aufgegeben. Somit wurde ein Platz am Tisch frei. Gegenüber von Hans. Niemand setzte sich.

Ich war mittlerweile von Hans' Glückssträhne so angestachelt, dass ich all meine Bedenken und finanziellen Ängste über Bord warf. Das Glück von Hans' Ketchup-Fleck würde bestimmt für uns beide reichen.

Hans freute sich, als er mich gegenüber Platz nehmen sah. »Na, jetzt will es einer wissen. Ich dachte, nur die Bank gewinnt!«

»Hans, mir scheint, du bist heute Abend die Bank!«

Ich legte dem Croupier einen Zwanziger hin. Er wechselte mir den Schein in Plastik. Ich nahm mit meinem Kumpel Blickkontakt auf. Kurzerhand nahm ich alle zwanzig Jetons und schob sie auf Rot. Hans wirbelte wieder auf dem Zahlenfeld herum und verteilte wahllos seine Chips. Nun ging es darum. Was würde kommen? Rot oder Schwarz? Ich hatte eine Fifty-Fifty-Chance gewählt. Ohne zu überlegen. Instinktiv wählte ich diese Farbe.

Die Kugel wurde langsamer. Sie kam ins Stocken und landete auf der 19. Der Schwung des Rades war zu stark, sie verließ das Feld und rollte über die 4 in das Feld 21, Rot. Ich blickte Hans wieder an. Er mich. Ich nickte ihm siegessicher zu. Er grinste zurück. Ich hörte die Kugel, die mit letzter Kraft von der 21

Abschied nahm, um im Feld daneben zur Ruhe zu kommen. 2, Schwarz.

Ich setzte mich wieder, der Croupier nahm all meine Jetons vom roten Feld und zahlte Hans aus. Weil der Sack schon wieder gewonnen hatte. Jetzt war mein Kampfgeist geweckt. Ich erhob mich, griff an meine rechte Gesäßtasche und holte abermals meine FC-Bayern-Geldbörse hervor. Ich tauschte einen weiteren Zwanziger gegen die Währung des Tisches. Mein Gefühl sagte mir, dass nun Schwarz kommen musste. Ich wartete ab. Erst sollte Hans seinen Einsatz machen. Ich wollte nicht, dass er von meinem Instinkt profitierte.

Hey, die ältere Dame war wieder da. Anscheinend hatte sie Geld aus ihrer Kabine geholt. Direkt neben Hans nahm sie Platz und guckte ihn herausfordernd an.

»Buona sera!«, sagte Hans zu ihr.

Sie nickte und tauschte entschlossen ein paar Scheinchen ein. Die war eindeutig süchtig.

»Faites vos jeux!«, sagte der Croupier.

Wahrscheinlich hieß das auf Bayrisch so viel wie »Auf geht's!«.

Hans verteilte wieder seine fünf Chips. Er hätte mehr einsetzen können, blieb aber stur beim Mindesteinsatz.

Akribisch setzte die Dame genau Hans' Zahlen. Die Kugel wurde langsamer.

Ich nutzte die letzte Chance und schob meinen Turm aus Jetons auf das schwarze Feld.

Hans verschob schnell seine Einsätze.

Genervt erhob sich die Dame, um nach ihren Chips zu greifen, jedoch verlautete der Croupier, dass nichts mehr ging. Der Einsatz war gesetzt.

Ich wollte unbedingt meinen Verlust wieder wettmachen. Schließlich war ich Finanzbeamter. Jemand wie ich hatte schon mit der Muttermilch aufgesogen, dass man sein Geld nicht verschleuderte. Schon gar nicht in einem Casino mitten auf dem Mittelmeer.

Die Kugel bewegte sich langsamer und hüpfte freudig von Zahl zu Zahl.

Hans schaute überhaupt nicht auf das Rad, die Dame kaute auf ihrer Unterlippe; ich versuchte, die Kugel mit meinem Blick auf eine schwarze Zahl zu beamen.

»Vierzehn, Rot!«

Ein Raunen ging um den Tisch, Hans wurden wieder die Jetons verdoppelt; mein gesamter Einsatz verabschiedete sich.

»Herbert, das ist nicht dein Abend!«

»Na, du scheinst ja das Glück gepachtet zu haben.«

»Das hat damit nichts zu tun. Du darfst einfach nicht gierig werden, so einfach ist das. Wenn du verlierst, scheißegal. In dem Fall trinkst a bisserl was und es geht wieder. Und wenn du gewinnst, dann lass die Sau raus!«

Typisch für den Oberlehrer. Glück hatte er – und zwar elendig viel davon. Egal, ich hatte meine Anja. Ich griff wieder in meine hintere Hosentasche an meine Geldbörse. Ein Zwanziger lag einsam drin. Ich wägte kurz ab. Ich hätte den Schein einlösen, mir meinen Verlust wieder zurückholen können. Sollte ich wirklich einen weiteren Versuch starten und mein Glück erzwingen? Ich klappte meine Geldbörse wieder zu. »Herbert«, sagte ich leise zu mir, »trage es wie ein Mann! Es war eben nicht dein Abend.«

Ich hatte diesen Satz gerade zu Ende gedacht, da blickte ich zu Hans und seinen verflucht hohen Türmchen aus Jetons, die er kaum gestapelt bekam. Es waren bestimmt schon um die achthundert Euro.

Wie ferngesteuert, öffnete ich abermals meine Börse und entnahm das letzte Scheinchen. Der Croupier drückte es in den Schlitz am Tisch und gab mir meine zwanzig Ein-Euro-Chips.

»Jetzt willst du es wissen, was?«

»Hans, es ist nicht vorbei!«

Er setzte, auch die Dame neben ihm. Sie hatte es aufgegeben, sich an Hans zu heften. Sie machte jetzt ihr eigenes Ding.

Das passte dem lieben Hans auch wieder nicht. Er griff sich seinen Einsatz und legte ihn auf ihre Felder.

Sie starrte ihn erstaunt an.

Er grinste und nahm einen Schluck von seinem mittlerweile dritten Pils am Tisch.

Ich wollte einmal an diesem Abend ein kleines Erfolgserlebnis haben. Auf Sicherheit spielen. Da hatte ich eine Idee. Ich splittete meine Jetons mittig und setzte zehn auf Rot und zehn auf Schwarz.

Hans traute seinen Augen nicht.

Auch der Croupier sah mich ungläubig an.

»Was soll das jetzt, Herbert? Da kannst du es ja gleich lassen.«

»Das ist erlaubt. Lass mich! Ich will auch mal gewinnen.«

»Sicher ist auch, dass du verlieren wirst.«

»Das ist mir egal. Hauptsache, der schiebt mir einmal einen Gewinn mit seinem Schaber rüber.« Ich grinste den Croupier an.

Hans schüttelte nur den Kopf.

»Rien ne va plus!«

Ich war tiefenentspannt. Ich lehnte mich zurück und ließ der Kugel ihren Lauf. Wieder hörte ich das Klackern, das Rad drehte sich langsamer, die Kugel kam zum Liegen; der Croupier sprach ein einziges Wort aus. Das Wort, das meinen sicheren Plan sofort in Rauch auflöste.

»ZERO!«

# Der furchtlose Vollmond

»Hans? Herbert?«

Ich nahm weibliche Stimmen wahr.

»Juhuu!«

Wieder klopfte es. Verdammt, wir waren doch erst ins Bett gegangen! Sollte etwa in diesem Augenblick die Nacht wieder vorbei sein?

»Hans?«

»Mmm.«

»HANS!«

»Verdammt, was ist denn? Ich geh jetzt nicht mit dir ins Kasino. Außerdem hat das bestimmt nicht auf!«

»Mit deinem Scheißkasino kannst du mir den Buckel runterrutschen. Deine Hühner stehen vor der Tür.«

Hans richtete sich auf und schaltete seine Nachttischlampe ein.

»Stockfinster in dem Puff hier. Wie, in Gottes Namen, hast du dieses Loch ohne Fenster buchen können?«

»Das war die Anja.«

»Ja, jetzt schieb es auf dein Mädel, das nicht mal hier ist und sich nicht wehren kann. Geizig warst einfach. So schaut's aus, du Finanzbeamter.«

Es klopfte heftiger an der Tür.

Hans erhob sich und öffnete.

Ohne jegliche Scham traten die Damen ein.

»Guten Morgen. Na, schon ausgeschlafen? Haben wir heute etwas an?«

Grausam, wenn Menschen schon zu dieser unheiligen Uhrzeit scheißgute Laune versprühen. Ich rieb mir die Augen. Scheinbar hatten sich die Damen seit gestern vermehrt. Ach ja, stimmt: Die zwei Neuen hatten sich ja beim Abendessen kurz bei Hans angemeldet. Leck mich fett! Das artete ja langsam in Arbeit aus. Nicht mein Problem. Das hatte sich mein Kumpel eingebrockt, also war es auch sein Bier.

»Bei euch ist ja ganz schön schlechte Luft«, bemerkte Carmen.

Susanne stimmte ihr zu.

»Das haben wir gleich, Mädels. Du Herbert, mach bitte mal das Fenster auf!«, befahl mir Hans.

Ich ging ins Bad an meinen Kulturbeutel und holte mein Deo mit 72-Stunden-Wirkung. Ich bat die Damen, beiseite zu treten, und sprühte voller Elan ins Zimmer. »Fenster offen!«, meldete ich und verstaute meine Dose.

»Was meint ihr, Mädels? Wollt ihr nicht schon mal wieder vorgehen? Wir kommen gleich nach, gell.«

Die Damen zogen ab.

Hans schloss hinter ihnen die Tür.

»Das kannst jetzt schön allein machen. Meinst du, ich habe jeden Morgen Bock auf den Schmarrn?«

»Herbert, du hast es versprochen. Dafür war ich gestern mit dir beim Käferessen.«

»Das war Hummer. Außerdem hatten wir Schnitzel. Lass mich wenigstens kurz aufs Klo!«

»Da musst jetzt warten, sonst gibt's ein Unglück«, Hans drängelte sich vor.

Na, super! Ich musste dringend auf die Toilette und konnte nun Hans zuhören, wie er der Natur freien Lauf ließ. Ich hatte nicht geduscht und an Deck waren sechs Mädels, die darauf warteten, von Hans und mir verbogen zu werden. War das Urlaub? Mit Anja wär das nicht passiert. Wir hätten uns um diese Uhrzeit noch mal zusammengekuschelt. Stattdessen stand ich schon den zweiten Morgen in meinem Urlaub vor dem Bordpersonal auf, um ein paar bettflüchtigen Damen beim Verrenken zuzusehen. Das musste sich ändern.

***

Ich nahm mein Handy mit an Deck. Vielleicht waren ja die Sendemasten in Olbia ein wenig stärker. *Bitte liebes Handy, schenke mir einen Balken.*

Ziemlich unprofessionell breiteten Hans und ich unsere Badetücher auf den harten Schiffsplanken aus, während die Damen sich schon auf ihren mitgebrachten Hightech-Yogamatten entspannten. Wer brachte, bitte schön, auf eine solche Reise eine Yogamatte mit? Anscheinend mehr Menschen, als ich dachte. Wahnsinn! Sechs Hardcore-Yogatanten mit Hans, und ich mitten drin. Und keine der Damen bemerkte, dass Hans null Ahnung hatte. Oder sie bemerkten es und wollten nur ein wenig Aufmerksamkeit.

»Namaste!«, begrüßte Hans die Runde.

Sie taten es ihm gleich und führten ihre Handflächen vor der Brust zusammen.

Ich winkte einfach in die Runde.

»So, die Damen. Seid ihr fit?«

»Wir schon«, bemerkte Carmen. »Ihr seht ein bisschen angeschlagen aus.«

»Ach wo! Wir sind fit. Gell, Herbert?«

»Ja, unwahrscheinlich fit sind wir.«

»So, wir legen uns erst einmal alle auf den Rücken. Die Arme neben den Körper.«

Wie die Lemminge folgten sie den Anweisungen. Mir kam das sehr gelegen. Hinlegen vor sieben Uhr morgens, das passte.

»Hebt einfach langsam und gleichmäßig eure Beine an und kommt in die Kerze.«

Ich machte Hans zuliebe ein wenig mit und konnte mir ein Lachen nicht verkneifen. Ums Verrecken brachte ich meine Beine nicht hoch. Anscheinend waren Pizza, Burger und Schnitzel in meinem Bauch im Weg. Ich hob meinen Oberkörper an und probierte das Ganze nochmals mit ein wenig Schwung. Na bitte. Schon waren die Beine prima in der Luft. Dummerweise wollten sie dort nicht bleiben und die Schwerkraft tat ihr Übriges. Eine Sekunde später krachten meine Fersen zurück aufs Deck, was mir ein beherztes »Aua, Scheiße!« entlockte.

»Pst!«, kam von Hans. »Gleich wiederholen Herbert! Mit ein wenig Willen schaffst du das schon.«

Was für eine Pfeife! Der war so in seinem Element und dachte wirklich, er hätte Ahnung von der Materie. Ein Blick in die Runde bewies, dass die Damen eifrig bei der Sache waren und beherzt den Anleitungen ihres Gurus folgten.

»Wenn ihr alle eure Beine oben habt, auch du Herbert, senkt ihr sie langsam und legt sie hinter eurem Kopf ab.«

Er selbst stand auf, um die korrekte Ausführung der Übung bei seinen Schützlingen zu begutachten. Hans hatte schon gestern keine seiner Übungen vorgeturnt. Mir wurde das zu blöd. Er schlich um die Damen herum wie ein läufiger Tiger. Na warte, Freundchen!

»Du, Hans?«

»Ein bisschen leiser Herbert, du störst den Energiefluss der Damen!«, mahnte er mich und schaute mich ganz böse an. Gut, dann leise.

»Hans?«

»Was ist denn?« Er klang schon ein wenig genervt, unser Superguru.

»Du, ich weiß nicht so richtig, wie das geht. Meinst du, du könntest mir das kurz vormachen?«

Ha, mit der Nummer hatte er nicht gerechnet. Das bekamen natürlich die anderen auch mit und unterbrachen ihre Übung. Brav kamen alle in den Schneidersitz und waren sichtlich gespannt auf die perfekte Ausführung ihres Meisters.

Hans war gefordert. Er stellte sich der Herausforderung. Es blieb ihm auch nichts anderes übrig. Er ließ sich auf seinem Handtuch nieder und gab den souveränen Yogalehrer.

»So, Mädels, passt mal auf, wie der Papa das macht.«

*Ja, Hans, da kannst du drauf wetten, dass ich da aufpasse.*

Hans legte sich auf den Rücken, hob die Beine wie in Zeitlupe, streckte sie kerzengerade nach oben und brachte sie hinter seinem Kopf zum Liegen. Alles dermaßen souverän, dass es den Damen einen beherzten Applaus entlockte. So ein Hund, der Hans! Dennoch war nicht klar, ob der Applaus der Übung galt oder etwa dem zur Hälfte freigelegten Hintern vom Hans. Ja, Hans, die Schnur im Hosenbund war zum Zubinden gedacht. Hans ließ seine Beine zurückgleiten und nutzte den Schwung, um mit einem Satz wieder zu stehen.

Sogleich versuchten sich die Damen wieder an der Leibesübung und kämpften sich die Beine hinter den Kopf.

Hans kam neben mich und beugte sich zu mir herunter. »Du Affe. Gell, da schaust du! Meinst, ich bin blöd und zeig denen was, was ich nicht hinbringe?«

»Respekt Hans. Du bist ja richtig gelenkig.«

Gundi, eine der zwei neuen Mädels, wollte wissen, wie diese Übung hieß.

»Ja, wie heißt die Übung?«, unterstützte ich Gundis Frage und grinste ihn an.

»Das ist Buddhasanag Rasanassasa. Der furchtlose Vollmond.«

*Ja, Hans, deinen furchtlosen Vollmond haben wir gerade gesehen.* Wo nahm der Kerl diesen Schmarrn nur her? Warum kam keine der Damen auf die Idee, dass aus Hans' Mund nur gequirlter Bockmist kam?

Ein Blick in die Runde demonstrierte, dass alle außer mir keine Probleme mit dieser Übung hatten. War ja klar. Wer seine Yogamatte auf ein Schiff mitbrachte, hatte sicherlich schon etliche Stunden auf ihr verbracht. Außerdem hatten ausnahmslos alle eine gute Figur. Die konnten sich bis ins Nirwana verbiegen.

»Also ich kenne die Übung unter dem Namen ›Halasana. Der Pflug‹.« Bille hatte sich zwischenzeitlich zu Wort gemeldet.

Hans ging nicht auf ihren Einwurf ein und deutete ihr mit ein paar wenigen Gesten an, bitte die anderen Damen nicht zu stören.

Mir wurde es zu langweilig. Außerdem tat mir meine Wirbelsäule weh. Ein Handtuch ist kein optimaler Schutz vor dem harten Schiffsboden. Ich nahm das Textil und legte mich auf eine nahe gelegene Liege. Aus sicherer Entfernung beobachtete ich Hans und seine Küken weiter. Wenn das die Anja hätte sehen können! Wahrscheinlich hätte sie mitgemacht. Sie war ja für derartige körperliche Betätigungen zu haben. Da hätte sie es auch nicht gestört, dass Hans keine Ahnung von Yoga hatte. Die frische Seeluft, das Wasser und die Gewissheit, am frühen Morgen etwas für den Körper zu tun, hätten ihr sicherlich gereicht. Ach ja, Anja! Bald würde ich wieder Netz haben. Ich blickte über die Reling und erkannte Land in greifbarer Nähe.

»Hans! Auf geht's Matrose. Landgang!«, plärrte ich ihm zu.

Hans stand auf, sah kurz in Fahrtrichtung, verbeugte sich vor den Damen, packte sein Handtuch und kam schnellen Schrittes zu mir. Zurück blieben wiederum eine Handvoll Damen, die ihm nachblickten, wie von der Mutter verlassene Hundewelpen.

»Jetzt lass uns frühstücken gehen! Ich habe Hunger. Außerdem reicht es jetzt mit dem Schmarrn. Morgen komm ich nicht mehr mit. Du spinnst. Ich habe Urlaub. Yoga. Hättest du dir nicht irgendwas suchen können, das man super auch in der Nacht hätte machen können?«

»Herbert, entspann dich! Mir macht das Spaß. Ich überlege, ob ich mich vielleicht wirklich zum Yogalehrer ausbilden lasse.«

»Also, du spinnst echt. Du und Yogalehrer! Rumfummeln willst du an den Mädels. Nichts anderes. Geh lieber wieder in die Disco und schlepp dir da was ab!«

Hans hatte manchmal Vorstellungen, die fernab jeglicher Realität waren.

# Lomi Lomi und Tangahöschen

Nach dem Frühstück gingen wir in unsere Kabine. Ich musste mich eincremen. Hans brauchte Geld und die Sonnenbrille für den bevorstehenden Landgang. Wir waren voller Euphorie. Ich war noch nie auf Sardinien gewesen. Aus der Bordzeitung entnahm ich während des Frühstücks, dass Olbia an der bekanntesten Küste Sardiniens, der Costa Smeralda, lag.

Auch Hans interessierte sich überraschenderweise für die Sehenswürdigkeiten des Ortes, die in der Zeitung aufgeführt waren. Wahrscheinlich bekam er allmählich einen Lagerkoller. Der letzte Landgang war ein Reinfall, die Innenkabine, das Essen …

Hans schlug sogar vor, die Kirche San Simplicio zu besichtigen. Vielleicht vermutete er auch in deren Nähe ein Straßencafé. Egal, Hauptsache runter vom Schiff!

Gerade, als wir unsere Kabine verlassen wollten, klingelte unser Telefon.

»Herbert, geh du ran! Ich bin nicht da.«

»Wer kann das sein?«

»Vielleicht verwählt.«

»Am Ende der Verband der Yogalehrer und du bist aufgeflogen.«

»Oder, die wollen, dass ich ihnen was zeige.«

Da Hans näher am Telefon war, nahm er ab.

»Hallo, hier ist der Hans, Zimmer 1108, das einzige Zimmer mit Panoramablick aufs Meer?«

Er lauschte dem Anrufer. Schaute mich wieder an und kratzte sich am Hinterkopf. Er streckte mir den Hörer entgegen.

»Für dich. Irgendwas mit Spa und Haare oder so.«

»Ja, hallo, Neumann?«

Hans stellte sich vor den Spiegel, um zu testen, was besser aussehen würde. Brille auf der Nase oder in den Haaren.

Ich wendete mich von ihm ab, da mich das von meinem Anrufer auf der anderen Seite der Leitung ablenkte.

»Ja, Neumann. Zimmer 1108. Ja, das ist meine Freundin ... ja, Anja ..., wie, heute? Jetzt gleich?«

Hans' Aufmerksamkeit galt nun meinen Wortfetzen und er wirkte besorgt.

»Kann man das nicht canceln? Ach, schon bezahlt. Ja, ich verstehe. Da kann man nichts machen. Ja, wir kommen gleich, ja ...« Ich legte den Hörer auf.

»Was ist los? Ist was mit der Anja?« Hans klang besorgt.

»Äh, nein, also ich weiß nicht.«

»Na, was sonst? Sag schon!«

»Das ist jetzt vielleicht ein bisserl blöd. Wir müssten unseren Landgang ein wenig nach hinten schieben.«

»Was heißt nach hinten?«

»Na, auf später halt. Wir haben nämlich in einer Viertelstunde einen Termin.«

»Wo haben wir einen Termin? Mensch, Herbert. Jetzt lass dir nicht alles einzeln aus der Nase ziehen!«

»Na ja, eigentlich wäre ja die Anja mit dabei gewesen. Und jetzt hat die heimlich für sie und mich etwas hier an Bord gebucht.«

Hans wirkte mittlerweile ein wenig genervt. Er kam zu mir heran, nahm seine Sonnenbrille von der Nase und blieb vor mir stehen. »Und was hat sie gebucht?«

Ein Wellnesspaket für zwei Personen. Jetzt. Im Spa-Bereich.«

»Du verarscht mich.«

»Nein, Hans. Das hat die Anja wirklich gemacht.«

»Jetzt. Im Spa-Bereich. Im Hafen von Olbia. Spinnt die?«

»Ja, weißt du Hans, diese Pakete sind an Bord sehr beliebt und anscheinend waren die Termine, wenn das Schiff nicht im Hafen liegt, alle schon vergeben. Wir haben ja auch sehr spät gebucht. Deshalb war es etwas günstiger.«

»Genau, deshalb sitzen wir auch in diesem Loch, weil das sonst keiner wollte.«

»Na, jetzt komm! Tut uns bestimmt gut.«

»Schmarrn! Das sagen wir ab.«

»Ja, das habe ich auch schon gefragt. In diesem Fall verfällt es einfach. Die Anja frisst mich, wenn sie das schon bezahlt hat und wir gehen jetzt nicht hin.«

»Brauchst ihr ja nicht unbedingt auf die Nase zu binden!«

»Kennst mich ja. Da bin ich schwach.«

Hans lenkte ein. »Na gut, meinetwegen. Ich mache da nix Mädchenhaftes! Wenn die mir die Nägel lackieren wollen, bin ich weg.«

»Keine Angst! Ich bin ja auch nicht so scharf auf die Aktion. Bestimmt werden sie dich nicht um deine übermäßige Männlichkeit berauben.«

Wir zogen uns wieder aus. Wo ich mich so schön eingecremt hatte. Ich hasste das Eincremen. Was ich viel mehr hasste, war sich umsonst einzucremen. Egal. Hans spielte mit, das war im Augenblick das Wichtigste.

Wir bekleideten uns mit Badehose, Badelatschen und Bademänteln. Hans ließ es sich nicht nehmen, wenigstens seine

Sonnenbrille im Haar zu belassen. Wir betraten den Gang zum Spa-Bereich.

Natürlich kamen uns lauter Leute entgegen, die sich freudig aufmachten, um Olbia zu erkunden. Wir zwei Vollidioten blieben hier, um im Hafen von Olbia auf dem Schiff unser Antlitz verschönern zu lassen.

Am Empfang des Schönheitstempels wartete schon Saya. Eine ausgesprochen hübsche Philippinin. Sie begrüßte uns; schlagartig war Hans wieder auf Kurs. Er war in dieser Hinsicht so einfach gestrickt. Es konnte ihm absolut dreckig gehen, eine hübsche Frau ließ all seine Sorgen im Nu verfliegen.

»Grüß dich, Saya. Ich bin der Hans, das ist der Herbert. Wir haben hier einen Termin.«

»Wo ist Ihre Frau?«

»Ja, das ist eine lange Geschichte, liebe Saya. Die ist leider nicht da, aber wir zwei Hübschen lassen uns gerne verwöhnen, gell?«

»Kein Problem«, sagte Saya in fast perfektem Deutsch. »Ich weiß nur nicht, ob das für sie beide das Richtige ist.« Saya war skeptisch. Ich dachte mir, *bezahlt ist bezahlt und was für Frauen gut ist, wird für uns Jungs nicht tödlich enden.*

»Mei, solange Sie uns nicht die Bikinizone wachsen wollen, ist ja alles okay. Wir sind da schmerzfrei.«

Jetzt kicherte sie.

Das wiederum beunruhigte Hans; er blickte ängstlich zu mir rüber.

»Bitte folgen Sie mir, wir fangen hier drüben an.«

Brav dackelten wir ihr in unseren Latschen hinterher.

»Du, Herbert, die haben hier bestimmt so ein Safe-Wort, oder? Du weißt schon, wenn's einem zu viel wird, dass die aufhören.«

»Hans, wir sind hier nicht bei einer Domina. Das Einzige, was hier wehtut, ist wahrscheinlich, wenn die versuchen, deine Zehennägel zu schneiden.«

Wir fanden uns ein paar Meter weiter in einem Friseursalon wieder.

Saya bat uns, Platz zu nehmen. Zwei weitere Damen kamen hinter einem Vorhang hervor und begrüßten uns. Beide waren allem Anschein nach auch von den Philippinen. Manila und Librada. Wahrscheinlich gab es hier ein Nest. Sofort machten sich die beiden über unsere Haare her. Sie zogen uns mit unseren Stühlen an zwei Waschbecken und verstellten die Rückenlehnen. Wir lagen mit dem Nacken auf dem kalten Waschbeckenrand und die Damen stellten die Temperatur ein.

»So gut?«, wollte Manila von mir wissen.

»Ja, alles super. Hans, alles klar?«

»Die Haare bleiben dran!«, hörte ich verzweifelt aus seiner Richtung.

»Haare nix ab?«, wollte Librada wissen.

»Nein, Haare nix ab. Sonst kommt der Neptun mit dem Dreizack.«

Und schon war Stimmung in der Bude. Es gesellten sich drei wirklich alte italienische Muttis zu uns in den Salon und waren nicht minder erstaunt, als sie uns erblickten. Gut, vor zwanzig Minuten ging es mir am Hörer auf unserer Kabine nicht anders.

Die Mädels gaben alles und massierten uns das Shampoo in die Haare, als ob es kein Morgen gäbe. Aus den Augenwinkeln sah ich, dass es beim Hans viel mehr schäumte als bei mir. Librada und er starteten da drüben wohl gerade eine Schaumparty.

»Haare wirklich nix ab?«, wollte die noch mal wissen.

»Nein, nix ab. Die bleiben schön dran.«

Es war herrlich, den Hans mal in leichter Panik zu erleben. Manila spülte mir den Schaum aus den Haaren und machte sich auf zur zweiten Runde. Diesmal massierte sie mir den Kopf etwas länger und intensiver. Zwischenzeitlich kam Saya mit zwei Gläsern Prosecco ums Eck.

»Also jetzt wird's ein wenig komisch hier«, flüsterte Hans, als er die zwei Gläser erblickte.

»Jetzt mach dich mal locker, Hans! Dir wird schon nicht gleich der Schniedel abfallen, bloß weil du ein Gläschen trinkst, während dir die Librada die Haare macht.«

»Das sagst du in deinem jugendlichen Leichtsinn. Ich schwöre, wenn die eine Schere in die Hand nimmt, bin ich raus hier. So schnell kannst du gar nicht schauen.«

Die Mädels waren fertig mit dem Haare-Waschen. Sie zauberten uns zwei mit Handtüchern einen erstklassigen Turban auf den Kopf und schoben uns zurück an die Spiegelwand. Ich nahm mein Glas und prostete Hans zu.

»Mei, wenn uns jemand sieht. Der denkt, wir sind ein Pärchen! Ich glaube es ja nicht. Sitz hier am Vormittag mit einem Handtuch auf dem Kopf beim Friseur und trinke Puffbrause.«

»Na, da siehst du mal, wie gut es uns geht«, antwortete ich meinem Freund und nahm einen kräftigen Schluck.

»Trinkt ihr nix?«, wollte Hans von den beiden Philippinerinnen wissen.

»Wir sind im Dienst und dürfen das nicht. Lassen Sie ihn sich schmecken.«

»Na dann Prost!«

Auch ich wollte nichts von meiner Haarpracht hergeben. Erstens war das Vertrauenssache, zweitens war ich, typisch deutsch, vor meinem Urlaub beim Friseur gewesen. Es kostete allerdings viel Mühe, um die zwei Friseusen davon zu überzeugen, dass sie ihre Scheren stecken lassen konnten. Das Programm war aber nicht zu Ende. Wieder träufelten sie uns etwas ins Haar. Hans wollte genau wissen, was das war. Bei seinen Haaren hatte er Panik.

»Das ist ein Conditioner«, erklärte Librada.

»Und was kann der?«

»Der verschließt die geöffnete Schuppenschicht ihrer Haare wieder und stärkt es. Außerdem schützt er vor Umwelteinflüssen.« Sie massierte das Zeug ein. Genauso die Manila bei mir.

»Weißt noch, Herbert. Der Rudi aus unserer Schule. Den hat's mal erstklassig mit dem Moped aufgestellt. Der hätte damals auch den Conditioner gebraucht. Vielleicht hätte das mehr gebracht, als sein Helm. Mit zwölf Stichen haben die den damals genäht.«

Nach weiteren zehn Minuten wurde uns das Zeug wieder aus den Haaren gewaschen. Saya brachte mehr Prosecco. Die italienischen Muttis tuschelten über uns. War uns egal. Die sahen wir nach der Reise nie wieder. Um den Eindruck, den die von uns hatten, zu verstärken, spreizte ich beim Trinken ein wenig meinen kleinen Finger ab. Sie erschraken. Hätte nur gefehlt, dass sie sich bekreuzigten.

Es stand Föhnen auf dem Programm. Bei mir war die Friseuse gleich fertig. Bei der Mähne von Hans dauerte es eine halbe Ewigkeit. Ich befürchtete, der Kapitän müsse das Notstrom-Aggregat anwerfen.

Saya brachte einen weiteren Prosecco.

Nachdem auch die Haare von Hans trocken waren, führte uns Saya in einen Nebenraum. Dort warteten schon zwei weitere Philippinen. Diesmal zwei Männer.

Hans streckte mir schnell seine Haare entgegen. »Fass mal an!«

»Was?«

»Na, fass mal an! Die sind so weich, das glaubst du nicht.«

»Jetzt komm, geh zu!« Ich glaubte es nicht. Wollte der mich verarschen?

Wir legten uns rücklings auf die Liegen; schon ging es los.

»Können das nicht die Mandela und die Rhabarber machen?«, fragte Hans.

»Hans, die heißen Manila und Librada.«

»Meine ich ja.«

Von den zwei Herren kam keine Antwort. Stattdessen legten sie uns zwei Wattepads auf die Augen und schon ging es los. Sie trugen eine Creme auf, die sie danach mit einem Handtuch wieder abrieben. Danach wurde unser Gesicht mit einem Waschlappen gereinigt und für das Peeling vorbereitet. Hans war mittlerweile alles egal. Mit einem Spachtel wurde uns eine warme Masse aufgetragen.

»Hans, jetzt wirst du neu verputzt.«

»Du, Herbert, das ist hier nicht schlecht. Wobei Olbia jetzt auch schön wär.«

»Später Hans, später.«

Die Masse hatte Zeit zum Einwirken und trocknete auf unseren Visagen. Im Anschluss wurde sie in einem Stück abgezogen. Nun folgte eine Gesichtsmassage. Ich kam mir vor, wie mein Golf in der Waschstraße, so getaktet, wie es hier zuging. Die Massage war göttlich.

Hans nickte kurzzeitig ein. Ich sah es zwar nicht, aber ich vernahm zeitweiliges Sägen.

Zu guter Letzt cremten sie unsere Gesichter ein und fertig war die Laube.

Saya stand schon wieder bereit mit einem Wellnessdrink. Irgendwas mit Ingwer.

»Ein Weißbier wär mir jetzt lieber«, merkte Hans an und auch ich war seiner Meinung.

»War es das?«, fragte ich Saya.

»Oh, nein. Jetzt folgt eine Lomi-Lomi-Massage. Sie können sich gerne schon einmal in diesen Raum hier begeben und sich entkleiden. Auf den Liegen finden Sie Einweg-Slips. Bitte ziehen sie diese an, damit wir Ihre Badehosen nicht mit Massageöl verunreinigen. Ich schicke Ihnen gleich Mayari und Melodea.

Die beiden werden sich um Sie kümmern.« Sie öffnete uns die Tür zu einem weiteren Raum.

Wir traten ein. Saya verschwand wieder. Der Raum war getränkt von exotischen Düften, aus einem kleinen Lautsprecher an der Wand kam leise Plinki-Planki-Musik.

»Das wird ja immer besser, Herbert. Jetzt kommen zwei Mädels und kneten uns durch. Du, ich glaub, ich schick der Anja eine Karte von Olbia und bedank mich bei ihr.«

»Na, ist gar nicht so schlecht. Meinst, dieses Hoserl hier ist deren Ernst?« Ich zeigte auf das Elend, das sich Einweg-Slip nannte und auf meiner Liege parkte.

Hans nahm seinen Slip in die Hand und ging damit zur Tür. Er streckte seinen Kopf aus dem Zimmer und rief zur Saya an die Rezeption. »Saya, ihr habt uns die Hoserl für Frauen dagelassen. Könnt ihr uns die für Männer bringen?«

»Diese Slips für Männer. Sind blau. Für Frauen sind rosa«, hörte ich von Saya.

Hans' Kopf kam wieder in die Kabine und er schloss die Tür. »Du, die hat gesagt, dass ...«

»Ich habe gehört, was die gesagt hat. Na, dann wollen wir mal. Vielleicht dehnt sich das Teil ja. Vielleicht ist das so ein Wundertextil.«

»Ja. Wunder. Wundern werden wir uns, wie beschissen wir in den Dingern aussehen. Bitte schön, wenn der Herr meint! Mir ist eh alles egal. Ich habe drei Prosecco im Gesicht, ich bin entspannt.«

Mein Reden. Wir legten unsere Bademäntel und die Badehosen ab. Mit ausgestreckten Armen hielten wir die Slips vor unserem Gesicht und drehten sie von links nach rechts und wieder umgekehrt.

»Warum ist auf einer Seite so wenig Stoff, Hans?«

»Das fragst du mich. Also ich meine, dass die Seite mit mehr Stoff nach hinten kommt. Ich trage doch keinen String.«

»Glaubst du, du bekommst auf der Seite mit dem wenigen Stoff alles hinein?«

»Das ist mir Wurst. Hängt halt was raus. Ich zieh mir auf jeden Fall nicht so ein Banderl durch die Kimme. Wo sind wir denn? Bei den Chipendales?«

Gesagt, getan. Vom Prosecco etwas benebelt, hatte auch ich ein gewisses Stadium an Gleichgültigkeit erreicht. Ich zog den Slip genau so an wie der Hans. Passte. Oder nicht?

In dem Moment, als wir das Teil über unsere Hüften legten, kamen Daktari und Melodika rein oder wie die zwei hießen. Sie betraten das Zimmer, sahen uns ins Gesicht, grüßten kurz und schauten notgedrungen an uns herunter. Anscheinend leuchtete ihnen schon etwas entgegen. Fast gleichzeitig nahmen sie eine Hand vor den Mund und rissen die Augen auf. Danach verließen sie schreiend den Raum.

»Ja, was haben die denn?«, fragte mich Hans verwundert.

»Ich weiß auch nicht«, ich wandte mich ihm zu.

Ich entdeckte schnell den Grund des Aufruhrs. Hans Gemächt war irgendwie durch dieses Stringteil nach oben verlagert und im Bund fixiert. Sein ... wie soll ich sagen ... Gehänge wurde hingegen einwandfrei von dem Hoserl getrennt und hing links und rechts freudig heraus. Um es kurz zu machen: Man hatte alles gesehen.

»Hans, da sieht man ja alles bei dir.«

»Ja mei, was ein echter Bayer ist, da ist halt ein bisserl mehr ...«

»Ja, schau mal hin! Da hängt ja alles raus.«

»Schau dich mal an! Meinst, bei dir schaut das anders aus?«

Ich guckte an mir herunter. Er hatte recht. Auch ich ließ der Natur freien Lauf. Kein Wunder, dass wir die zwei philippinischen Mädels verschreckt hatten. Wir nahmen das sportlich. Irgendwann war immer das erste Mal.

Als wir da so standen, ging wieder die Türe auf: Saya streckte ihren Kopf zu uns herein. Mit einem Schmunzeln im Gesicht erklärte sie uns, dass wir unsere Slips verkehrt herum trugen.

»Ja, das haben wir mittlerweile auch gespannt«, antwortete ihr Hans. »Geh, sagen's den zwei Damen, sie brauchen keine Angst vor uns zu haben. Sie können in einer Minute wieder reinkommen. Bis dahin haben wir den Schlamassel auch schon behoben.«

»Schlamassel?«, fragte Saya nach.

»Unglück.«

»Ah«, sie schloss die Tür.

Hans hatte sicherlich die meiste Angst, dass nun nicht mehr die zierlichen Frauen kommen würden, sondern zwei Sumo-Ringer, die uns durchkneteten. Wir wendeten die Slips und Hans fand sich mit der Tatsache ab, dass er nun zum ersten Mal in seinem Leben einen String-Tanga trug.

Wir machten es uns auf den Liegen bequem und die zwei verstörten Mädels von eben kamen wieder herein.

»Sorry!«

»Ja, von mir auch sorry!«

Die beiden kicherten wieder und erklärten uns, dass wir uns auf den Rücken legen und die Augen schließen sollten.

»Fest oder sanft?«, wurden wir gefragt.

Hans und ich entschieden uns für fest. Was sollte bei den zierlichen Mäusen schon passieren. Wir wollten ja nicht das Gefühl haben, dass eine halbe Stunde lang Schmetterlinge auf uns landen. Wenn, dann schon richtig.

Sie legten uns warme, duftende Leinentücher über das Gesicht. Warmes Öl verteilte sich auf meinem Körper, das alle meine Sinne anregte. Absolute Entspannung überkam mich. Nun verteilte sie das Öl über meinem ganzen Körper und massierte es sanft ein. Wenn das fest war, hatten wir Glück, dass ...

»Ah!«

»Alles gut?«, fragte sie vorsichtshalber nach.

»Ja, ja, super. Genau mein Ding.«

Dass so eine zierliche Person so zupacken konnte, war mir unbegreiflich. Nun hörte ich Hans. Auch seine Massage war in vollem Gange. Man hörte von uns abwechselnd »Ah« und »Oh«.

»Herbert? Lebst noch?«

»Ich schon. Au! Und du?«

»Ja. Och … Au! Leck mich am Arsch, langen die hin.«

Ich konnte mir beim besten Willen nicht vorstellen, dass diese zwei Vierzig-Kilo-Hüpfer uns so rannehmen konnten. Wahrscheinlich hatten sie uns diese Tücher über das Gesicht gelegt, damit sie unbemerkt das Personal austauschen konnten. Es fühlte sich an, als ob mich eine russische Zehnkämpferin durchknetete. Ich riskierte einen Blick und nahm ein wenig das Tuch von meinem Gesicht. Tatsächlich waren es die zwei Philippinerinnen. Ein flüchtiger Blick vom Hans ließ erahnen, dass er alles andere als entspannt war. Man konnte meinen, er würde mit Strom drangsaliert. Schnell verdeckte ich unbemerkt wieder mein Gesicht. Hätten wir doch nur sanft genommen.

# O'zapft is

Nach einer halben Ewigkeit waren wir fertig. Also so richtig fertig. Die Damen verließen den Raum; wir beide rutschten total apathisch von den Liegen. Keine Ahnung, warum das so schön sein sollte. Andererseits war mein Körper absolut entspannt.

»Geschafft«, stöhnte Hans.

»Du, teilweise dachte ich, die drückt mich durch die Liege durch. Ich bin jetzt restlos im Arsch. Komm, wir gehen.«

Wir tauschten diesen lächerlichen Slip wieder mit unseren Badehosen und schlüpften in unsere Mäntel. Total benommen schlurften wir zur Rezeption, an der Saya stand.

»Und, hat es Ihnen gefallen?«

»Ja, war super. Entschuldigung noch mal wegen der Hosen«, gab ich zum Besten.

»Ach das ist kein Problem. Das ist schon vielen passiert.«

»Wirklich?«, hakte ich erleichtert nach.

»Nein«, kicherte sie und hatte ihren Spaß.

Sie reichte uns zwei dunkelblaue Taschen mit braunen Henkeln aus Kunstleder über den Tresen.

»Das sind kleine Pröbchen für ihre Haare und ihr Gesicht. Die sind im Preis inbegriffen. Wenn Sie etwas gut finden, können Sie es bei uns hier im Shop erwerben. Soll ich Ihnen einen weiteren Termin vereinbaren? Es ist gerade etwas für morgen frei geworden.«

»Nein, danke«, sagte Hans. »Das reicht erst mal. Ach, sagen Sie, wie hieß eigentlich dieses Paket? Montezumas Rache?«

Ich boxte Hans in die Seite und nahm mein Täschchen entgegen.

»Das Paket hieß ›Ich und meine beste Freundin‹.« Saya lächelte uns an, und ich war mir nicht sicher, ob dieses Lächeln spöttisch oder nett war.

Das war Hans zu viel und wir verließen den Spa-Bereich.

»Sag mal, Herbert, die Anja, hasst die dich?«

»Nö. Wieso?«

»Ich und meine beste Freundin. Pah!«

»Bloß, weil das Paket so heißt, muss es ja nicht zwingend nur für Frauen sein.«

»Ja, red' dir das nur schön! Aber ich muss sagen, meine Haare hatten noch nie einen solchen Glanz!«

***

Total geschafft von der Massage und dem ganzen Wellness, schlenderten wir mit unseren geschenkten Taschen über achtern in Richtung Kabine. Da der Spa-Bereich im hinteren Teil des Schiffes war, bot sich dieser Weg für uns an. Als wir durch die Türe nach draußen gingen, brannte uns schon die Sonne entgegen. Hans ließ sofort seine Sonnenbrille auf die Nase fallen. Über die Stufen am hinteren Teil des Schiffs kämpften wir uns nach oben. Der Spa-Bereich war drei Decks über unserer Kabine. Somit ging es abwärts. Hans hatte ein wenig Schlagseite, weil seine Masseuse seiner linken Wade ein wenig zu viel Aufmerksamkeit geschenkt hatte. Auf Deck 11 angekommen, öffnete Hans die Türe ins Innere des Schiffes.

»Du, Hans, wollen wir nicht kurz rasten, hier sind solch schöne Liegen im Schatten.«

»Wenn du unbedingt meinst. Fünf Minuten werden uns nicht umbringen.«

»Wir müssen bis ganz nach vorne zu unserer Kabine. Fast die ganze Länge des Schiffs. Ich muss die Anja anrufen.«

»Das kannst du ja später machen.«

Wir legten uns auf zwei nicht reservierte Liegen. Typisch. Die Hälfte der Passagiere war von Bord gegangen, gleichwohl war kaum eine Liege frei.

»Nur fünf Minuten.«

»Ja, Hans, nur fünf Minuten.«

***

Jemand rüttelte an meinem Arm. War die Nacht etwa schon wieder vorbei? Von wegen. Wir waren auf den Liegen eingeschlafen. Es war mittlerweile früher Nachmittag. Auch Hans öffnete seine Augen unter seiner schützenden Sonnenbrille. Wir vernahmen Partymusik, wie man sie sonst vom Ballermann kannte. Eine Horde Mitreisender hatte anscheinend eine Polonaise gebildet und wollte unbedingt, dass wir mitmachten. Aufdringliches Volk. Sie hatten uns regelrecht von unseren Liegen gezerrt. Schnell waren wir wach, aber nicht auf voller Betriebstemperatur. Schlaftrunken torkelten wir mit. Vor mir war eine Frau, deren Badeanzug aus den späten Siebzigern gewesen sein durfte. Als ich meine Hände auf ihren Schultern platzierte, warf sie mir einen Blick zu, der eindeutig für diese Uhrzeit zu anzüglich war. Ein Blick zu Hans ein paar Menschen hinter mir ließ mich erkennen, dass er natürlich wieder Glück hatte. Vor ihm marschierte ein regelrechtes Model mit einem Hauch von Nichts um die Hüften. An denen hielt sich Hans auch gleich mal vorsichtshalber fest und zeigte mir sein schönstes Grinsen. Wir waren wach. Das Nickerchen hatte gutgetan. In Reih und Glied marschierten wir die äußere Treppe am Heck des Schiffes hinauf und kamen auf dem Pool-Deck an. Dort dröhnte die Musik, eine Party war in vollem Gange. Tische waren aufgebaut, Bier aus Fässern wurde ausgeschenkt und auf einer Leinwand auf der Bühne stand in großen Buchstaben: BAVARIAN OKTOBERFEST. Hans war im siebten Himmel und kriegte sich überhaupt nicht mehr ein.

»Leck mich! Das ist ja der Wahnsinn«, freute er sich.

»Und was ist mit Olbia?«

»Ist das jetzt nicht schon fast zu spät, Herbert? Was meinst du?«

»Bis wir jetzt umgezogen sind und dann mit dem Taxi ...«

»Okay!«, beschloss er. »Wir bleiben hier. Ich muss nur schnell aufs Zimmer. Bin gleich wieder da.«

»Bring mir mein Handy mit!«, schrie ich ihm nach.

»Freilich!«

Ich legte meinen Bademantel ab. Erstens, weil er an Deck blöd aussah, zweitens, weil ich allmählich einen Hitzestau unter dem Ding bekam. Vor der Bühne wurde mit Plastikbrezen so etwas Ähnliches wie Ringewerfen gespielt. Das Animationsteam hatte sich auch in Schale geworfen. Die Jungs hatten T-Shirts an mit einem Aufdruck einer Lederhose und die Mädels ... was soll ich sagen. Sie trugen etwas, das wohl ein Dirndl darstellen sollte. Ein lila Filzkleid mit einer braunen Schürze. Zum Essen gab es Hotdog-Würste mit Sauerkraut und Aufback-Brezen. An jeder Ecke wurde ein anderes Geschicklichkeitsspiel gespielt. Wer verlor, musste trinken. Außer die Kleinen, die bekamen ein Eis. Fürs Verlieren. So wurden unsere Kinder auf die harte Realität vorbereitet. Schneller, als ich schauen konnte, war Hans zurück.

»Was sagst?«

»Hans, du hast jetzt nicht wirklich deine Lederhose angezogen.«

»Klar! Mit Wadelwärmer und Haferlschuhe. Damit wir den Italienern mal zeigen, was ein echter Bayer ist. Hast du die Fetzen gesehen, die die Jungs und Mädels anhaben? Also in München auf dem Oktoberfest waren die bisher nicht. Das kannst du mir glauben.«

»Das stimmt. Meinst nicht, dass dir die ein bisserl zu heiß ist?«

»Iwo. Echtes Hirschleder. Was meinst, wie die darunter die Temperatur reguliert? Vom Feinsten sag ich dir. Da, dein Handy.«

Ich war überrascht, dass er in seinem Freudentaumel tatsächlich an mein Handy gedacht hatte.

»Komm, ruf die Anja an! Das glaubt die uns nie.«

Genau in diesem Moment klingelte mein Handy. Auf dem Display las ich »Schatzi«.

»Das ist Anja.«

»Na, geh hin!«

Toll, denkbar unpassend. Seit sieben Uhr morgens hatte ich die Möglichkeit, Anja anzurufen. Jetzt, da ich sie anrufen wollte, meldete sie sich. Da hätte ich tausendmal sagen können: »Gerade wollte ich dich auch anrufen.« Das glaubte einem niemand. Ebenso die Party im Hintergrund.

»Jetzt geh schon ran!«

Ich drückte die grüne Taste.

»Hallo, Anja?«

»Hallo, Herbert. Lebst du noch?«

»Klar. Du, komischer Zufall. Gerade wollte ich dich anrufen!«

»Ja, wer's glaubt.«

»Wirklich!«

»Hallo, Anja. Das stimmt wirklich! Stell dir vor, hier ist Oktoberfest und ich habe meine Lederhose an!«, brüllte Hans ins Telefon und nebenbei mir ins Ohr. Ich drückte ihn weg. Er deutete mir an, Bier zu holen. Ich nickte zustimmend. Hauptsache, ich konnte mit Anja alleine reden. Die Musik war fürchterlich laut, so suchte ich mir einen Platz abseits des Trubels. Ich würde Hans schon wieder finden, dachte ich mir.

»So Anja. Jetzt ist es ein wenig ruhiger.«

»Sag mal, ihr seid doch nicht auf dem Schiff.«

»Sicher, wenn ich es dir sage. Die veranstalten hier ein Oktoberfest.«

»Auf einem italienischen Schiff? Das glaubst du wohl selbst nicht. Warum hast du dich heute nicht gemeldet?«

»Weil du Wellness gebucht hattest.«

»Das wüsste ich, dass ich heute schon ...«

»Nicht du. Hier hast du das gebucht.«

»Ach ja, stimmt. Das hast du abgesagt, oder?«

Ich erzählte ihr, wie Hans und ich frisiert wurden. Auch von der Massage berichtete ich. Die Slips allerdings verschwieg ich ihr. Und diese Geschichte sollte auch auf dem Schiff bleiben. Das sind so Erlebnisse, wenn die in die falschen Ohren kommen, verfolgt einen so was bis ins Grab.

»Wie geht es dir?«

»Nicht so besonders. Ich habe heute schon gespuckt und schwindelig ist mir auch. Aber ich lasse mir nichts anmerken. Meine Mutter bringt es fertig und sperrt das Café zu. Ich mache einfach ein bisschen langsamer.«

»Hast du denn was Falsches gegessen oder hat deine Mutter gekocht?«

»Du, eigentlich nur Spaghetti. Und meine Mutter hatte leckeres Tiramisu gemacht. Daran kann es aber auch nicht liegen.«

»Wie, am Tiramisu kann es nicht liegen?« Ich dachte, ich höre nicht richtig.

»Prost, du Sack!« Hans war wieder da mit zwei Bier bewaffnet. Eins davon streckte er mir ein wenig zu schwungvoll entgegen, die Hälfte davon landete auf meiner Badehose.

»Na, bei euch scheint es ja lustig zuzugehen. Jetzt sag schon! Auf welcher Party seid ihr? Ist das so was wie am Ballermann?«

»So glaub mir! Wir sind auf dem Schiff.«

»Auf dem Schiff. Im Hafen. Auf einer Party!«

»Schick ihr einfach ein Foto!«, schlug Hans vor, während er auf der Stelle in seiner Lederhose tanzte.«

»Stimmt, Anja. Hans hatte gerade eine Superidee. Ich schick dir ein Foto, wenn du mir nicht glaubst.«

»Na, wenn du meinst. Feiert schön und denk an mich, bevor du so Tussis angräbst.«

»Das würde ich nie tun.«

»Würde er schon!«, schrie Hans wieder absolut unpassend, ohne den Zusammenhang zu kennen.

»Hans, jetzt halt mal s' Maul!«

Er grinste.

Ich verabschiedete mich von Anja und wünschte ihr noch gute Besserung.

»Siehst du, jetzt ist es soweit«, rief ich Hans entgegen.

»Was?«

»Von wegen, ich wäre ein Hypochonder! Jetzt spuckt die Anja und hat wahrscheinlich Salmonellen.«

»Quatsch Salmonellen! Sie wird halt ein Bild von dir angeschaut haben, die Anja!«

Zwecklos, mit dem war nichts mehr anzufangen. Hans war im Partymodus. Aber um Anja machte ich mir Sorgen. Hoffentlich würde sie zum Arzt gehen. Gut, dass sie nicht alleine zu Hause war!

Sieh an, sie war ein klein wenig eifersüchtig. Vielleicht nicht mal so schlecht. Bisher war ich ja derjenige, der Angst hatte, Anja könnte sich vielleicht einen anderen angeln. So war es auch nicht schlecht. Nicht, dass sich Anja ernsthafte Sorgen machen musste. Dennoch tat es meinem Ego gut, einmal auf der anderen Seite zu stehen.

Hans hingegen stand mir mit seinem Bayernoutfit im Weg. Ich wollte ein Beweisfoto von dem bunten Treiben hier an Bord schießen. Ich musste zugeben, es war schon sehr abgedreht, hier an Bord im Hafen von Olbia ein Oktoberfest zu veranstalten. Ich knipste etliche Bilder. Die meisten waren unbrauchbar, um sie Anja zu schicken. Entweder war Hans darauf zu sehen, wie er obszöne Gesten machte, oder eindeutig zu viel Fleisch. Weibliches Fleisch. Und das wollte ich definitiv meiner Anja nicht zumuten. Das hätte die Lage nicht sonderlich entspannt. Ich schoss ein Foto von der Bühne, das musste reichen.

»Herbert, jetzt lass die blöde Knipserei. Party ist angesagt.«

»Ja, ich komm ja. Ich schick nur schnell das Foto los.«

»Du bist der schlimmste Pantoffelheld, den ich kenne. Weißt du das?«

Er hatte gut reden. Hans hatte es ja als Single nicht nötig, Rechenschaft abzulegen. War ich ein Pantoffelheld, weil ich meiner Freundin ein gutes und sicheres Gefühl geben wollte? War das nicht selbstverständlich in einer funktionierenden Partnerschaft? Wie auch immer, nachdem ich auf »senden« gedrückt hatte, machte ich mich auf die Suche nach Hans. Auf den wurden nämlich zwischenzeitlich die Mädels von der Animation aufmerksam. Wie eine Trophäe zeigten sie ihn auf dem Deck herum. Urlauber fotografierten sich mit ihm. Hans in seinem Element und in einer echten oberbayerischen Lederhose. Er wusste, wie er sich in Szene setzen konnte. Auf der Bühne befand sich eine Zwei-Mann-Band. Der eine stand an seinem Keyboard und der andere sang. Wie sich herausstellte: zwei Holländer. Ich fasste zusammen. Filzdirndl, Hotdogs und Brezen, Bier in Plastikbechern und auf der Bühne zwei Holländer, die »Schatzi, schenk mir ein Foto« zum Besten gaben. Jetzt hatte ich wirklich alles gesehen.

Auf diesem Schiff ging es eindeutig schlimmer zu als in Lloret de Mar und am Ballermann zusammen. Untertags drehte sich hauptsächlich alles um Party und Alkohol. Wer das nicht wollte, musste eben an Land gehen oder sich in seiner Kabine verkriechen. Wir beide waren auch schon wieder gut dabei und in Partylaune, wir vergaßen völlig die Zeit. Der Poolbereich leerte sich allmählich und das Schiffshorn war zu hören. Wir legten ab. Das bedeutete, wir waren viel zu spät dran. Es gab schon wieder Abendessen. Völlig fertig ließen wir uns auf zwei Sonnenliegen nieder. Hans in seiner Lederhose und ich in meinem Bademantel, den ich kurz zuvor restlos versaut wiedergefunden hatte. Anscheinend hatte der während der Sause an Bord die Bekanntschaft mit einem Cocktail gemacht. Egal, Hauptsache er war vorher nicht in irgendeinem Magen. Hans trank eisern den letzten Schluck seines Bieres.

»Und Meister? Gefällt's dir hier auf dem Schiff?«

»Tja, es gibt da schon Schlimmeres, Herbert.«

»Was zum Beispiel?«

»Na, in der Arbeit zu sein.«

»Ich dachte, du magst deine Arbeit als Computerfuzzi?«

»Ja, es passt schon. Aber willst du mir erzählen, dass du in diesem Moment genauso gern im Finanzamt wärst wie hier?«

»Bloß nicht. Ich fand diesen Urlaub von Anfang an super. Ich dachte nur, dass du nicht so scharf auf das hier bist.«

»Bis auf unser Loch, das du Kabine nennst, ist es schon okay. Weißt, aber mit den Bergen ist das hier nicht zu vergleichen. Party machen, das ist schon super, aber wenn du eine Höhenwanderung machst, von Hütte zu Hütte, Blasen an den Füßen, die Natur und du, kein Holländer mit Mikro, das mein Freund, das ist echte Freiheit. Da kommt nichts anderes dagegen an.«

»Du und deine Berge! Mich wundert es schon lange, dass du mitten in München wohnst und nicht auf irgendeiner Alm.«

»Herbert, vielleicht mache ich das ja irgendwann. Jetzt gibt es da nur ein Problem.«

»Und was für eins?«

»Auf so einer Alm, da siehst du den ganzen Tag viele Ziegen, doch kaum ein Hase kommt vorbei. Weißt, was ich meine?«

»Und die gibt's dafür im Englischen Garten, oder?«

»Bingo. Mit und ohne Bikinioberteil.«

»Du, weil wir gerade von der Arbeit gesprochen haben, wie hast du eigentlich so schnell frei bekommen?«

»Gar nicht. Gehen wir jetzt in die Kabine?« Er stand auf.

»Was meinst du mit ›Gar nicht‹?«

»Na so, wie ich es sage. Ich habe nicht frei.«

»Hans, jetzt sprich! Ich verstehe bloß Bahnhof.«

»Na, ich bin halt auf Krankenkassenfahrt«, nuschelte er.

»Wie, du machst blau? Sag mal, spinnst du? Wenn das rauskommt.«

»Jetzt mach dich locker! Schau, deshalb habe ich dir nichts erzählt davon. Wie du dich schon wieder aufregst.«

»Klar rege ich mich auf. Das kann dich deinen Job kosten. Wenn ich das gewusst hätte, wär ich ja niemals mit dir gefahren.«

»Siehst, und weil ich weiß, wie gern du Schifferl fährst … Außerdem, wenn das rauskommt, gibt's halt einen anderen Job. Da, das ist ein geiler Job. Der ist bestimmt entspannt.«

Hans deutete auf das Lotsenboot, das neben uns herfuhr. Der Lotse, der unser Schiff aus dem Hafen manövrierte, stand mit seiner Schwimmweste schon bereit, um bei voller Fahrt auf das Lotsenschiff überzusetzen. Das hatten wir in Genua beobachtet. Absolut spektakulär. Ein Fehltritt, und weg war er. Der war tiefenentspannt. Der hatte wahrscheinlich nicht einen Freund wie Hans. Wenn ich solche Aktionen wie er veranstalten würde, eins, zwei, drei hätten die mich. Hans ging stets alles durch. Ich wusste nicht, was mich mehr aufregte: dass Hans so unvernünftig war, oder dass er nie erwischt wurde. Jedenfalls war es jetzt eh zu spät. Wir verließen als Letzte das Deck und machten uns auf zu unserer Kabine.

# Funiculi, funiculà

Hans duschte.

Ich lag auf meinem Bett und schaute in die Bordzeitung.

»Du, Hans, heute ist italienischer Abend.«

»Und was heißt das?«, kam es aus der Dusche.

»Das heißt, dass wir entweder was Weißes, Grünes oder Rotes anziehen sollen.«

»Also, einen Knall haben die auf so einem Schiff.« Hans stellte die Dusche ab. »Ich kleide mich nicht von Kopf bis Fuß neu ein, nur weil ich eine Kreuzfahrt mache.«

»Du wirst ja wohl was in diesen drei Farben dabei haben.«

Hans öffnete die Tür und trocknete sich ab. »Gestern war ich weiß. Soll ich vielleicht meine versiffte Hose noch mal anziehen? Obwohl, da wär ein roter Ketchup-Fleck drauf. Wenn ich das weiße Poloshirt da im Schrank anziehe, da wären nämlich Grasflecken drauf. Vom Bolzplatz. Dann hätte ich's.«

Also mir wurde das langsam auch zu blöd. Außerdem hatten sich beim gestrigen Gala-Dinner bestimmt die Hälfte nicht an diese Kleiderordnung gehalten. Ein paar Italiener hier an Bord vielleicht. Und natürlich unser Spießertisch. Klar, ich hatte auch mitgemacht, weil mir die Anja beim Packen geholfen hatte und eine Freundin von ihr schon einmal auf einer Kreuzfahrt gewesen war. Sonst hätte ich wahrscheinlich auch nur schnödes Zeug dabei gehabt. Hallo? Urlaub?

»Scheiße!«

»Was ist jetzt schon wieder? Hast nix anzuziehen, du Drama-Queen.«

»Ach Quatsch! Schau mal, hier mein Handy. Das Scheißteil hat das Bild nicht abgeschickt.«

»Ich dachte, du bist so ein Technikfreak? Soll ich dir zeigen, wie das geht?«

»Hans, da brauche ich dich bestimmt nicht. Schau, was ich da für eine SMS von meinem Provider bekommen hab. ›Ihr Datenvolumen ist überschritten. Sie surfen ab jetzt mit halber Geschwindigkeit.‹ Verdammte Hacke! Bestimmt wurde das Riesenbild auch nicht gesendet. Das hat wahrscheinlich so lange gedauert, bis das Scheißteil das Senden unterbrochen hat. Und die Anja hat es zwischenzeitlich sieben Mal bei mir probiert.«

»Hast das Ding auf lautlos geschaltet?«

»Ach, woher! Der Holländer an Deck hat so laut in sein Mikro geschrien, da hab ich es wahrscheinlich nicht gehört. Ich probiere es gleich noch mal.«

Hans interessierte das nicht mehr. Er fummelte im Kleiderschrank umher, um sich etwas Passendes zum Anziehen herauszusuchen. Natürlich hatte ich mittlerweile kein Netz mehr. Wir waren schon wieder zu weit draußen auf dem Meer. Scheißwasser! Was wollte Anja? Hatte sie nur angerufen, weil kein Bild bei ihr angekommen war? War ihr etwas passiert? Ach, sie hätte bestimmt eine SMS geschrieben. Die wäre doch bei mir angekommen. Die von meinem Provider hatte es immerhin auch bis in den Hafen von Olbia geschafft. Es wäre Quatsch, vom Schiffstelefon bei ihren Eltern hhause anzurufen. Das kostete schließlich ein Vermögen. Morgen war ja auch noch ein Tag.

»Und? Was sagst?«

Hans stand stolz vor mir in Jeans und blau-weiß kariertem Hemd.

»Das hat nicht direkt was mit Italien zu tun.«

»Die wollen Landesfarben, also kriegen sie eben meine Landesfarben.«

»Ich sehe hier kein Schwarz, Rot oder Gold.«

»Ich bin ja auch ein Oberbayer!«

***

»Bei uns auf der Kabine geht die Klima nur warm«, teilte uns Herr Krüger mit, während er seiner Frau den Stuhl zurecht rückte. Das interessierte niemanden. Nun setzte auch er sich und hing wieder diese beiden Säckchen an die Lehnen. Wären wir in einem Horrorfilm, hätten die beiden da drin bestimmt die Köpfe vom Kapitän und vom Deckkadetten. Ha! Deckkadett.

»Haben Sie dem Zimmerservice schon Bescheid gegeben?«, wollte Carmen höflicherweise wissen.

»Klar. Die schrauben schon den ganzen Tag dran rum. Mechthild hatte nur kurz Zeit, sich die Haare zu machen. Nicht wahr, Mechthild?«

Sie winkte ab.

Zwischenzeitlich war auch der Klamotten-Heinz samt Begleitung eingetroffen.

»Moin!«, grüßte er in die Runde.

Hans schaute auf seine Uhr.

Herr Krüger redete sich in Rage. »Erst die Schranktür, danach der nasse Teppich, jetzt die Klima.«

»Wieso, was ist mit der Klima?«, erkundigte sich Mattis.

»Sie geht nur warm«, erklärte Susanne.

»Machen Sie einfach die Balkontür auf!«

*Ja, du Hanswurst. Jetzt bist du das endlich losgeworden. Du hast einen Balkon. Gut, dass wir das jetzt alle wissen.*

Maike grinste verschämt.

»Wir haben nur ein Fenster.«

»Ach so.« Selbstverliebt fuhr er sich durch seine schleimigen Haare und richtete danach eine Strähne seiner Freundin.

Dauernd fummelte er an ihr herum. Nicht so, wie man es sich vorstellen würde. Etwa den Arm streicheln, ein Küsschen hier, eine sanfte Berührung da. Dieser Typ hatte sich anscheinend aus seiner Boutique eine lebende Schaufensterpuppe mit an Bord gebracht.

»Geht es Ihnen heute etwas besser, Maike?« Carmen lenkte das Gespräch zu Maike hin.

»Ja. Viel besser. Der Tipp mit dem Apfel war wirklich gut. Ich spüre das Schaukeln kaum.«

»Vielleicht liegt es an der Kette, die ich dir heute an Land gekauft habe.« Mattis zeigte auf ihren Hals.

»Wieso? Was kann die?«, provozierte Hans und blickte interessiert drein.

»Eintausendzweihundert Euro kann die!« Mattis wirkte gereizt.

Hans streckte seinen Kopf ein wenig näher an das Schmuckstück, betrachtete es und kam wieder in seine Ausgangsposition zurück.

»Ne. Da haben die euch gelinkt. Macht euch nichts draus. Ist mir auch schon passiert. In der Türkei. Da habe ich eine Rolex gekauft. Original. Für dreißig Euro. Der Typ hat geschworen, dass die echt sei. Hatte sogar ein Zertifikat. Zuhause kam später raus, dass sie gar nicht echt war. Tja, das kann den Besten passieren.«

Hans trank, die restliche Runde kam jetzt auch Maikes Hals näher und betrachtete das Objekt des Betruges. Da mein Freund solche Behauptungen stets mit einer absoluten Überzeugung rüberbrachte, bestand für die anderen auch kein Zweifel mehr. Es handelte sich eindeutig um eine Fälschung.

Mattis kochte schon wieder und bestellte sich einen Roten.

»Das macht nichts, wenn es wirklich so ist. Ich finde sie hübsch«, versuchte Maike, die Situation zu retten.

»Genau. Ich habe ja auch so viel Modeschmuck daheim. Ich finde, kommt darauf an, wer ihn trägt. Nicht wahr, Clemens?«

Herr Krüger gab seiner Frau recht.

Plötzlich wurde das Licht gedämmt; laute Musik erreichte meine Ohren.

Hans sah sich sofort um, ob das Animationsteam in der Nähe war. Plötzlich flogen die Schwungtüren der Küche auf und die Küchencrew marschierte heraus. Allesamt mit Tiramisu auf dem Arm. Darin steckte eine Wunderkerze, die dem Yuppie an unserem Tisch wieder einmal ein kleines »Pfff« über die Lippen lockte.

Der Saal klatschte; wir wurden vom Restaurantchef aufgefordert, mit unseren Servietten wie wild über unseren Köpfen zu wedeln. Sah witzig aus, da auch die Servietten bunt in den Farben der italienischen Trikolore gemischt waren. Ein Tiramisu nach dem anderen wurde an uns vorbeigetragen.

Zuerst dachte ich, mich verhört zu haben. Da erklang glatt das Lied: *Schau hi, da liegt ein toter Fisch im Wasser!* Hans war in seinem Element. Wie ein großer Tenor brachte er seine Lippen nach vorne und sang voller Inbrunst das Lied mit. Da die meisten im Speisesaal Italiener waren, hatte es Hans natürlich schwer, dagegen anzukämpfen. Beim Refrain legte er ein paar Dezibel drauf und erhob sich von seinem Stuhl.

»Den mach ma hi, den mach ma hiiiiii, lalalalala, ja, ja, den Fisch, den mach ma hi.«

»Funiculi, funiculà, funiculi, funiculàààà, lalalalala funiculi, funiculà«, schallte es uns entgegen.

Diese Italiener klauen unsere Stimmungsbomben. Als das Lied zu Ende war, ließ es sich der Restaurantchef nicht nehmen, ein wenig das Rampenlicht zu genießen. Anscheinend war dieser Abend allwöchentlich sein ganz privates Highlight an Bord. Für uns unverständlich plapperte er in einer Lautstärke auf uns ein.

Hans und ich hofften auf eine Übersetzung.

Die kam nicht.

Da sich die Küchenjungs abwechselnd vor uns verbeugten, während der Redner eine kurze Pause machte, kamen wir zu dem Schluss, dass er das Küchenpersonal vorstellte. Das zog sich leider ein wenig hin, weil der gesamte Gangbereich des Speisesaals mit Küchenpersonal vollstand. Als der Zauber endlich zu Ende war, wurde die Vorspeise gebracht. Es gab Bruschetta. Endlich einmal etwas Vernünftiges hier an diesem Tisch.

»Kaum zu glauben. Da klauen die uns glatt ein Lied von uns. Ich wusste gar nicht, dass die das ins Italienische übersetzt haben«, ließ Hans vom Stapel.

Ich war mir nicht sicher, ob er das ernst meinte oder einfach nur wieder provozieren wollte.

»Was meinen Sie, junger Mann?«, stellte Frau Krüger die Frage.

»Na, das Lied! Schau hi, da liegt ein toter Fisch im Wasser. Das ist ein bayerisches Lied.«

»Ja, wirklich nicht. Das ist ein neapolitanisches Volkslied. Funiculi, funiculà.« Frau Krüger klang fast entrüstet.

»Was zu beweisen wäre!«, neckte Hans weiter.

Frau Krüger ließ es auf sich beruhen und der Jungunternehmer setzte auch zum Essen an, ohne sich in diese Diskussion mit einzubringen. Ich war froh darüber. Jeden Abend dieses Gebalze ging mir langsam auf den Sack. Nicht, dass es keinen Unterhaltungswert hätte. Irgendwann wollte ich auch mal in Ruhe essen. Die Bruschetta war ausgezeichnet. So konnte es weitergehen. Und es ging so weiter. Als Hauptspeise gab es Ossobuco alla milanese.

Hans starrte auf seinen Teller. »Was ist das?«

»Das ist Ossobuco.«

»Bitte was?«

»Ossobuco«, wiederholte ich. »Wie Kalbshaxe.«

»Und wo, bitte schön, ist die Haxe?«

»Die ist schon ausgelöst.«

»Und warum?«

»Weil wir hier auf einem Kreuzfahrtschiff sind und nicht in einem Brauhaus in Schwabing!«

»Von mir aus. Mahlzeit!«

Während des Hauptganges entschied Carmen, dass Hans und ich an diesem Abend mit ihr und Susanne zum Tanzen gehen sollten. Mir passte das überhaupt nicht. Erstens war ich kein Tänzer, zweitens hatte ich keine Lust. Ich tanzte ja nicht einmal mit meiner Anja. Warum sollte ich es also hier an Bord mit einer Fremden tun?

Hans sagte natürlich sofort zu, ohne zu überlegen.

»Warum machst du das? Du weißt überhaupt nicht, ob ich das will!«, flüsterte ich Hans energisch zu.

»Ach, jetzt komm schon! Das wird bestimmt lustig. Ich kann auch nicht tanzen. Genauso wenig wie du. Ist nur Spaß. Was willst du sonst auf dem Kutter hier tun?«

»Hans, vielleicht allein entscheiden, mit was und wem ich meine Abende verbringe. Immerhin hast du ja auch schon bestimmt, dass wir tagtäglich hier mit den Vögeln aufstehen und an Deck herumturnen.«

»Ja, ich würde auch lieber zum Vögeln aufstehen als mit ihnen. Jetzt mach dich mal locker! Das mit dem Yoga lassen wir morgen mal schön ausfallen.«

Frau Krüger meldete sich gleich begeistert zu Wort, als sie von Hans' Vorhaben Wind bekam.

»Na, das ist eine wundervolle Idee. Tanzen verbindet, nicht wahr Clemens?« Sie stupste ihn an.

Er hatte nicht zugehört, weil er zu sehr mit seinem Essen beschäftigt war. »Wer wird verbunden?«, fragte er, ohne den Blick von seinem Teller zu nehmen.

»Ich sagte, Tanzen verbindet. Die jungen Leute hier wollen heute Abend zum Tanz!«

»Ja, tanzen. Sehr schön. Wir tanzen viel.«

Carmen bohrte weiter an Hans, bis sie endlich seine Zusage hatte.

Susanne schien das auch zu gefallen. Sie lächelte verschmitzt zu mir herüber, ihre Wangen röteten sich leicht.

»Siehst du das?«, haute mich Hans von der Seite an. »Die Susi steht auf dich.«

»Ja, noch lauter! Vielleicht hat sie es nicht gehört!«, ermahnte ich Hans und trat ihn unter dem Tisch.

»Jetzt komm! Ist nicht schlimm. Du weißt ja, wie es heißt. Was auf dem Schiff passiert, bleibt auf dem Schiff.«

»Hans, so heißt es in Vegas und nicht auf dem Schiff. Außerdem wird da nichts laufen, weil die Susanne nicht mein Typ ist und ich verdammt noch mal eine Freundin habe.«

Hans winkte ab; wir aßen unsere ausgelöste, italienische Kalbshaxe fertig. Vor lauter Tanzen und Quatschen war alles kalt.

Nachdem Antra abgeräumt hatte, wollte er wissen, wer vom Tiramisu wolle. Ich winkte ab.

»Wer um Himmels Willen mag kein Tiramisu?«, fragte mich die Susanne. »Das mag jeder.«

»Ich esse kein Tiramisu. Schon gar nicht im Süden. Da ist es warm, die rohen Eier, und wenn die Kühlkette nicht funktioniert ... hagelt es Salmonellen.«

»Also Herbert. Du wieder! Da trinkst nachher einen Schnaps an der Bar, das brennt dir die Dinger schon aus deinen Bauchfalten«, schlug Hans vor und erntete allgemeines Gelächter am Tisch auf meine Kosten.

»Ja, die Salmonellen. Ich hab mal Tiramisu in Ägypten gegessen. Danach war ich fast zwei Wochen nur auf dem Klo und habe acht Kilo abgenommen«, schilderte Herr Krüger.

»Mensch, Herbert, bestell am besten gleich zwei Portionen«, flüsterte Hans mir zu.

»Spinner. Ich fühle mich pudelwohl mit meinen drei Pfund zu viel. Anja mag das außerdem auch.«

Unser Senior hatte es geschafft, dass die restlichen Leute am Tisch auch kein Tiramisu mehr wollten, was wiederum Antra überraschte. Außer Mattis natürlich. Der trotzte der allgemeinen Nachtischauswahl und ließ sich gleich eine Portion der italienischen Nachspeise bringen. Wir anderen bestellten die Alternative: Sorbet. An sich eine feine Sache, leider handelte es sich an diesem Abend um Minzsorbet. Und das schmeckte äußerst fies nach gefrorenem Kaugummi. Bei jedem Löffel, den sich meine Mitesser in den Mund steckten, schauten sie mich leicht abfällig an. So, als ob ich jetzt schuld wäre, dass sie das Tiramisu nicht essen durften. War der Tanzopi von der Nachspeise schon mal krank geworden oder ich?

Mattis ließ uns an seiner Geschmacksexplosion teilhaben. Immer wieder streckte er seiner Maike den Löffel entgegen und forderte sie auf, sie solle probieren.

»Das musst du probieren, Maike. Ein Gedicht. Also wenn ich es nicht besser wüsste, würde ich behaupten, ich hätte es gemacht!« Über diesen flachen Kalauer lachte er selbst am meisten.

Seine Maike mochte nicht. Tapfer arbeitete sie die zwei Kugeln Minzsorbet ab, wie wir anderen auch. Wir hätten nach dieser Nachspeise drei Schachteln Zigaretten rauchen können und trotzdem einen frischen Atem gehabt. Dumm war nur, dass meine Augen zu tränen begonnen hatten, während sich Frau Krüger zu meiner Linken mit mir unterhielt. Ihr Atem hatte dieselbe Wirkung wie eine Erkältungssalbe, die man sich aus Versehen in die Augen reibt.

# Dirty Dancing

Auf unserem allabendlichen Spaziergang kamen wir beim Bordfotografen vorbei. Du meine Güte! Hunderte von Fotos warteten darauf, von den abgelichteten Personen abgeholt zu werden. Mir war nicht bewusst, dass man auf einer solchen Reise permanent und bei jeder Gelegenheit fotografiert werden würde. Seit der Einschiffung grinsten wir ständig in eine Linse. Hans und ich bezweifelten, uns jemals unter den Unmengen von Bildern zu finden. Komischerweise erwies es sich einfacher als gedacht. Peinlich genau waren die Fotos sortiert, entweder nach der Uhrzeit oder, und das fand ich besonders witzig, nach der ersten und zweiten Schicht im Speisesaal. Sofort entdeckte ich Hans und mich mit der Rettungsweste. Hans mit der Pfeife im Mund, wie er mir hinter meinem Rücken mit seinen Fingern Hörner aufsetzte, der Depp. Oh, Hans mit seiner Lederhose bei der Polonaise der Oktoberfestparty.

An der linken Fotowand der absolute Abschuss. Galaabend mit Begrüßung des Kapitäns. Fast eine ganze Wand von Bildern, wie Hans in seinem weißen Outfit mit dem Kapitän zusammen andere Passagiere begrüßten. Teilweise hatte Hans die Kapitänsmütze auf. Auf einem Foto konnte man erkennen, wie er ein Ehepaar begrüßte und der etwas kleinere Kapitän von hinten versuchte, seine Mütze von Hans' Kopf zurückzuholen. Dieses Bild musste ich haben. Das würde ich rahmen und in Anjas Café aufhängen. Dieses Bild hatte definitiv Kultstatus. Und der hatte allerdings auch seinen Preis. Sechzehn Euro für ein Bild mit Hans' Visage darauf – das war nicht ohne. Selbst für mich als Finanzbeamter ein absolutes Must-Have. Ich zahlte und bekam den Hans in einem Schutzumschlag.

»Du, Herbert? Das schaut ja stark aus. Das kaufen wir auch.«

»Was denn?«

»Da, das Bild mit unseren zwei Alten drauf.«

Hans zeigte auf ein Bild, welches Hans mit Mütze um Längen schlug.

Zu sehen waren die Krügers, wie sie links und rechts vom Kapitän standen. Und der Kapitän hatte die zwei Säckchen der beiden in der Hand. Zum Schießen. Also, so ein Kapitän macht auch was mit im Leben. So viel stand fest!

»Was die wohl in den Säckchen drin haben?«

»Vielleicht wichtige Dinge, die sie einfach bei sich haben möchten«, warf ich ein.

»Vielleicht sind es gesuchte Gewaltverbrecher, und in den Säckchen sind die Köpfe ihrer Nachbarn!«

»Also Hans, du schaust definitiv zu viel in den Fernseher. Du brauchst eine Frau. Außerdem, wer tötet erst die Nachbarn, und trägt dann die Köpfe mit sich rum, hä? Wenn man jemanden tötet, will man denjenigen loshaben. Da schleppt man nicht den ganzen Urlaub so einen Schädel mit sich herum.«

Hans gab mir recht. Auf jeden Fall musste das Bild her. Da wir darauf nicht zu sehen waren, wollte uns der Fotograf das gute Stück zuerst nicht aushändigen. Hans schaffte es dennoch. Er redete ihn einfach schwindlig – und gut war's.

Hans ging schon vor in einen der drei Tanzsäle mit Liveband.

Ich brachte schnell die Fotos in Sicherheit und machte mich auf den Weg zu unserer Kabine. Im Sushi-Restaurant saß an diesem Abend niemand. Vielleicht wäre der Ansturm größer, wenn die den Fisch braten würden?

Ich hatte ein wenig ein schlechtes Gewissen wegen meiner Anja. Immerhin waren wir Hunderte Kilometer voneinander getrennt und ich ließ hier die Sau raus. Zu allem Überfluss sollte ich mich jetzt gleich mit der Susanne aufs Tanzparkett schmeißen. Allem Anschein nach schien sie auf mich zu stehen. Wo, bitte schön, waren diese Frauen, als ich jahrelang Single gewesen war? Was Anja wohl dazu sagen würde, wenn sie davon wüsste? Ob es ihr egal wäre? Mir gegenüber gab sie sich bisher in solchen Situationen sehr abgeklärt. So, als ob sie mir blind vertrauen würde. Für mich kam das so rüber, als ob sie sich überhaupt keine Sorgen um mich machen müsste. Als ob sie mich vor der Einsamkeit gerettet hätte, weil mich sonst eh keine wollte.

*Pass auf, Herbert! Rede dich jetzt nicht in Stimmung! Anja liebt dich*, sagte ich mir. Am Ende unterstellte ich ihr was und wäre grundlos verärgert gewesen. Und nur, weil ich der ganzen Welt etwas hätte beweisen wollen, wäre ich zu guter Letzt neben Susanne aufgewacht. Obwohl, die hatten ein Zimmer mit Fenster. Spaß beiseite! Ich beschloss, einfach ein wenig das Tanzbein zu schwingen und mich anschließend an die Bar zu verziehen. Da würde ich mich an ein paar Cocktails festklammern und dem Treiben zusehen. Hans hatte so viel Temperament, dass jeder Südländer neidisch wäre. Das reichte bestimmt auch für zwei Frauen. Und wenn er schlapp machte, könnte er ja seine Lederhose holen. Das wäre für ihn wie ein Energieschub.

***

Die Flamingo-Bar war schon gut besucht und ich erspähte Hans mit Carmen und Susanne am Tresen. Eine Fünf-Mann-Combo gab auf der Bühne ihr Bestes und auf der Tanzfläche versuchten Papis verzweifelt, ihre Kleinsten müde zu bekommen. Allem Anschein nach lief es darauf hinaus, dass die Väter vor den Kleinen ins Bett fielen.

»Na, da seid ihr ja alle schon.«

»Hallo, Herbert. Hast du deine schnellen Schuhe an?« Susanne stellte sich zu mir an die Seite.

»Du, bei mir ist es egal, was ich für Schuhe beim Tanzen trage. Tanzen kann ich eh nicht«, versuchte ich, mich aus der Affäre zu ziehen.

»Jeder kann tanzen. Du hast bestimmt als Jugendlicher mal einen Tanzkurs gemacht, oder?«

»Der Herbert war nie Jugendlicher. Der wurde von der NASA entwickelt und letztes Jahr haben die ihn bei mir abgegeben, weil sie Platz brauchten«, witzelte Hans und hatte damit wieder einmal die Lacher auf seiner Seite.

Da hatte er aber die Rechnung ohne Susanne gemacht, die dachte, sie müsste sich schützend vor mich stellen.

»Also Hans, wenn Herbert nie Jugendlicher war, hast du in deinem Leben nie Yoga gemacht.«

Hans schluckte kurz; es hatte den Anschein, dass sich eine klitzekleine Schweißperle auf seiner Stirn bildete. Das war ungewöhnlich für ihn und für mich Premiere, bei diesem Naturschauspiel dabei sein zu dürfen.

»Was? Wie kommst du da drauf? Ich liebe Yoga. Ja, ich lebe es sogar!«, entrüstete er sich.

»Hans, Hand aufs Herz. Susanne und ich praktizieren seit über zehn Jahren zusammen Yoga. Für wie dumm hältst du uns eigentlich?«, stellte Carmen die Einhunderttausend-Euro-Frage.

Hans bemerkte, dass er hier keinen Blumentopf mehr gewinnen konnte und lenkte kleinlaut und charmant ein.

»Wann habt ihr es denn herausgefunden?«

»Na ja, die ›Reiterstellung, die den Hund trifft‹ war schon schräg, aber beim ›Verunglückten Schmetterling‹ da musste ich mich extrem zusammenreißen«, erklärte Carmen und Susanne pflichtete ihr bei.

»Was? So früh schon?« Hans fühlte sich in seiner Ehre gekränkt.

Man konnte es ihm regelrecht ansehen. Der Meister aller Klassen war gestürzt worden. Von zwei Yogatanten mitten auf dem Mittelmeer. Und ich durfte dabei sein, was meinem Ego nicht unbedingt schadete. Immerhin war Hans all die Jahre für mich der Inbegriff des Selbstbewusstseins gewesen. Der, dem alles gelang. Der sich aus allen ausweglosen Situationen fein herausmanövrieren konnte. Und jetzt war er zwischen all den Schirmchencocktails aufgeflogen. Wenigstens hatte er ein Bier in seiner Hand. Das gab ihm Sicherheit.

»Ihr hättet auch mal was sagen können!«

»Und uns damit den ganzen Spaß verderben? So haben wir jedenfalls zu Hause etwas zu erzählen«, lachte Carmen und prostete Hans zu.

Hans bestellte sich auf den Schreck einen Grappa. Um diese Niederlage zu den Akten legen zu können, benötigte er etwas Härteres als Bier.

Ich bestellte mir auch einen. Schließlich gab es etwas zu feiern. Morgen konnten wir zum ersten Mal auf dieser Reise ausschlafen.

***

Mittlerweile war es dreiundzwanzig Uhr. Die zweite Essenszeit war beendet und wie jeden Abend drehte die Band so richtig auf. Die ersten Tanzpaare enterten die Tanzfläche.

Auch die Krügers von unserem Tisch waren zwischenzeitlich eingetroffen und checkten die Lage. Wie immer hatten beide ihre Säckchen dabei. Ich überlegte, ob ich die beiden fern des Speisesaals ohne Säckchen überhaupt erkennen würde?

»Da sind unsere Tanzprofis mit ihren Sackerln!«, sagte ich in die Runde.

»Die zwei sind so süß!«, juchzte Susanne. »Also ich würde mich freuen, wenn ich später einmal mit einem Mann eine solche Bindung hätte.«

»Du würdest dich freuen, wenn du überhaupt eine Bindung mit einem Mann hättest«, gab Carmen ihr überheblich zu verstehen.

Das fand ich gemein. Es traf auch Susanne, und sie wusste nichts darauf zu sagen. Stattdessen trank sie unsicher von ihrem Cocktail.

Das war der Charme der frisch Geschiedenen. Carmen bemerkte wohl, dass sie übers Ziel hinausgeschossen war und streichelte Susannes Arm. Die war durch die Äußerung in diesem Augenblick nicht gut auf ihre Freundin zu sprechen. Carmen musste wohl oder übel ein wenig auf ihre Absolution warten. Mir schien es fast so, als wären Susanne und Carmen das Ebenbild von Hans und mir. Natürlich mit leichten Unterschieden an gewissen Körperstellen.

Ich bewunderte Susanne dafür, dass sie diese Äußerung von Carmen nicht einfach so als Scherz verbuchte. Mitlachen konnte jeder. Sie wurde verletzt, das zeigte sie auch. Sollte doch ihre Freundin erst überlegen und danach den Mund aufmachen. Eine kleine Mitleidsbekundung mit geheuchelten Streicheleinheiten konnte diesen Satz auch nicht mehr rückgängig machen. Ohne es zu wollen, fühlte ich mich in diesem Moment Susanne nah. Sie weckte in mir meinen Beschützerinstinkt. Wie sie da so saß, mit ihrem nachtblauen Abendkleid. Die Haare schön zusammengesteckt. *Nein, Herbert. Jetzt mach langsam! Du hast die Anja zu beschützen und nur die Anja. Für andere Frauen bist du nicht zuständig*, sagte ich mir. Obwohl, Anja brauchte mich in solchen Situationen nicht. Die konnte sich alleine wehren.

Ich blickte zu den Krügers hinüber, die sich einen Platz direkt an der Tanzfläche ergatterten. Sie saßen auf den stoffbezogenen

Sessels an einem Zweiertisch und machten sich an ihren Säckchen zu schaffen. Nun wurde endlich das Geheimnis gelüftet.

»Ui, schau, Herbert! Keine Köpfe in den Sackerln«, sagte Hans und lachte. Sie hatten ständig ihre Tanzschuhe in diesen Säckchen.

»Da hätten wir auch von selbst drauf kommen können. Schließlich reden die ja kaum von was anderem als vom Tanzen.« Wir hätten sie auch einfach fragen können. Wer trägt schon ständig seine Tanzschuhe mit sich herum? Ein Biathlet schleppt ja auch nicht seine Skier und das Gewehr mit sich herum für den Fall, dass er rein zufällig an einer Loipe vorbeikommt.

Kaum hatten die beiden ihre Sohlen an den Füßen, schon drehten sie souverän die ersten Runden auf dem Parkett. Sie nahmen die Tanzfläche dermaßen in Beschlag, als würden sie nach Quadratmetern bezahlt werden. Die Band erkannte die Gelegenheit, einmal etwas anderes als Discofox oder Rumba zu spielen und wechselte in einen Tango. Voller Inbrunst zog Herr Krüger seine Frau im Wiegeschritt über das Parkett. Hätte man nach zwei Minuten die gelaufene Tanzstrecke der beiden in eine Gerade gebracht, hätten die beiden schon dreimal das Schiff abgelaufen.

»Ich will jetzt auch tanzen!«, jammerte Susanne.

Ich merkte, wie genau in diesem Moment mein Schleimbeutel im linken Kniegelenk leicht anschwoll.

Das ließ die liebe Susanne nicht zählen und zog mich von meinem Barhocker.

Carmen tat es ihrer Freundin gleich und schnappte sich Hans. Glücklicherweise war der Tango gerade zu Ende. Ich tat mich ja schon schwer, frei in der Disco zum Takt zu zappeln. Da war ein Tango eindeutig die schlechteste Wahl, um mit dem Tanzen anzufangen. Die Band erkannte glücklicherweise, dass sich bei dieser Songauswahl kein weiteres Tanzpärchen auf die

Tanzfläche traute. Also gab es brav wieder Discofox. Irgendwas von Albino und Ramona Power. Oder so.

Kaum betraten wir das Parkett, steuerte ich eifrig die Mitte der Tanzfläche an. Ich hoffte, dass sich einige andere Paare finden würden, die uns Schutz vor neugierigen Blicken der sitzenden Fraktion bieten würden. Auf Hochzeiten hatte ich in der Vergangenheit auch stets diese Strategie gewählt. Auch in der Disco war dies der entspannteste Platz. Eine Körperdrehung hier, eine Bewegung da und schon war man dabei. Was die Füße machten, war egal. Hauptsache, der Kopf bewegte sich nach oben und unten zum Takt der Musik. Bei näherer Betrachtung umherirrender Tanzpaare konnte ich diese Strategie bei bestimmt der Hälfte der anderen beobachten. Da ich an diesem Abend dachte, mit dieser Masche durchzukommen, war schnell klar, dass die Susanne die Zügel in die Hand nehmen würde. Sie führte. Das konnte ich natürlich nicht auf mir sitzen lassen; ich kämpfte dagegen an.

»Wann hast du das letzte Mal getanzt?«, wollte Susanne wissen.

»Warum? Läuft doch super«, antwortete ich und zog sie näher an mich heran.

Schnell versuchte ich, anderen Pärchen etwas abzugucken.

Die Krügers rasten schon wieder wie irre durchs Gemenge, als ob es kein Morgen gäbe.

Schnell nahm auch ich Fahrt auf. Vielleicht würde es ja besser zwischen Susanne und mir laufen, wenn wir schneller tanzten? Für eine gefühlte Ewigkeit gingen wir einfach nur nebeneinander her. Ich fühlte mich genötigt, vielleicht irgendsoetwas wie eine Hebefigur mit meiner Partnerin zu probieren und verwarf diesen Gedanken schnell wieder. Ich baute gekonnt eine kleine Drehung für die Susanne ein. Raus aus dem Körbchen, rein ins Körbchen. Ich entdeckte Hans und Carmen. Na, die machten es sich ja einfach. Die tanzten einfach einen Hosentürschieber: Carmen hatte ihre Arme um Hans' Kragen, er an ihren Hüften.

Dieser Schwerenöter. Die missglückte Ehe von Carmen war wahrscheinlich nicht einmal richtig kalt, da machte er ihr schon Avancen. Okay, bei Anja und mir war es damals ja auch nicht anders gewesen.

»Herbert, du musst mit links vor!«, sagte Susanne und führte mich.

Das konnte ich keinesfalls zulassen. Ich machte einen kleinen Ausfallschritt, zog Susanne wieder nah an mich heran und leitete eine schnelle Drehung ein. In dieser Drehung löste ich mich von der netten Susi und wollte umgreifen. Dies klappte nur mäßig und ich griff an ihren Händen vorbei.

Da Susanne den Schwung, den ich ihr mitgab, nicht abgebaut hatte, entfernte sie sich schneller als gedacht von mir. Sie rutschte wie nichts durch die anderen Pärchen hindurch und ward nicht mehr gesehen. Aber zu hören. Dummerweise kam ihr nämlich eine Bedienung mit einem Tablett voller fruchtiger Cocktails in den Weg und war genauso überrascht wie Susanne. Die Bedienung verlor das Gleichgewicht und löste sich vom Tablett. Bis zu diesem Moment kein Drama, weil es nun Susanne in den Händen hielt. Leider mit zu viel Schwung. Die hohen Absätze wurden ihr zum Verhängnis, sie knickte ein und flog mitsamt dem Tablett in hohem Bogen über einen der großen, stoffbezogenen Sessel. In diesem Fall wären, trotz meiner großen Abneigung, flache Ballerinas die bessere Wahl gewesen. Susanne kam vor den Cocktails zum Liegen. Diese ließen nicht lange auf sich warten und holten sie schnell ein.

Susanne stand auf und wirkte wie eine äußerst ungeschickte Barkeeperin. Von oben bis unten war ihr Kleid in den fröhlichsten Farben besudelt; in ihren Haaren fand sich eine beachtliche Vitaminauswahl wieder. Hey, über ihrem linken Ohr blitzte ein kleines Cocktailschirmchen. Sie selbst hätte es nicht schöner dort platzieren können. Die Band wechselte zu einem Rumba.

Ich half Susanne, das Obst aus den Haaren zu ziehen.

»Warum hast du losgelassen?«, fragte ich scheinheilig.

»Losgelassen? Du hast mich ja regelrecht weggestoßen!«

Carmen war mit Hans zur Stelle.

»Hoppla. Die Bedienung bringt hier die Getränke. Die müsst ihr euch nicht selber holen!«, warf Hans ein, fischte ein Stück Melone aus Susannes Haaren und stopfte es sich ungerührt in den Mund.

»Witzbold! Hilf mir lieber, die Sachen hier aufzuräumen.«

»Geht's wieder?«, fragte ich Susanne. »Kann ich das wieder gutmachen?«

»Ja. Mach bitte einen Tanzkurs.«

»Schau, ich wollte ja nicht. Ich wusste schon, warum.«

Carmen verschwand mit Susanne auf der Toilette, um den Versuch zu starten, das Kleid zu retten.

Ich war froh, dass mir bisher solch ein Missgeschick nicht mit meiner Anja passiert war. Wie auch! Wir hatten ja nie miteinander getanzt.

Außer einmal in der Küche. Zu »Time of my life« aus Dirty Dancing. Anja kam auf mich zugerannt und ich versuchte, sie hochzuheben. Sie hatte danach an der Hüfte einen blauen Fleck und ich eine fiese Zerrung im Oberarm.

»Na, Meister? Das war ja wohl nix!«

»Super. Wer hat denn diesen Abend hier mit eingefädelt? Das warst ja wohl du. Ich finde Tanzen eh bescheuert.«

»Das nennst du tanzen?«, wollte Hans wissen.

»Na, du hast der Carmen jetzt auch nicht gerade den Fred Astaire gemacht. Dich an eine frisch Geschiedene klammern, dumm in der Gegend herumstehen und im Takt das Gewicht verlagern, das kann ich auch.«

»Und warum machst du es nicht?«

»Weil ich um mich herum eine imaginäre Grenze habe, die nur die Anja überschreiten darf. Gürtel an Gürtel ist mir einfach mit einer Fremden zu nah.«

»Also Herbert, ich glaube, jetzt hast du es dir vielleicht bei der Susanne verscherzt.«

»Jetzt hör endlich auf mit der blöden Kuppelei! Lass uns lieber ein Bier an der Bar trinken.«

»Siehst du, jetzt verstehen wir uns wieder.«

Susanne und Carmen waren an diesem Abend nicht mehr gesehen.

# Pancakes und Bluterguss

»Au! Verdammt. Dieser Scheißstuhl.«

War es etwa schon wieder Morgen? Hans war jedenfalls wach und weckte mich unsanft mit seiner Schimpferei.

Ich knipste das Licht an.

»Moin, Meister. Was gibt es schon wieder?« Ich setzte mich auf.

»Moin für den Arsch. Kommende Nacht schlafen wir mit offener Kabinentür, das sag ich dir.«

»Mensch, mach das Licht an! Dafür haben wir es schließlich.«

»Wenn ich ein Licht hätte, um den Schalter für das Licht zu finden, wäre das kein Problem.« Hans humpelte durchs Zimmer und hielt sich immer wieder den rechten großen Zeh. Anscheinend war dieser vor ihm am Stuhl gewesen.

»Wir können aber nicht bei offener Tür schlafen. Wenn da jemand reinkommt und uns ausraubt. Stell dir vor, du wachst am nächsten Tag auf und deine Lederhose ist weg.« Schlaftrunken tastete ich mit meinen Füßen den Boden nach meinen Badelatschen ab.

Hans öffnete die Tür zum Bad und knipste das Licht an.

»Wir können ja deine Socken auf die Türschwelle legen als unsichtbare Barriere. Das wirkt bestimmt wie eine Wand.«

»Hey, hey, hey! Erstens stinken meine Socken nicht, zweitens riechen deine Haxen auch nicht gerade nach Rosen«, rief ich ihm nach.

»Außerdem klaut niemand eine Lederhose. Die Lederhose eines Mannes ist tabu. Genauso wie sein Auto.«

Hans ging ins Bad und schloss die Türe. Ach ja, Auto! Da war was. Die Karre von Hans hatten wir ja in einer zwielichtigen Gasse abgestellt.

»Apropos Auto. Meinst, das ist noch da?«

Hans antwortete nicht. Ich wiederholte meine Frage.

»Ich hoffe nicht«, sagte er durch die geschlossene Tür und quittierte mir die knappe Antwort mit der Klospülung. Er öffnete.

»Hey, Hände waschen!«

»Mann, du bist echt ein Hypochonder!«

»Jetzt sag! Warum hoffst du, dass dein Auto nicht mehr da steht?«

»Weil die Karre uralt ist. Die will keiner mehr. Die bekomme ich niemals verkauft. Weißt du, was das kostet, wenn ich den zum Verschrotten gebe? Außerdem bekomme ich keinen TÜV mehr.«

»Und was, bitte schön, hast du für einen genialen Plan?«

»Na, dass die mir in Genua den Volvo klauen.«

»Bist du bescheuert? Und wie kommen wir heim?«

»Mit dem Zug. Ich habe da schon ein paar Verbindungen zu Hause rausgesucht.«

Jetzt war ich platt. Es schien, als stünde ein völlig Fremder vor mir. Gut, Hans war immer für Überraschungen gut. Siehe Yogalehrer. Doch diese Nummer? Das war selbst für Hans ein Stück zu viel.

»Wie, du hast ein paar Züge rausgesucht. Wie lange hast du das bereits geplant?«

»Ach, geplant schon länger. Aber lass dir mal in München ´nen Wagen klauen. Die finden den sofort wieder. Außerdem klaut in München niemand meinen verrosteten Volvo. Da müsste ich schon einen Fünfer haben. Oder einen Benz. Den Volvo könnte ich mit offenen Türen abstellen, den Schlüssel stecken lassen und ein Happy Meal aufs Armaturenbrett legen. Der wäre in hundert Jahren an genau demselben Platz.«

»Hans! Du weißt schon, dass das Versicherungsbetrug ist, oder?«

»Nein, ist es nicht. Und weißt du auch, warum? Weil ich niemanden beauftragt und das Auto auch einwandfrei abgeschlossen habe.«

»Und warum hast du es abgeschlossen, wenn du willst, dass die es klauen?«

»Weil niemand einen Wagen klaut, der offen ist. Oder haben die dir früher nie dein Fahrrad geklaut? Das kannst du tagelang nicht abgesperrt an eine Laterne lehnen. Nix. Aber wehe, du kettest das Teil mit einem riesigen Schloss irgendwo dran, ist das Rad weg. So schaut's aus.«

»Hans, du bist kriminell.«

»Nein, Herbert. Ich habe Ideen und habe den Wagen, weil ich es nicht besser wusste, im Brennpunkt von Genua dummerweise abgestellt.«

Nicht zu fassen! Da fuhr ich mit dem Kerl Hunderte von Kilometern nach Italien, damit er sich seine Rostlaube klauen lassen konnte. Deshalb hatte er also schließlich JA zur Kreuzfahrt gesagt. Somit war ich astrein sein Komplize. Das gefiel mir gar nicht. Damit wollte ich nichts zu tun haben. Ich sah schon die Sachbearbeiter vor meinen Augen, wie sie kopfschüttelnd vor dem Verlustformular sitzen. Die würden auf Google Earth gehen und sich die Straße ansehen, in der wir geparkt hatten. Ich meine, schlimmer ging es dort nicht mehr. Es fehlten nur noch brennende Mülltonnen.

»Weißt du, was ich dir wünsche?«, fragte ich.

»Einen schönen, restaurierten Ford Escort, gell? Den hat nämlich ein Kumpel von mir und will den verkaufen. Ein Schnäppchen, sag ich dir!«

»Nein. Sicherlich keinen Escort. Ich wünsche dir, dass dein Auto weiterhin da steht, wenn wir zurückkommen. Nur, dass es auf Ziegelsteinen steht, weil sie dir lediglich die Reifen geklaut haben.«

»Ach, die alten Dinger! Die waren ja schon letztes Jahr runter. Ein Wunder, dass die Bullen mich nicht aufgehalten haben.«

»Was? Und da fährst du mit mir herum? Hoffentlich hast du wenigstens TÜV.«

»TÜV? Welcher TÜV?«

Oh, Gott! Der Kerl schaffte mich. Ich dachte ab sofort positiv. *Bestimmt steht der Volvo an derselben Stelle, wo wir ihn abgestellt hatten.* Außerdem hatte ich Hunger und wollte zum Frühstück. Schließlich wollte ich gestärkt sein, wenn wir in Ibiza vor Anker gehen. Ich freute mich darauf, endlich ein wenig Süden zu schnuppern. Ohne Yoga am Morgen. Ohne unzählige Frauen, die Hans' Schmarrn nachturnen. Bisher ließ sich glücklicherweise auch keine der Damen blicken. Hoffentlich hatte sich die Susanne wieder beruhigt. Dumm, das mit dem Tanzen gestern. Wenn sie aber auch so ungeschickt war.

Sollte ich Anja davon erzählen? Sollte sie wirklich erfahren, dass ich hier die Frauen an Bord zum Takt der Musik herumwirbelte? Was wäre das Ergebnis von so viel Offenheit gewesen? Mal überlegen. Wahrscheinlich hätte sie uns vor meiner Rückkehr in einer Tanzschule angemeldet. Oder ich hätte mich die nächste Zeit jedes Wochenende irgendwo in München auf irgendeiner Tanzparty wiedergefunden. Oder, oh mein Gott: Anja hätte sich vielleicht gedacht: *Was der kann, kann ich auch.* Dann hätte sie sich gleich den nächsten Willigen geschnappt und hätte das Tanzbein mit dem geschwungen. Kein Problem für meine Anja. Angemacht wurde sie ständig. Darum ließ ich mich bisher ja auch täglich im Café blicken, um mein Revier zu markieren.

Besser war es, ihr nichts zu verraten. Es war einfach wie immer gewesen: Wir hatten zu Abend gegessen, was an der Bar getrunken und den älteren Passagieren beim Tanzen zugesehen. Irgendwann waren wir ins Bett gegangen. Genau, das nahm ich mir vor. Sie musste nichts davon wissen. Es war ja auch nichts passiert. Sie fehlte mir. Besonders deshalb, weil es ihr nicht gut ging. Ja, ich konnte mich glücklich schätzen. Mir fehlte meine Freundin. Hätte sie mir nicht gefehlt, wäre es nicht die Richtige gewesen. Ich freute mich schon darauf, die Küste zu sehen und darauf, wenn mein Handy einen Balken anzeigen würde.

***

Zuhause gab es bei mir täglich ein spartanisches Frühstück. Eine Tasse Kaffee und eine Semmelhälfte mit was drauf, fertig. Die andere Hälfte legte ich tagtäglich wieder zurück in die Brotbox. Erst abends, wenn ich von der Arbeit heimkam, entsorgte ich sie. Am Morgen hatte ich stets ein schlechtes Gewissen, sie sofort in den Müll zu werfen. Doch abends, da war das Ding ja nicht mehr genießbar, und ich konnte es loswerden. Ich wollte schon mal an die Bäckerinnung schreiben, ob es möglich wäre, halbe Brötchen zu backen.

Hier an Bord stellte sich diese Frage nicht. Alles war im Überfluss vorhanden. Das Frühstücksbuffet war schier endlos. Zweifellos aß man mehr, als der Körper einforderte. Aus diesem Grund war ich nie ein Freund von Brunch gewesen. Egal, ich stand an diesem Morgen zum dritten Mal am Buffet. Ich wollte Pancakes mit Ahornsirup und ein wenig Ananas. Wegen der Enzyme. Ich hatte mal davon gehört, dass man mit der Ananas abnehmen könnte. Vielleicht würde sie ja einen der Pancakes sofort wieder wegschmelzen.

Ich hatte mich einmal ein komplettes Wochenende nur von Ananas ernährt. Bis auf einen offenen Gaumen und eine Magenübersäuerung passierte mit mir gar nichts. Irgendwas war sicher dran. Und diese Ananas hatte wenigstens schon Sonne gesehen.

Nicht wie bei uns im Supermarkt. Das Obst, das man sich grün nach Hause holt und in die Küche legt. Jeden Tag schleicht man um den Obstkorb herum und testet und drückt an den Vitaminen. So lange, bis Folgendes passiert: Das Obst überspringt den Reifeprozess und wird gleich braun. Umgehend bildet sich ein kleiner, weißer Flaum und die Früchte wandern ungegessen in den Biomüll. Schade eigentlich.

Ich steuerte den Tisch an, an dem ich Hans zurückgelassen hatte. Er war nicht mehr alleine. Susanne und Carmen hatten ihn bereits in Beschlag genommen. Auf die beiden hatte ich an diesem Morgen überhaupt keinen Bock. Es war mir schon gestern zu eng gewesen. Daher kam mir mein kleines Missgeschick beim Tanzen überhaupt nicht so ungelegen. Ich brauchte keine Urlaubsbekanntschaften. Ich hatte hier den Hans und zu Hause meine Anja. Warum also Kontakte knüpfen? Das würde den Urlaubsalltag bloß erschweren. Ständig müsste man Kompromisse eingehen. Darauf hatte ich im Urlaub keine Lust. In der kurzen Zeit, die man sich hier kannte, da wollte ich mit meinen Belangen nicht zurückstecken, damit es anderen gefiel. Das würde ich für Anja tun oder vielleicht für einen guten Kumpel.

Außerdem läuft das Ganze ja sowieso wieder auf eine Trennung nach zwei Wochen hinaus. Man schreibt sich vielleicht an Weihnachten einmal eine Karte und das war's. Wahrscheinlich lästert man schon auf dem Heimflug über das andere Pärchen. Dafür sparte man nicht ein Jahr lang für eine Reise, dass ich mich zwei Wochen lang nach anderen Pfeifen richte. Nur, um selbst so herrlich spontan zu wirken. Ja, wirklich nicht.

»Na, da ist er ja. Schau, Herbert, wer uns gefunden hat.«

»Hey!«

»Da ist er ja. Unser Startänzer!«, schallte mir Carmen an diesem bisher wunderschönen Morgen entgegen.

»Na Susanne, wieder alles klar?«, fragte ich; sofort ärgerte ich mich über mich selbst. Das klang ja, als hätte ich ein schlechtes Gewissen.

»Ach, geht schon wieder. Hier am Oberschenkel habe ich einen blauen Fleck. Verdammter Tisch.« Sie drehte sich zur Seite, schob ihre sehr kurzen Jeans-Shorts ein wenig höher und präsentierte mir ihre Errungenschaft der vergangenen Nacht.

Ich schreckte kurz auf, als ich das Teil sah. Vor mir war kein blauer Fleck zu sehen, sondern ein amtlicher Bluterguss. Außerdem war die Farbe nicht blau, sondern rabenschwarz. Das verletzte Bein wirkte ein wenig blasser als das andere. Wahrscheinlich, weil sich das ganze Blut an dieser Stelle angesammelt hatte. Du liebe Güte! Hoffentlich sahen das Ding keine Kinder. Sie wären schreiend davon gelaufen und hätten einen Schock fürs Leben gehabt.

»Willst dir nicht vorsichtshalber etwas Längeres anziehen?«, ich konnte meinen Blick nicht von ihrem Bein nehmen.

»Warum?«

»Na, vielleicht ist es nicht so gut, wenn so viel Sauerstoff und Licht an den Fleck kommt.«

»Ach was! So heilt es bestimmt besser ab. Mach dir nicht zu viele Sorgen, Herbert!«, beruhigte mich Susanne und drückte auf dem Bluterguss herum.

Wirkte ich, als ob ich mich sorgte? Gut, sie tat mir schon leid. Der Bluterguss tat sicherlich höllisch weh. Außerdem beschlich mich das Gefühl, dass sich die Susanne ein wenig in mich verguckt hatte. Ein wenig schmeichelte es mir. Schließlich war Susanne eine durchaus attraktive Frau. Carmen blickte mich an, dann Susanne.

»Ich habe eine Idee, wie ihr beiden das wieder gutmachen könnt«, sie stellte ihren Orangensaft ab.

»Was? Wie? Ich habe nichts gemacht«, protestierte Hans kleinlaut und widmete sich wieder seinen Eiern mit Speck.

»Na, immerhin ist der Herbert dein Freund. Außerdem steht bei dir diese Yogageschichte im Raum. Jetzt tu mal nicht so!«

»Ja, das war spitze!«, grinste Hans und sah triumphierend in die Runde.

»Ihr beiden begleitet uns heute auf unserem Landgang auf Ibiza. Auf dieser Partyinsel könnten wir gut zwei Bodyguards gebrauchen.«

Gebrauchen, das war das falsche Wort. Ich fühlte mich benutzt. Das war von dieser Carmen von langer Hand seit gestern Abend geplant. Anscheinend kam ihr die Verletzung ihrer Freundin gerade recht. Es ging ihr sicher nicht um Susanne. Darum, dass die vielleicht ein wenig Zeit mit mir verbringen konnte. Nein! Die Carmen wollte den Hans endlich klarmachen, bevor die Zeit an Bord knapp wurde. So sah es aus. Wahrscheinlich war Hans nicht einmal ihr Typ. Er war dafür gut, der frisch Geschiedenen die Reise zu versüßen.

Hans stierte mich verzweifelt an. So, als wollte er sagen: »Mach was!«

Nach dem gestrigen Debakel konnte ich diese Bitte nicht einfach so abschmettern. Wir konnten ja den beiden nicht gänzlich aus dem Weg gehen. Immerhin saßen Carmen und Susanne jeden Abend an unserem Tisch. Außerdem war Hans selbst schuld. Er war es gewesen, der die Carmen mit seinem Schmarrn angefüttert hatte. Damit hatte er ihr ja quasi signalisiert, dass er Interesse an ihr hatte. Langsam fand ich Gefallen daran, Hans schwitzen zu sehen. Jahrelang musste ich mit ansehen, wie Hans eine Frau nach der anderen klargemacht hatte. Nun konnte ich vielleicht etwas anderes von ihm lernen. Vielleicht, wie man sich aus der Affäre zog? Wie man sich windete und verzweifelt dreinschaute.

Ich warf Hans einen beruhigenden Blick zu.

Er wiegte sich in Sicherheit und trank von seinem Kaffee.

»Klar. Das machen wir«, hörte ich mich sagen.

Hans verschluckte sich und trat mich unterm Tisch.

Die Mundwinkel der beiden Damen gingen nach oben. Susanne klatschte kurz in die Hände und freute sich sichtlich.

Scheiße! Was hatte ich getan? Hatte ich Signale ausgesandt? Signale an Susanne, dass ich mehr Zeit mit ihr verbringen wollte? Hätte ich erst kurz ablehnen sollen, damit mich die beiden am Ende rumkriegen? So sah es nun ja fast schon so aus, als hätte ich die ganze Reise schon auf ein solches Angebot gewartet. Verdammt! Egal. Alleine für Hans' Gesichtsausdruck war es mir das wert.

Die beiden erhoben sich.

»Wir huschen kurz in die Kabine, um uns ein wenig landtauglich zu machen. Das Schiff hat ja bereits angelegt. Wann treffen wir uns?«, wollte Carmen wissen.

»Ich würde sagen, in einer halben Stunde am Ausgang?«

Abgemacht, und die beiden zogen von dannen.

Susanne berührte mich kurz am Arm und grinste. Super. Ich hatte, ohne es zu wollen, eine Frau klargemacht. Echt spitze Herbert. Vielleicht sollte ich es auch gleich Anja erzählen? Am Ende wäre sie stolz auf mich.

»Sag mal, bist du völlig knülle? Was fabrizierst du da für einen Scheiß?«

»Wieso? Ich hab zwei Mädels klargemacht. Das übernimmst du doch sonst. Jetzt habe ich dir diese Arbeit mal abgenommen. Könntest ruhig ›danke‹ sagen!«, beschwerte ich mich triumphierend.

Es machte riesigen Spaß, meinen Freund einmal verzweifelt zu sehen. War bisher selten genug. Er hatte ständig das Ruder in der Hand. Jetzt war er mein Leichtmatrose.

»Mensch, Herbert. Wir sind auf Ibiza. Spinnst du?«

»Nö. Wir schlendern mit zwei, nicht ganz unattraktiven, Damen über die Insel. Was ist da so verkehrt daran?«

»Okay. Crashkurs für Herbert. Auf einer Insel, auf der Tausende von Mädels in Höschen und Bikinis herumspringen, da nehme ich mir keine mit an die Hand. Du bringst ja auch kein Bier mit in die Wirtschaft. Wenn ein volles Glas auf deinem Tisch steht, da fragt dich doch keine Bedienung, ob du was trinken willst.«

Ich stellte mich dumm, um den Moment ein wenig auszukosten.

»Und wie schaut‘s mit dem Essen im Biergarten aus, Hans? In Bayern darfst du das Essen mit in den Biergarten bringen, wenn du auch was zum Trinken bestellst. Wie schaut‘s jetzt da aus?« Ich musste mir ein Grinsen verkneifen.

»Sag mal, willst du mich verarschen, du Depp?«

»Jetzt freu dich! Die Carmen steht total auf dich. Ist bestimmt schön, wenn die heute den ganzen Tag um dich herumfliegt. Sei ihre Blume für einen Tag! Vielleicht bestäubt sie dich heute.«

»Also in Biologie warst du krank, oder?«

Ich lachte hämisch.

Hans quittierte meinen Gefühlsausbruch damit, dass er mich in den Schwitzkasten nahm. Wir rangelten ein wenig herum, bis uns das Personal freundlich darauf aufmerksam machte, dass wir nicht alleine waren. Also machten auch wir uns daran, kurz in die Kabine zu gehen. Verdammt. Ich musste Anja anrufen.

# Bodyguards auf Ibiza

Am Ausgang standen die beiden Mädels bereits. Susanne hatte meinen Rat befolgt und Bermudas angezogen. Somit war der Bluterguss einwandfrei verdeckt, und ich musste das Elend nicht mehr sehen. Irgendwie war ich ja auch an dieser Verletzung beteiligt, wollte mich aber nicht schuldig fühlen. Aus den Augen, aus dem Sinn! Sie trug ein Trägertop und einen blau-weiß gestreiften Pulli über den Schultern.

Hans schnaufte laut durch, als er die beiden entdeckte. Wahrscheinlich hatte er bis zuletzt gehofft, wir würden alleine Ibiza unsicher machen.

Carmen winkte, Susanne schaute sexy drein. Sie stellte sich seitlich hin, senkte den Blick ein wenig und machte einen Schmollmund. Es hatte den Anschein, als hätte sich die Gute schnell auf der Kabine die Lippen aufgespritzt. Nein, sie sah süß aus. Doch das hatte ich schließlich nicht zu bewerten. Ich war weg vom Markt. Vielleicht war das den zwei Damen nicht so deutlich gesagt worden.

Auch Carmen konnte sich sehen lassen. Sie trug ein kurzes Jeanskleid und blaue Sandaletten. Anscheinend hatte sie nicht vor, viel zu laufen. Immerhin hatten diese Schuhe einen beachtlichen Absatz. Ihre Haare hatte sie zu einem Pferdeschwanz zusammengebunden.

»Hallo, ihr zwei. Na, bereit zum großen Sightseeing? Ich muss nur schnell meine Freundin anrufen, wenn wir von Bord sind«, ich zeigte den beiden mein Handy.

»Sag ihr nicht, dass du mit zwei Frauen gleich die Stadt unsicher machst! Also mich würde das stören«, gab mir Susanne den Tipp und fuhr flüchtig mit ihrer Hand über meinen Arm.

Na, die war ja unerschrocken. Eine feste Beziehung wollte die also schon mal nicht. Das war der scheißegal, ob ich eine Freundin hatte, oder nicht. Was dachte die sich? Dass ich nur ein kurzes Abenteuer an Bord wäre, oder was? Dafür war ich zu schade. Ich war kein Mann für eine Nacht und auch keiner für einen Urlaub.

»Ich habe keine Geheimnisse vor meiner Anja«, verteidigte ich meine Beziehung.

»Sie vielleicht vor dir? Weißt du Herbert, wir behaupten nur, uns würde etwas nicht stören. Insgeheim haben wir Frauen ein Elefantengedächtnis. Und wenn ihr es am wenigsten erwartet ... BAM. Dann tanzt die Luzi!«

Na, Carmen musste es ja wissen. Die hatte ja bereits erfolgreich ihre erste Ehe hinter sich gebracht. Gut, meine Anja war mit mir ja auch auf dem zweiten Bildungsweg unterwegs. Dennoch bemerkte ich genau, was die Carmen mit dieser Taktik versuchte. Sie wollte mich in meiner Beziehung verunsichern. Nicht mit mir.

Wir waren von Bord; ich bat die Truppe, kurz zu warten. Ich stellte mich ein wenig abseits, freute mich über drei Balken und wählte Anjas Nummer.

»Zuckerrübe, hallo?«

»Ja, Spatzl, hallo. Ich bin es, dein Einziger.«

»Michael?«

»Wer ist Michael?«

»Sorry, Herbert. War nur Spaß. Schön, dass du dich auch mal wieder meldest! Ich dachte schon, du hast mich vergessen.

Oder konntest du wieder nicht telefonieren, weil du auf dem Wasser kein Netz hattest?«

»Anja, so glaube mir das. Auf dem offenen Meer hast du keinen Empfang. Ich schwör!«

»Na, wenn du das sagst. Und? Wo seid ihr?«

»Wir sind gerade auf Ibiza.«

»Ist Hans noch nüchtern oder ist er schon über Bord?«

»Nein. Hans ist brav. Er unterhält sich gerade und lässt dich schön grüßen.«

»Mit wem unterhält er sich?«

»Mit der Carmen vom Tisch.«

»Ist die adelig oder sitzt die nur bei euch am Tisch?«

»Die sitzt am Tisch!«

»Und die hat Lust, mit euch zwei Kulturbanausen alleine durch Ibiza zu trotten?«

»Ach wo! Die Susanne aus derselben Dynastie ist ja dabei.«

»Dynastie?«

»Auch vom Tisch!«

»Ach ja. Schau an! Und?«

»Was und?« Anjas Tonfall änderte sich schlagartig.

»Hübsch?«

»Nein!«, log ich.

»Also hässlich?«

»Nein. Auch nicht. Was soll die Fragerei?«

»Na, weil es mich schon wundert, dass du auf einmal Sightseeing machst. Freiwillig.«

»So ganz freiwillig ist das ja auch nicht. Die Susanne hat sich ja gestern beim Tanzen verletzt.« Scheiße!

*Gehe niemals mit deiner Partnerin in ein Kreuzverhör, Herbert!* Diesen Fragetechniken war ich einfach nicht gewachsen. Genau das wollte ich der Anja nicht erzählen.

»Tanzen? Mit dir?«

»Wenn man das Tanzen nennen kann.«

»Mit mir gehst du nie tanzen. So oft wollte ich mit dir schon einen Tanzkurs machen. Und kaum ist der Herr kilometerweit weg, schleift er die Tussis übers Parkett und hat kein Netz.«

»Anja, jetzt mach mal halblang!«

»Ich muss jetzt auch wieder. Hier wartet Arbeit auf mich. Ach ja, danke der Nachfrage. Mir geht es nicht sonderlich besser. Schönen Landausflug mit deiner neuen Freundin.« Aufgelegt.

Was war denn das jetzt? Da bin ich ja total in die Falle getappt. Hätte ich sie abermals anrufen sollen? Nein. Das hätte in diesem Augenblick nichts gebracht. Nun war genau das passiert, was ich unbedingt vermeiden wollte. Bloß nichts anmerken lassen. Auf keinen Fall wollte ich dieser Carmen Futter geben. Hans musste das in diesem Moment auch nicht wissen. Die alte Plaudertasche hätte gleich brühwarm den beiden Mädels von diesem kleinen Streit erzählt.

»Und? Können wir los?«, fragte ich, als ich zu den Dreien zurückkam.

»Wir warten nur auf dich. Die zwei Damen hier haben eine ziemlich genaue Vorstellung davon, was wir jetzt alles unternehmen. Wie geht's der Anja?«, wollte Hans wissen.

»Alles super.«

»Wie, alles super?«

»Na nichts Besonderes. Ich soll schön grüßen.«

»Ruf noch mal an und grüß zurück.«

»Depp. Jetzt lasst uns ein Taxi nehmen und in den Ortskern fahren.«

Hans hielt kurz inne, schaute mich fragend an und kümmerte sich um ein Taxi. Er merkte, dass etwas nicht stimmte. Kunststück. Das mit Anja ging mir total auf den Keks. Es war unnötig gewesen. Ich hätte ja nichts gesagt, wenn Anjas Ärger berechtigt gewesen wäre. Was ich hasste war, für etwas büßen zu müssen, das ich nicht getan habe. Okay, ich hatte getanzt. Verdammt noch mal, wir waren auf einem Schiff. Wäre Franzi nicht dieses Unglück passiert, hätte ich bestimmt an Bord mit meiner Anja das Tanzbein geschwungen. Nun war es eben so. Ich konnte nichts dafür, dass Anja sich um das Café kümmern musste. Ich weigerte mich, das ausbaden zu müssen.

***

Es kam, wie es kommen musste. Eigentlich hatten wir von Ibiza überhaupt nichts gesehen. Nicht einmal am Strand waren wir. Gestartet hatten wir nach einer kurzen Taxifahrt mit einem Straßencafé. Natürlich hatten Hans und ich gezahlt. Klar, wir waren ja schließlich Gentlemen. Ich hatte mir diesen Ausflug so schön ausgemalt. Auf der Kabine hatten wir ja unsere Bordzeitung mit super Ausflugtipps gelesen. Immerhin hätte es einiges auf der Insel zu sehen gegeben. Die Akropolis von Dalt Vila zum Beispiel. Oder die vielen Gassen, Obstgärten, Märkte und die Altstadt. Ach, es hätte so schön sein können. Stattdessen standen wir ständig mit gefühlten tausend Einkaufstüten vor irgendwelchen Umkleidekabinen und warteten darauf, bis Carmen und Susanne auch das letzte Kleid des jeweiligen Ladens probiert hatten. Das hätten wir auch in München haben können. Die Lieblingsbeschäftigung eines jeden Mannes! Mit einer Handtasche vor einer Umkleidekabine stehen. Super! Zwischendrin startete ich wieder einen Versuch, die Damen für ein wenig Kultur zu begeistern. Bisher war auch ich im Leben nicht sonderlich auf Kultur aus gewesen. Mir war alles recht, nur nicht noch mehr Klamotten! Wenn wir wenigstens mit in die Umkleidekabine hinein hätten dürfen.

»Na die Damen? Wollen wir mal die Nekropole von Puig des Molins ansehen?«

»Was ist das?«, wollte Susanne wissen.

»Das ist ein sehr alter und berühmter Friedhof. Gehört zum UNESCO-Weltkulturerbe.«

Die beiden Damen lachten.

»Ich schippere nicht hierher, um mir einen Friedhof anzusehen. Da komme ich früh genug hin!« Carmen tätschelte mein Knie und schwupp, fanden wir uns in einem Schuhladen wieder.

Hans wäre mittlerweile auch lieber über einen Friedhof spaziert, als alle Klamotten- und Schuhläden der Insel zu durchforsten. Wenn das die Anja wüsste, wäre sofort wieder Holland in Not. Daheim hatte ich bisher erfolgreich solchen Shoppingtouren entkommen können. Anja hatte dafür auch Verständnis. Wenn sie mich allerdings hier gesehen hätte, wie ich mit Tüten bewaffnet dumm in der Gegend herumstand, dafür hätte sie absolut null Verständnis gehabt.

»Hast du dir das auch ein wenig anders vorgestellt?«, fragte ich Hans, der gegenüber von den Umkleidekabinen auf einem kleinen Hocker saß und gelangweilt dreinblickte.

»So eine Scheiße! Du musstest ja unbedingt gleich zusagen.«

»Ja, was hätte ich denn machen sollen? Hast du den Bluterguss nicht gesehen?«

»Deswegen muss man ja nicht gleich so einen Einkaufsmarathon hinlegen. Zum Kotzen ist das!«

Carmen kam aus der Kabine und trug einen Rock.

»Und?«, fragte sie uns.

»Super!«

»Ja, genau.«

»Wie für dich gemacht.«

»Schau ich da drin nicht fett aus?« Sie drehte sich vor dem Spiegel von einer Seite zur anderen.

»Wenn das eine tragen kann, dann du!«

Aus der anderen Kabine hörte man Susanne. »Carmen? Kannst du mir mal mit dem Träger helfen?«

Sie eilte zu ihrer Freundin und verschwand in deren Kabine. Hundert Euro für eine Überwachungskamera hinter diesem

Vorhang. Zwei Frauen, die sich gegenseitig in und aus den Klamotten helfen. Der Klassiker einer jeden Männerfantasie.

»Genau aus diesem Grund bin ich lieber Single«, motzte Hans wieder. »Das ist alles verschwendete Lebenszeit. Draußen hat es gefühlte vierzig Grad, ein heißes Mädel neben dem anderen am Strand und wir zwei Vollidioten sitzen hier in der Klimaburg dumm herum und halten Maulaffen feil.«

Die Mädels kamen aus der Kabine. Leider angezogen.

»Wir wären so weit. Wollt ihr noch irgendwo hin?«

Einstimmiges Kopfschütteln.

Susanne und Carmen zahlten eine horrende Summe; ich besorgte uns per Handzeichen vor dem Laden ein Taxi.

# Nur zehn Minuten

Zurück auf dem Schiff war es schon wieder fast Zeit, um in den Speisesaal zu gehen. Bei der Sicherheitskontrolle am Eingang dauerte es eine halbe Ewigkeit, bis der Mann von der Security die tausend Tüten durchleuchtet hatte. Hans hatte so dolle Langeweile, dass er sich aus lauter Verzweiflung bestimmt dreimal die Hände desinfiziert hatte. Wir trugen den Damen die Einkäufe bis zu deren Kabine. Natürlich lag diese genau am anderen Ende des Schiffes. Drei Stockwerke höher. Dank Hans war es ja verboten, den Aufzug zu nehmen.

»Danke noch mal. Das war jetzt schön. Hat's euch auch gefallen?«, wollte Carmen wissen.

Was antwortet man auf eine solche Frage? Die Wahrheit? Nein. Das ging nicht. Damit hätten wir die beiden vor den Kopf gestoßen.

»War super!«

»Ja, hat total Spaß gemacht!«, hörte ich uns lügen. Wir verabschiedeten uns mit Bussi links und Bussi rechts. Bald würden wir die beiden ja sowieso wiedersehen.

***

Auf unserer Kabine schmissen wir uns zuallererst aufs Bett. Ich bat Hans, zuerst ins Bad zu gehen. Ich wollte mich wenigstens zehn Minuten ein wenig ausruhen. Meine Füße fühlten sich an wie die eines Topmodels, das in viel zu kleinen Schuhen achtzig Mal über den Catwalk gelaufen war.

»Herbert, geh du zuerst! Du willst doch immer zuerst ins Bad. Ich will einfach nur ein bisserl hier liegen.«

»Gut, wir beide relaxen ein bisserl, danach gehe ich zuerst ins Bad.«

Wir genossen die Ruhe und das leise Säuseln der Klimaanlage.

»Du, Herbert?«

»Was?«

»Das machen wir nicht mehr!«

»Was?«

»Na, uns zum Deppen. Ab jetzt machen wir nur ausschließlich, was wir wollen.«

Hans setzte sich auf.

Ich mich auch.

»Hans, du hast recht. Was soll der Mist? Wir machen uns hier zum Affen und lassen uns diesen Urlaub versauen für die zwei Tussis.«

»Ja, genau Herbert. Tanzen, Einkaufen, Kaffee spendieren! Ja, wo sind wir denn hier? In einer Ehe? Nicht mit mir. Ich bin frei. Daheim – und erst recht im Urlaub.«

Wir standen beide auf. Ich glaubte, in meinem Kopf eine hymnenartige Musik zu hören. Wir standen immer mehr gerade und redeten uns in Rage.

»Ich bin auch frei, Hans. Daheim nicht so, aber hier im Urlaub. Wir lassen uns unsere Freiheit nicht nehmen. Wir machen, was wir wollen.«

»Ja, genau. Ein Hoch auf das Junggesellenleben!«

»Ja!«, rief ich. »Ein Hoch auf dein Junggesellenleben und auf mich.«

Beide standen wir da wie die Freiheitsstatue ohne Fackel.

»Jetzt lass uns ein bisserl ruhen! Wir können ja in zehn Minuten die Sau rauslassen.«

»Ja, genau. Nur zehn Minuten.«

***

Zwanzig Minuten später ging ich ins Bad. Glücklicherweise fing Hans zu schnarchen an und weckte mich. Während ich duschte, zappte sich Hans durch das Fernsehprogramm, um wach zu bleiben. Als wenig später auch er aus der Dusche kam, fühlten wir uns beide wie neu geboren.

Wir schmissen uns in frische Klamotten und stanken uns mit Aftershave ein. Ein kurzer Blick in den Spiegel verriet, dass wir alles erreichen konnten. Zuallererst war uns nach etwas Essbarem. Also auf in den Speisesaal.

Auf dem Weg dorthin bremste Hans ab und packte mich am Arm.

»Herbert, was hältst du davon, wenn wir heute gar nicht bei der Bagage aufschlagen und lieber schön an Deck mit Blick auf Ibiza sitzen? Wir pfeifen uns ein paar Burger und Pizzaecken rein und glühen mit zwei Bierchen vor. Wär das was?«

Das war eine Spitzenidee von Hans. Ich hatte an diesem Abend nach dem ganzen Einkaufsdebakel auch keine Lust, mir das Gequatsche am Tisch anzuhören. Am Eingang des Speisesaals machten wir kehrt. Hans drehte nochmals kurz und betätigte den Desinfektionsspender. An den hatte er sich gewöhnt. Zur Feier des Tages durfte ich auch Aufzug fahren. Und Hans fuhr mit. Wahrscheinlich taten ihm auch von Ibiza derart seine Latschen weh, dass er um dieses Hilfsmittel froh war. Oben strömte uns schon der Geruch von gebratenem Fleisch und leicht verbranntem Pizzaboden in die Nasen. Herrlich. Die Lichter von Ibiza brannten bereits, die Sonne kämpfte mit der Wasseroberfläche.

Ein wenig später ergab sie sich und machte den Himmel für die Sterne frei. Was gibt es Schöneres?

Jeweils mit zwei Teller bewaffnet, suchten wir uns ein ruhiges Plätzchen und legten los.

»Prost Alter! War eine Spitzenidee!«

»Gell, Herbert, das findest du auch. Freut mich, dass du mitziehst. Ich hätte jetzt einfach diese Hackfresse von Yuppie mit seiner Freundin nicht ertragen.«

»Der Tanzopi hat bestimmt wieder was, das auf seiner Kabine nicht funktioniert.«

»Meinst, er hat wieder sein Sackerl dabei?«

»Freilich. Ist ja angewachsen.« Wir lachten schallend laut und hatten eine Riesengaudi.

Sicherlich waren unsere zwei Shoppinghasen ein wenig enttäuscht. Wen kümmerte es? Schließlich waren wir den beiden keinerlei Rechenschaft schuldig. Ob ich Anja hier am Hafen von Ibiza hätte anrufen sollen? War ja wohl ein beschissenes Telefonat gewesen. Dafür hatte ich später Zeit. Diesen Augenblick wollte ich voll auskosten. Es war wie in früheren Zeiten. Ich mit Hans, bevor es auf die Piste ging. Und da das Schiff erst um 2.00 Uhr nachts ablegte, hatten wir vor Ibizas Partymeile genügend Zeit, um hier unser Essen zu genießen und ein paar Bierchen zu kippen. Außerdem war es sicherlich nicht die schlechteste Idee, an Bord für einen vernünftigen Alkoholspiegel zu sorgen. Immerhin war der Gerstensaft schon bezahlt. Bestimmt war das Nachtleben auf Ibiza kein Schnäppchen. Also sprach alles dafür, ein kühles Blondes mehr an Bord zu trinken.

Eine Stunde später war es bereits dunkel; die Lichter flimmerten freudig an der Hafenpromenade vor sich hin. Es roch nach Meerwasser, aus den Boxen kam angesagte Mucke und verliebte Pärchen fanden sich an der Reling ein. Diese Stimmung wollten wir ein wenig genießen, bevor wir uns Ibiza bei Nacht vorknöpften. Wir legten uns auf zwei Liegen mit Blick auf das Ufer und genossen die Ruhe vor dem Sturm. Ibiza würde bestimmt alles andere als langweilig werden.

***

Das Schiffshorn brüllte in die Nacht. Ich erschrak. Es war dunkel.

»Das kann jetzt nicht …!«

Ich setzte mich auf und erblickte neben mir auf der Liege Hans mit offenem Mund und einer Bierflasche im Arm vor sich hin dösend. Die Bierflasche hielt er so beschützend im Arm, als wäre es ein Welpe gewesen. Das Schiff war bereits in Bewegung. Die Uferpromenade entfernte sich. Wieder das Nebelhorn. Tööööt! Ungefähr viermal hallte es aus den Gassen Ibizas zurück. Gemischt mit Musik und Menschen, die feierten. Nur wir beiden Trantüten hatten die Party unseres Lebens verpasst. Ibiza bei Nacht. Wieder ein Ort, von dem wir nichts gesehen hatten.

»Hans!« Ich ruckelte an seinem Arm. »Hans, wach auf!« Ich ruckelte stärker. Seine Bierflasche löste sich dadurch aus dem sicheren Halt und drohte, zu fallen.

Hans wachte auf und griff reflexartig nach der Flasche und konnte sie etwa zwei Zentimeter vor dem Boden fangen. Sieh einer an! Das Schiffshorn schaffte es nicht, Hans aus seinen süßen Träumen zu wecken. Aber eine fallende Bierflasche. Was für ein Bayer!

»Was ist los? Geht's jetzt ab, oder was? Ich glaube, ich hab ein Nickerchen gemacht.«

»Nickerchen ist gut. Wir haben die Fetzengaudi verpennt. Wie zwei Rentner«, moserte ich.

Obwohl diese Aussage wahrscheinlich eine Beleidigung für alle Rentner auf dem Pott gewesen war. Mit hundertprozentiger Sicherheit schmiss Herr Krüger schon den ganzen Abend seine Frau von einer Hebefigur zur nächsten.

»Jetzt echt, oder was? Scheiße! Und jetzt? Können wir nicht noch mal zurück?«

»Klar, ich geh schnell auf die Brücke und sag's dem Kapitän. Vielleicht leiht er dir ja wieder seine Mütze für den Landgang.«

»Au, ja. Das wär riesig! Was meinst, wie da die Girls in den Discos schauen.«

»Sag mal, Hans, in welcher Welt lebst du eigentlich? Meinst du wirklich, die drehen jetzt das Schiff um, weil der Herr sich noch schnell ein Betthupferl holen möchte?«

»Ja, sorry. Restalkohol halt. Dass es uns jetzt so weggebeamt hat? Das wär uns vor fünf Jahren nicht passiert. Das kommt bestimmt von der verdammten Einkauferei. Wir Männer sind einfach nicht für solche Extremtouren gebaut. Da gehe ich lieber auf einen Dreitausender, als den ganzen Nachmittag durch die Läden.«

»Jetzt können wir auf jeden Fall ins Bett gehen. Hier läuft nix mehr. Schau, die Barkeeper hier an Deck räumen auch schon auf.«

Hans stimmte mir zu und wir machten uns daran, auf unsere Kabine zu gehen. Verdammt, jetzt hatte ich Anja nicht noch mal angerufen. Vielleicht war es ja noch nicht zu spät. Die Küste konnte man noch leicht erkennen. Ich legte einen Zahn zu, kam in der Kabine an und holte mein Handy aus dem Zimmertresor. Ich blickte aufs Display. Ein Balken, der sich just in dem Moment verabschiedete. Das Display wurde schwarz, weil sich zu allem Übel der Akku verabschiedet hatte. Klar. Im Tresor suchte das Teil den ganzen Tag ein Netz. Das hatte die Batterie leergesaugt. Na toll!

# Die ganz grosse Liebe

»Und? Alles im Lot aufm Boot?« Hans war auch schon da und schloss hinter sich die Kabinentür.

»Nö. Kein Netz, kein Akku, kein Land in Sicht. Dann muss ich eben morgen mit der Anja telefonieren.« Ich suchte mein Ladekabel und steckte das Handy an den Strom.

»Hat's Stress gegeben heute, oder was?«

»Ja. Mir ist blöderweise rausgerutscht, dass ich gestern mit der Susanne getanzt habe.«

»Stimmt ja gar nicht. Du hast die Gute über einen Tisch geworfen!«

»Gar nicht wahr. Sie hat losgelassen. Wie dem auch sei, es ist jetzt saudumm. Ich habe auch nicht gefragt, wie es ihr geht, du kennst das ja.«

»Nein, kenne ich nicht.« Hans zog sich aus und legte sich unter seine Decke. »Und das ist auch der Grund, warum ich nicht scharf auf eine Beziehung bin. Weil irgendwann euch Pärchen nicht mehr den ganzen Tag die Sonne aus dem Arsch scheint. Irgendwann kommt auch euch der Alltag in die Quere. Und bevor das passiert, war ich immer schon weg. Darum fühle ich mich so sauwohl in meiner Oberflächlichkeit.«

Auch ich lag in meinem Bett und starrte die Decke an.

»Hans, wie lange willst du das so weitermachen? Du bist ja auch keine Zwanzig mehr. Schau, was du jetzt so bekommst. So eine wie die Carmen. Das ist doch auch nichts. Oder glaubst du, die zwanzigjährigen Dinger interessieren sich in zwei Jahren noch für dich? Auch dein Arsch kriegt langsam Falten.«

»Das ist mir wurscht. Den sehe ich nicht. Aber schau, die Carmen, die war anscheinend viele Jahre in ihrer Ehe gefangen. Jetzt hat die sich befreit und will so richtig die Sau rauslassen. Da kommt so einer wie ich ins Spiel. Die lasse ich gerne mit ihr raus. Glaubst du, die ist auf der Suche nach dem nächsten Typen, mit dem sie zehn Jahre später wieder in der gleichen Scheiße sitzt? Sicher nicht. Und weißt du, was dann ist?« Hans drehte sich in meine Richtung und richtete sich auf. »Sie trennt sich nicht mehr von ihm. Weil sie zu alt ist und Angst hat, im Seniorenheim alleine da zu sitzen. So schaut's aus. Das Leben ist zu kurz dafür.« Hans legte sich wieder in sein Kissen.

Teilweise musste ich ihm recht geben. Dennoch war ich sicher, dass ihm einfach nicht die Richtige untergekommen war.

»Du willst mir wohl nicht weismachen, dass es in deinem Leben nicht eine Frau gegeben hatte, mit der du dir mehr hättest vorstellen können. Da wird bei der Menge bestimmt eine dabei gewesen sein.«

Hans überlegte nicht lange.

»Ja, mit einer hätte ich mir mehr vorstellen können. Du kennst sie.«

Super. *Du kennst sie.* Ich bekam nicht mal die Namen meiner Verflossenen auf die Reihe, und die konnte ich fast schon an einer Hand abzählen. Nun sollte ich mich an eine von Hans' unzähligen Liebschaften erinnern. Viel Glück!

»Die Lissi!«, löste Hans das Rätsel auf und starrte weiter die Decke an. »Mit der Lissi hätte ich mir viel vorstellen können. Du erinnerst dich bestimmt an das ewige Auf und Ab. Entweder war es super oder beschissen.«

Klar, die Lissi. An die hatte ich ja schon ewig nicht mehr gedacht. Eigentlich hieß sie Elisabeth. Wir alle nannten sie stets »Lissi«. Die war ein Feger. Für uns Normalos damals unerreichbar.

Außerdem hing sie eh lediglich mit dem Hans herum. Erst wollte sie nichts von ihm wissen, weil er schon damals eher der rustikale Typ war. Am Ende hatte er sie geknackt. Von da an war es über Jahre hinweg ein Drama gewesen. Die Foto-Love-Story damals in der BRAVO war ein Dreck gegen die beiden. Die halbe Stadt wusste dauernd über die beiden Bescheid. Und zig Typen standen bei ihr Schlange, wenn mal wieder mit dem Hans Schluss war. Sie hatte trotzdem allein Augen für ihn.

»Wo wohnt die eigentlich heute?«, wollte ich von Hans wissen.

»Gar nicht weit von hier.«

»Wie? Ein Deck höher in einer Außenkabine, oder wie?«

»Da kannst du Gift drauf nehmen, dass die Lissi, wenn sie hier wäre, hundertprozentig eine Außenkabine hätte.«

Klar, die ganze Welt nimmt eine Außenkabine. Nur ich nicht. Oder besser meine Anja.

»Sie lebt heute in Santa Ponsa.«

»Santa Ponsa? Das ist doch auf Mallorca.«

»Sehr gut, Herbert. Kriegst in Erdkunde eine Eins.«

»Kannst du dich erinnern, wie wir mit der Lissi und ihrer Freundin damals am Ballermann waren? Dagegen war Lloret de Mar der reinste Kindergeburtstag. Da haben wir es krachen lassen! Mein lieber Schwan!«

»Ja, das war geil. Bis sie Mallorca für sich entdeckte. Unbedingt wollte sie dort leben. Das war ja auch der Grund, warum wir uns aus den Augen verloren hatten!«

Hans erzählte weiter; wir hatten eine Stimmung auf der Bude, wie es sie nur selten mit Hans gab. Mit Hans war eigentlich ewig Vollgas. Jetzt, in dieser Nacht, war er ernst. Und das hatte bei ihm was zu bedeuten.

Er erzählte weiter, dass die Lissi damals wollte, dass er mitgehen sollte. Sie wollte mit ihm auf Malle leben. Er war damals zu sehr in München verwurzelt. Mit seinen Freunden,

den Bergen und natürlich seinem Schwabing. Bestimmt hatte er Angst gehabt, dass ihn auf Mallorca auch irgendwann der Alltag einholen könnte. Im schlimmsten Fall hätte er nach einer gescheiterten Beziehung allein auf der Insel gesessen.

Und ich dachte all die Jahre, Hans würde bloß von heute auf morgen leben. Das war also der verletzliche Hans. Das hatte ich bisher nur einmal erlebt. Als er seinen Opel Commodore damals um einen Baum gewickelt hatte.

»Was macht sie eigentlich heute dort auf Malle?«, horchte ich Hans aus.

»Ach, die hat mit ihrer Freundin zusammen eine Bar aufgemacht. Läuft mittlerweile mehr schlecht als recht.«

Ha, wie die Anja und die Franzi. Nur eben in Schwabing und ziemlich erfolgreich.

»Hast du ihre Adresse?«

»Klar. Wir schreiben uns ja auch hin und wieder SMS!«, antwortete Hans, als ob es selbstverständlich wäre, dass er mit der Lissi immer noch in Kontakt war. Nie hatte er mir seit damals von ihr erzählt.

»Und?«

»Was und?«

»Na, magst vorbeischauen?«

»Habe ich mir auch schon überlegt. Aber dann ist wieder der ganze Tag verschissen, und wir kriegen erneut nichts von der Welt mit.«

»Hans, jetzt rede mal Tacheles mit mir! Ich bin keine von deinen Wochenendschnecken. Scheinbar hast du ja innerhalb kürzester Zeit ganz andere Sachen geplant.«

»Wie meinst jetzt das?«

»Na, du hattest genau einen Tag vor der Abreise. In dieser Zeit hast du beschlossen, blauzumachen, dir in Genua deine Karre klauen zu lassen und du hast deine Lederhose eingepackt.

Jetzt sag mir nicht, du hast nicht daran gedacht, deine Lissi zu besuchen, als du erfahren hast, wo die Schiffsroute verläuft!«

»Na gut, es könnte freilich sein, dass ich vielleicht einmal eine Minute daran …«

»Hans?«

»Ja?«

»Willst du nach Santa Ponsa?«

»Vielleicht könnten wir ja nur kurz mal schauen?«

»Na bitte. Geht doch. Also auf, nach Santa Ponsa. Wann legen wir an?«

Hans schaute auf seine Uhr.

»In etwas mehr als dreieinhalb Stunden.«

»Gute Nacht. Und träume schön von deiner Elisabeth.«

»Sag den Namen morgen ja nicht! Sonst schickt sie uns gleich wieder mit dem nächsten Taxi zurück zum Hafen.«

# Operation: LISSI

Um 6.20 Uhr vernahmen wir ein vorsichtiges Klopfen an unserer Kabinentür. Durch den Türspion sah ich Bille und Gundi. Zwei der Yogatanten. Anscheinend hatte es sich zu den beiden nicht herumgesprochen, dass Hans nicht der war, für den sie ihn hielten. Wir machten beide keinen Mucks. Nach dreiminütigem hartnäckigen Klopfen zogen die beiden endlich ab. Das war knapp.

»Ich glaub's ja nicht, oder?«

»Wie spät ist es?«

»Na, Sonnengruß-Zeit. Irgendwas nach Sechs!«, murrte Hans und tastete nach seiner Uhr.

»Super. Jetzt klauen die uns fast ′ne Stunde Schlaf. Jetzt können wir auch aufstehen.«

»Ja, ich bin auch wach. Komm, gehen wir frühstücken.«

»Erst duschen. Oder willst du so zu deiner Lissi? Rasiere dich mal. Siehst aus, als hättest du in einem Fernsehkarton geschlafen.«

»Geht heute auch nicht mehr.«

»Was?«

»Im Fernsehkarton schlafen. Seitdem es nur Flachbildfernseher gibt, passen in die Kartons ausschließlich ausgehungerte Topmodels rein!«

»Schleich dich mal ins Bad, du Topmodel, und gib alles. Sonst mach ich euch beiden nachher nicht den Kai Pflaume.«

»Du untersteh dich und mach da irgend so einen Schmarrn, gell? Sonst fällt der Watschenbaum um«, drohte mir Hans mit erhobenem Zeigefinger.

»Ja, ja. Schon gut. Und rasiere dich mal unter den Achseln. Das schaut ja aus, als würden schottische Hochlandschafe da drunter wohnen.«

»Bist ja nur neidisch, weil dir kein anständiger Bart wächst.«

»Das ist mir egal. Wir sind hier nicht in den Achtzigern und ich nicht Tom Selleck. Und jetzt mach hin, sonst kommen wir heute nie von dem Schiff runter.« Ich schob ihn ins Bad und machte mich daran, meine Klamotten für diesen Tag heraus zu legen.

War mir ja auch nicht so egal, wie ich ausschaute. Schließlich kannte die Lissi auch mich. Sie sollte sehen, was aus mir geworden war. Ich blickte auf mein Handy-Display. Akku: hundert Prozent. Balken: keiner. Egal, wird schon, wenn wir erst einmal angelegt hatten. Immerhin war Mallorca unser siebzehntes Bundesland. Da konnte man auf ein anständiges Netz hoffen.

***

Hans desinfizierte sich wieder die Hände beim Verlassen des Schiffes. Ich bat Hans, ein wenig zu warten. Ich wollte kurz vor der Taxifahrt mit Anja telefonieren. Hans war schon während des Frühstücks unter Strom. Er entfernte sich ein wenig von mir und betrachtete das Schiff von außen. Ich wählte die Nummer von Anjas Handy.

Anja ging gleich ran und entschuldigte sich bei mir. Danach das Übliche. Ich entschuldigte mich zurück, sie wieder, ich wieder und so weiter. Als wir wieder gut miteinander waren, erkundigte ich mich diesmal sofort nach ihrem Gesundheitszustand. Sie erzählte, dass ihre Mutter unbedingt wolle, dass sie zum Arzt ginge. Sie hätte aber wegen des Cafés keine Zeit, und es wäre sowieso nicht so schlimm.

»Anja, tu, was deine Mutter dir sagt!«

»Ui, das muss ich ihr erzählen, dass du mit ihr einer Meinung bist.«

»Anja, vielleicht ist es eine Viruserkrankung oder so und du brauchst Antibiotika.«

»Ach was. Das bisschen Übelkeit. Der Schwindel ist auch schon besser geworden.«

»Welcher Schwindel?«, erkundigte ich mich.

»Ach, ein bisschen Kreislauf habe ich. Ist ja normal nach der ganzen Spuckerei.«

»Anja, tu mir bitte einen Gefallen und gehe mit deiner Mutter zum Arzt.«

»Warum? Meine Mutter ist kerngesund!«

»Mach keine Scherze! Versprichst du mir das? Nicht, dass du am Ende Salmonellen hast. Isst du auch genug?«

»Mensch, Herbert, du hörst dich wirklich schon genauso an wie meine Mutter. Du könntest echt ihr Sohn sein.«

»Na, das wäre ja für uns eher suboptimal, oder?«

»Erzähl lieber mal, was ihr so treibt.«

Ich haderte mit mir, ob ich ihr wirklich berichten sollte, dass wir hier ein klares Ziel vor Augen hatten. Am Ende hätte Anja zu viel hineininterpretiert und wir wären wieder da, wo wir gestern aufgehört hatten. Das brauchte ich nicht noch mal. Übers Telefon zu streiten und danach nicht sofort nach Hause zu können, war die Hölle. Wenn man sich am Abend wieder traf, war das kein Problem. Da konnte man was mitbringen: Blumen oder so.

»Du, wir fahren jetzt mit dem Taxi ein wenig nach Palma, schauen vielleicht in die Kathedrale, laufen durch die Stadt, trinken einen Kaffee, nichts Aufregendes.«

»Nicht zum Ballermann fahren, ja? Nicht, dass ihr euer Schiff verpasst.«

»Du, wir fahren hier erst wieder morgen Nacht weg. Das wäre nicht so schlimm.«

»Ui, jetzt kannst du mich ja bis morgen jederzeit anrufen. Oder gibt es auf Mallorca auch keine Antennen?«

Wie sollte ich ihr das nur begreiflich machen? Okay, mich musste Hans auch erst einmal aufklären. Und ich war ja wenigstens ein Technikfreak. Anja und Technik, ein Buch mit sieben Siegeln. Sie dachte ja, dass bei einem Fax die Buchstaben durch die Luft fliegen. Gut, so schlimm war es jetzt auch wieder nicht.

»Ich melde mich später wieder, ja?«

»Ja, mach das. Schönen Gruß an Hans!«

»Richte ich ihm aus. Der winkt gerade wie wild dem Kapitän auf der Brücke. Wahrscheinlich hat der schon wieder Angst um seine Mütze?«

»Warum das?«

»Lange Geschichte.«

Wir beendeten das Gespräch; ich holte Hans ein, der schon weiter zu den Taxis geschlendert war. Der Hafen von Mallorca ähnelte eher einem Flughafen. Über eine Rolltreppe kamen wir ins Erdgeschoß und verließen die Ankunftshalle. Dort warteten sie schon, die Taxis. Hans hielt mich zurück.

»Komm, lass die anderen mit dem Peugeot da fahren. Wir warten ein bisschen, bis der Mercedes an der Reihe ist. Wenn, dann reisen wir standesgemäß.«

»Schönen Gruß von Anja soll ich dir ausrichten.«

»Oh, danke. Hat sie sich wieder beruhigt?«

»Ja, alles bestens.«

»Das hast du gestern auch gesagt. Und? Wie geht's ihr?«

»Schon besser, doch der Hit ist es anscheinend nicht. Ich sagte ihr, sie solle zum Arzt gehen.«

»Und weil du ihr das gesagt hast, macht sie das jetzt auch, oder? Jetzt sperrt sie gerade den Laden zu und fährt zum Onkel Doktor. Gut, dass du sie angerufen hast. Ruf sie gleich noch mal an, sie soll eine Jacke anziehen. Nicht, dass es am Ende ein wenig frisch ist in München, gell!«

»Du, ich sorg mich halt.«

»Ja, ist ja schon gut, du alter Schmuser. Komm, der Benz ist an der Reihe!«

Wir setzten uns beide im Taxi nach hinten. Wer im Taxi vorne sitzt, zahlt. Und das sah ich nicht ein. Ich war wirklich nicht geizig. Okay, vielleicht ein bisschen sparsam. Schließlich war dies eine Fahrt für den Hans. *Also kann er auch zahlen*, dachte ich mir. Ich war mir sicher, dass Kay Pflaume niemals das Taxi zahlen musste, wenn er im Einsatz war.

Hans versuchte, dem Fahrer die Adresse zu erklären. Dieser verstand nur Bahnhof und da wollten wir schließlich nicht hin. Mein Freund zückte sein Handy und suchte die Adresse von Lissi. Unser Chauffeur blickte aufs Handy, schon zog es ihm die Mundwinkel nach oben. Hans und ich schauten uns fragend an, der Fahrer startete freudig den Benz und pfiff vor sich hin. Entweder lag unser Ziel so weit entfernt, dass er nach dieser Fahrt seinen Beruf an den Nagel hängen konnte oder Lissi lebte im Rotlichtmilieu. Da ich Letzteres eher nicht vermutete, tippte ich auf eine längere Autofahrt. Wie schlimm sollte der Preis für die Fahrt schon sein? Hätten wir einen Festpreis vereinbaren sollen? Quatsch! Wahrscheinlich wollten die meisten Fahrgäste hauptsächlich vom Hafen nach Palma. Nun konnte er sein Taxi endlich mal wieder treten, das erfreute ihn offensichtlich.

»Meinst, der findet die Adresse von der Lissi?«, wollte Hans von mir wissen.

»Nein, Hans. Sicher nicht. Ich glaube, der fährt mit uns jetzt zu einer Waldschneise, da warten schon seine Freunde und die bringen uns um.«

»Spinnst jetzt?«

»Nein. Habe ich mal bei Aktenzeichen XY gesehen. Die entnehmen uns die Organe und verschleudern sie auf dem

Schwarzmarkt. Das Einzige, was die bei dir nicht nehmen werden, ist deine Leber. Die Chance, dass sich der Gesundheitszustand eines Patienten nach der Transplantation verschlechtert, ist einfach zu groß.«

»Herbert, du bist und bleibst ein Depp.«

»Dann frag nicht so blöd. Du, der wohnt hier. Der wird schon wissen, wo er hinfährt.«

Allerdings zweifelte auch ich beim Blick auf unseren Fahrer an meiner Aussage. Während er uns mit flottem Tempo über die Insel kutschierte, schaute er selten auf die Straße. Viel mehr interessierte er sich für sein Handy, in das er ständig tippte. Er las wieder und tippte erneut. Glücklicherweise hupten die entgegenkommenden Fahrzeuge rechtzeitig, wenn wir ungewollt die Spur verließen.

***

Hans wirkte angespannt. Er sprach kaum und schaute aus seinem Fenster. Mir war das recht. So konnte auch ich aus dem Fenster gucken und die Landschaft genießen. Glücklicherweise saß ich hinter dem Fahrer und hatte bestimmt die Meerseite während der Fahrt auf meiner Seite. Unbedingt musste ich auf der Rückfahrt darauf achten, hinter dem Beifahrersitz einzusteigen. Mit Anja wäre es hier auch schön gewesen. Niemals durfte sie von dieser Aktion erfahren. Das könnte ich mir sonst ewig anhören. Immerhin opferte ich einen Urlaubstag und fuhr hier in der Gegend herum, statt mir in Palma die Sonne auf den Latz brennen zu lassen. Anja hätte dafür kein Verständnis gehabt. Oder vielleicht doch? Nein, ich hatte nicht den Drang, herauszufinden, was Anja hiervon hielt. »Für deinen Hans würdest du das schon tun«, würde sie sagen und eins, zwei, drei wäre ich den ganzen Samstag in einem Einkaufszentrum und würde Tüten tragen. Nicht nur einmal, nein! Bis in die Kiste würde sie diese Karte ausspielen.

Die Autofahrt zog sich hin. Eigentlich stellte ich mir diesen Ausflug ein wenig anders vor. Wir waren im Süden! Seit dem Besteigen des Taxis war kein Meer mehr zu sehen. Ich dachte an die belebten Strände, Cafés und kleinen Läden, die so schön nach Leder rochen. Videospielautomaten, leicht bekleidete Mädchen. Stattdessen saßen wir zwei Dödel im Fond eines Taxis mit einem Wunderbaum Vanille, hörten spanische Nachrichten mit einem leichten Hintergrundrauschen und bretterten über die Autobahn. Vielleicht hätte ich anbringen sollen, dass ich gerne auf einer Küstenstraße nach Santa Ponsa reisen möchte? Möglicherweise hätten sich in dem Fall die Mundwinkel unseres Fahrers überhaupt nicht mehr beruhigt. Auf den Schildern vor den Autobahnabfahrten las ich so tolle Namen wie Cas Català oder Palmanova.

»Ha! Schau, Hans. Palmanova! Wie Supernova mit Palme. Wahrscheinlich bedeutet das: explodierende Palme!«

Der Taxifahrer schaltete sich dazu.

»Palmanova! Nice Playa! Muchos Englishmen!«

Also, der Fall war klar. Es bedeutete »explodierende Palme«! Bei so vielen Engländern.

Je näher wir nach Santa Ponsa kamen, desto ruhiger wurde Hans. Er schien nervös zu sein. Sein linker Fuß wippte auf und ab. Ich checkte aus den Augenwinkeln seine Klamotten. Er hatte sich Mühe gegeben. Nicht, dass Hans sonst in Lumpen durch Schwabing streifte. Er hatte einfach nicht sehr viel übrig für Kleidung. An diesem Tag passte wenigstens schon mal der Gürtel zu den Schuhen.

Nach einer gefühlten Ewigkeit kamen wir endlich in Santa Ponsa an. Der Taxifahrer kutschierte uns durch die Straßen. Hans scannte die Straßenschilder. Auf einmal traf es unseren Chauffeur und mich völlig unerwartet.

»Stopp!«

Der Taxifahrer stieg in die Eisen; ich machte mit meiner Visage die nähere Bekanntschaft mit der Kopfstütze vor mir.

»Sag mal, Hans, was ist eigentlich bitte in dich gefahren?«

»Wir müssen hier schon raus. Erst mal die Lage checken.«

»Was für ′ne Lage?«

»Na die Gegend, die Lissi, einfach alles.«

»Und wo, bitte schön, bleibt dein Auftritt? Die standesgemäße Karre und das alles?«

»Ja, jetzt komm!«

Und schon stieg er aus dem Auto. Unnötig zu sagen, wer das Taxi bezahlte. Ich gab dem Fahrer einen Fünfer extra für seinen Bremsklotzabrieb, den ich mir mit Sicherheit von Hans wiederholen würde.

»Na, hier steppt ja nicht gerade der Bär«, bemerkte ich und sah unserem Taxi hinterher.

»Es ist ja auch früher Vormittag. Was meinst, was hier abends los ist?«

»Ach, und aus diesem Grund geht auch die Bar von der Lissi so blendend, oder, wie darf ich das verstehen?«

»Jetzt quatsch hier nicht herum, wir müssen runter von der Straße!«, Hans tänzelte zum nächsten Baum.

Mir war das Ganze allmählich peinlich. Was, wenn uns jemand beobachtete? Ich fühlte mich, als wäre ich in einem Krisengebiet inmitten eines Häuserkampfes. Hans tat so, als würden wir unter Beschuss stehen. Dabei waren wir hierher gefahren, um seine alte Jugendliebe zu besuchen. Dieser Mann war nicht der Hans, den ich bis dato kannte. Mein Hans hätte aus dem Schiebedach eines hupenden Taxis »Lissi« gebrüllt und gewinkt. Dieser Hans hier war ein nervöses Wrack. War sie etwa sein Gral? Hatte Lissi die Macht über Schwabings größten Aufreißer?

»Da vorne! Hausnummer 97, da wohnt sie im zweiten Stock. Und dort nebenan hat sie ihre Bar.«

Wir standen beide wie zwei Spanner hinter einem Baum und ich obendrein in Hundescheiße.

»Verdammt, Hans! Können wir uns jetzt endlich wie zwei Erwachsene benehmen? Schau dir mal diesen Mist an!«

»Herbert, man trägt auch keine Schuhe aus Leinen. Schon gar nicht weiße!«

»Warum, bitte schön, nicht weiße?«

»Na, weil die Straßen dreckig sind und voller Hundescheiße.«

»Nein, die Straßen sind nicht dreckig. Und Hundescheiße liegt bekanntlich niemals mitten auf der Straße.«

Ich versuchte, wenigstens das Gröbste am Bordsteinrand und an einem Fahrradständer abzukratzen.

»Jetzt komm, dort drüben ist ein Straßencafé. Da haben wir einen prima Blick auf den Balkon von der Lissi!«

Ich folgte ihm, während ich mit jedem Schritt meine linke Sohle über den Asphalt kratzte.

Wir setzten uns und bestellten bei der Bedienung zwei Cappuccino.

»Hans, jetzt komm mal wieder runter! So kenne ich dich ja überhaupt nicht. Du bist ja nervöser als ein Kind vor dem ersten Schultag!«

»Kommt halt stets darauf an, was in der Tüte ist, gell!«

»Wie meinst du das jetzt wieder?«

»Na, wenn du wüsstest, wie die Lissi heute ... Moment!«

Hans griff in seine linke Hosentasche und zückte sein Handy. Er wischte wild auf dem Display herum und hielt mir das Gerät anschließend vor die Nase.

Ich musste ein wenig mit meinem Kopf zurückwippen, weil ich ansonsten Gefahr lief, zu schielen. Nachdem ich meine Pupillen scharf gestellt hatte, erblickte ich Lissi auf dem Display. Ich schaute genauer auf das Foto.

»Ja, die kann sich sehen lassen.«

»Wie? Die kann sich sehen lassen? Das ist eine erstklassige Braut.«

»Und warum zeigst du mir das Foto erst jetzt?«

»Hab ich vergessen.«

»Vergessen? Den Hochzeitstag seiner Frau vergisst man. Man vergisst seinen Hund vor der Metzgerei oder die Steuererklärung. Niemals hingegen vergisst man, seinem Freund ein Bild von dem Mädel zu zeigen, auf das man steht.«

»Ja, ist ja schon gut. Ich wollte einfach nicht, dass du eifersüchtig wirst.«

»Eifersüchtig? Auf wen? Mensch, wie oft soll ich es dir erklären. Ich bin nicht auf der Suche, mir fehlt nichts und ich bin mit meiner Anja sehr glücklich!«

Also manchmal war es, als würde man gegen einen Baum reden. Einen Baum mit Hundescheiße rundherum.

»Jetzt zeig noch mal!«, ich nahm ihm das Handy aus der Hand.

Schon eine Hübsche, die Lissi. Dunkle lange Haare, rehbraune Augen und eine sportliche Figur. Für meinen Geschmack zu dünn. An gewissen Stellen sollte meiner Meinung nach eine Frau schöne Rundungen haben. Das Magere gefiel Hans. Das wusste ich. Man brauchte sich ja bloß seine Beute der vergangenen Jahre ansehen. Alle nach demselben Schema. Vielleicht waren seine Verflossenen auch lediglich ein Abbild von Lissi? Ich konnte nichts mit so dünnen Frauen anfangen. Ich war schon immer der Meinung: Nur eine satte Frau ist eine zufriedene Frau! Außerdem erhöhen dünne Frauen immens den Druck auf einen selbst. Und bei Frauen war es andersherum bestimmt nicht anders. Ich meine, welche Frau hat einen Waschbrettbauch neben sich auf dem Sofa und öffnet abends zu *Germany's next Topmodel* eine Tüte Chips?

Nicht nur hübsch war sie, die Lissi. Auch unendlich braun gebrannt. Man hätte meinen können, sie schlafe ausschließlich in der Sonne. Ob das gut war für die Haut?

»Jetzt gib wieder her!«, raunzte Hans, nahm mir sein Handy ab und kontrollierte das Display, ob Lissi noch da war. Ja, war sie.

»Und? Wie hat sich der Meisterdetektiv das jetzt so gedacht?«

»Was gedacht?«

»Na, du wirst schon einen Plan haben. Oder werden wir jetzt hier den ganzen Tag in der prallen Sonne sitzen und Kaffee in uns reinschütten, bis es uns die Blasen zerreißt?«

Hans überlegte. Das war gut.

»Was schlägst du vor, Herbert?«

»Na, wir trinken aus, gehen rüber und klingeln. Ich weiß, das ist ganz schön ausgefuchst und brillant. Keine Ahnung, wo ich diese Ideen ständig her nehme.«

»Verarschen kann ich mich auch alleine. Wir können da nicht rübergehen. Was, wenn sie da nicht alleine wohnt?«

»Und wie willst du das herausfinden? Willst vielleicht ins Einwohnermeldeamt fahren und dort fragen?«

»Blödsinn! Lass uns einfach ein bisserl warten, ja? Mir fällt schon was ein. Schau, dort drüben ist Lissis Bar. Das *Naranja.*«

Ich stellte meine Augen auf unendlich, um sie kurz darauf an einer schäbigen alten Tür scharf zu stellen. Über der Tür stand besagter Name. Noch! Denn das dritte *A* drohte, sich jeden Moment von der Wand zu verabschieden. Der Putz bröckelte von der Fassade, das Fenster neben dem Eingang war gesprungen. Mit den verklärten Augen von Hans hätte ich in diesem Augenblick von einer romantischen, südländischen Bar gesprochen. Mein Blick erkannte nur eins: eine heruntergekommene und schäbige Spelunke für Herumtreiber und Quartalssäufer. Wahrscheinlich sahen auf der ganzen Welt Bars bei Tageslicht so aus.

Erst, wenn es dunkel wird und Kerzen in von Wachs ummantelten Weinflaschen ihren Dienst antreten, wird's gemütlich. Lounge-Musik säuselt sanft aus den Lautsprechern, herrlich. Nach drei Sangria sowieso. Und früh am Morgen kommt stets das böse Erwachen.

Wie damals auf den Partys in meiner Jugend. Super Stimmung, geiler Abend. Bis einen in der Früh die Zigarettenkippen, die im mittlerweile ranzigen Kartoffelsalat steckten, auf den Boden der Tatsachen zurückholten.

»Wie gut, dass wir dir an Bord die Haare schön gemacht haben, Hans. Nicht auszudenken, wenn du heute Abend in Lissis angesagten Edelschuppen einläufst mit ungepflegten Haaren. Die Spitzen hättest du dir schon ein bisserl schneiden lassen können. Ich sehe da an den Schultern ein wenig Spliss ...«

# Fesche Burschen

»Schau! Da oben!« Hans rempelte mich an.

Ich blickte zum Balkon im zweiten Stock. Da rekelte sich eine Schönheit im Tangahöschen und Tanktop in den Morgen hinein. Das konnte bloß Lissi sein. Erstens war es ihr Balkon, zweitens hatte ich sie ja bis vor zwei Minuten auf dem Handy gesehen. Sie blinzelte gegen die Sonne und kratzte sich, nicht ganz ladylike, am Hintern.

Hans war regungslos. Zumindest die Teile, die von ihm sichtbar waren.

Lissi ging wieder zurück in ihre Wohnung und ich kam mir vor wie ein Spanner.

»Und? Reicht das als Beweis, dass sie alleine ist?«

»Hast du gesehen, Herbert? Das war die Lissi.« Er ging nicht auf meine Frage ein.

»Ja, ich habe die Lissi gesehen, wie sie sich am Hintern kratzt. Kann ich euch jetzt endlich den Kay Pflaume machen?«

»Erstens macht der die Sendung schon lange nicht mehr, und zweitens: Untersteh dich!«, motzte Hans.

»Denkst du nicht, es wäre oberpeinlich, wenn sie uns zuerst entdeckt? Ich meine, wie wahrscheinlich ist es, dass wir beide hier durch Zufall …«

»Psst! Schau, da ist sie wieder!«

Sie war zurück auf ihren sechs Quadratmetern spanischer Freiheit. Diesmal war sie nicht alleine. Sie trug in ihren Händen eine überdimensional große Tasse, in die sie abwechselnd hineinpustete und daran schlürfte.

»Jetzt schau dir mal diesen Nachttopf an, Hans! Leck mich am Arsch. Nicht mal in Schwabing haben wir solche Tassen!« Ich kriegte mich gar nicht mehr ein. Hatte sie da eine ganze Kanne hineingeschüttet?

»Jetzt hör auf, du Spinner! Sie braucht halt einen Kaffee in der Früh.«

»Ja, ich auch. Aber keinen Eimer. Wahrscheinlich ist sie deshalb so braun.«

Lissi lehnte sich mit ihrer Tasse nach vorne und schaute zur Straße hinunter. Sie grüßte einen älteren Herren, der unter ihrem Balkon vorbei ging. Anscheinend kannte man sich. Mit ihren Zehen spielte sie am Geländer und schlürfte weiter ihren Kaffee. Hans war sehr aufgeregt und fixierte den Balkon. Ich hätte ihm eine Dauerwelle eindrehen können, er hätte es nicht gemerkt.

Lissi schaute sich weiter in der Straße um und kam mit ihrem koffeinreichen Blick unserem Tisch immer näher. Mir wurde das Ganze zu bunt. Wie peinlich wäre es gewesen, wenn sie uns zuerst entdeckt hätte.

»ELISABETH! HIER! WIR SIND ES!«

Hans boxte mich in den Oberarm. »Sag mal, spinnst du jetzt komplett?«

»Aua! Na, hast du nicht gesehen? In ein paar Sekunden hätte sie uns zwei Affen entdeckt. Das wäre ja gar nicht peinlich, oder?«

Wir blickten beide zum Balkon. Leer.

»Siehst du? Das hast du jetzt davon. Jetzt hast du sie verschreckt.«

»Hans, jetzt mach mal einen Punkt! Die Lissi ist doch kein Reh. Die ist eine Barbesitzerin in Spanien. Die verschreckt man nicht so einfach.«

»Klar, du hast ›Elisabeth‹ gesagt. Das mag sie nicht. Das habe ich dir erklärt!«

»Hans, wenn wir nicht gerufen hätten, hätte sie uns eh erkannt. Und was hättest du dann gesagt? ›Hey, Lissi. Mensch, das ist ja ein Ding. Du hier? Also, Sachen gibt's?‹«

Hans schaute von mir weg in Richtung Balkon. Darunter ging eine Tür auf.

Lissi stand barfuß auf der Straße. »Hans?«

»Lissi!«, gaben wir beide im Chor zurück.

Sie grinste bis über beide Ohren und lief in unsere Richtung.

Hans stand auf und breitete seine Arme aus.

Ein Rollerfahrer bremste jäh ab und hupte Lissi an, weil diese, ohne zu gucken, über die Straße rannte. Na, da freute sich aber jemand!

Zwei Schritte von uns entfernt machte sie einen Satz und sprang Hans in die Arme. Das hatte meine Anja bei mir auch mal gemacht. Dummerweise hatte ich nicht anständig dagegen gehalten. Anja hatte damals so viel Anlauf gehabt, dass ich rückwärts mit ihr in den Armen in ein Gebüsch gesegelt war. Das war vielleicht peinlich gewesen! Nicht so Hans. Der stand da wie ein Fels in der Brandung und fing seine Lissi auf. Wahrscheinlich hatte sie sich bei dem Aufprall alle Rippen geprellt. Zwischen Haut und Rippen war ja da nicht viel.

»Hans, du verrückter Hund. Was machst du denn hier?«

»Ja, mei, wollt dich halt mal besuchen, gell? Sehen, wie es dir geht.«

»Und da ist ja auch der Herbie. Wahnsinn!«

»Servus, Lissi. Gut schaust aus.«

Sie ließ von Hans ab und drückte mich. »Du hast vorhin nicht ›Elisabeth‹ gerufen, oder Herbie?«

»Ach, woher. Da hast du dich bestimmt verhört.«

Hans warf mir einen strafenden Blick zu.

»Du weißt ja, Herbie, wenn einer ›Elisabeth‹ sagt, gibt's mit dem Strohhalm Kakao ins Gesicht. Wie damals auf dem Schulhof.«

Sie entfernte sich zwei Schritte, um uns von oben bis unten zu mustern.

»Fesch seid ihr, Burschen!«

»Das können wir nur zurückgeben. Du hast dich überhaupt nicht verändert«, schmeichelte ihr Hans und steckte seine Hände lässig in die Hosentaschen.

Also, »überhaupt nicht verändert« stimmte nicht ganz. Lissi schaute schon ein wenig verlebt aus. Das konnte ich natürlich nicht sagen. Das wusste sie bestimmt selbst. War auch kein Wunder. Den ganzen Tag pralle Sonne, die ganze Nacht in der Bar, rauchen, kaum Schlaf ...

Das registrierte ich an der Lissi. Sie war sicherlich hübsch anzusehen, jedoch nagte ihr Lebenswandel wie Kalk am Wasserhahn an ihr. Vor uns stand sie barfuß, jeweils am mittleren Zeh einen Ring. Knöchelkettchen und ein Tattoo an der linken Wade. Ihre abgeschnittenen Jeans waren so kurz, dass sie auch gleich mit dem Tanga auf die Straße hätte kommen können. Das Top war das vom Balkon. In den Ohrläppchen viele Ringe und im linken Nasenflügel einen Stecker. Ihre langen dunklen Haare hingen kerzengerade herunter. Vorne waren sie direkt über den Augenbrauen zu einem Pony geschnitten. Ich musterte Hans und stellte mir diesen Haarschnitt bei ihm vor und verwarf sofort wieder diesen Gedanken. Lissi war einfach diese Art von Frau, wie man sie sich auch auf Ibiza vorstellte. Gerne auch mit einer flippigen Klamottenboutique. Ich fragte mich, ob sie den ganzen Tag barfuß durch die Gegend lief? Wie sahen wohl ihre Fußsohlen aus? Bestimmt nicht sehr zart. Also in Anjas und meine Wohnung in Schwabing dürfte sie nicht barfuß. Unser Parkett war erst beim Einzug abgeschliffen worden.

»Jetzt sagt schon? Was macht ihr hier?«, stellte Lissi die Frage aller Fragen, während wir uns setzten. Dies wäre der perfekte Zeitpunkt für mich und Kay Pflaume gewesen.

Hans kam mir zuvor. »Ach, weißt, Lissi, du hast mir schon ein bisserl gefehlt. Bist ja damals einfach abgehauen. Alle waren wir uns einig, dass du sicher nach ein paar Monaten wieder kommen würdest. Das ist jetzt Jahre her.«

Ich bestellte drei Cappuccini.

»Tja, mich hat es halt schon von jeher in die Ferne gezogen. Eigentlich wollte ich ja nach Italien, aber hier ist einfach das Wetter beständiger. Außerdem konnte ich sofort diese Bar hier übernehmen. Gefällt sie euch?«

»Ja!«

»Wunderschön! Also, was man von hier aus sieht«, log ich und schöpfte den Milchschaum aus meiner Tasse in meinen Mund.

»Mit welchem Flieger seid ihr gekommen?«

»Mit gar keinem!«

»Wie soll ich das verstehen?«, wollte Lissi wissen und blickte uns abwechselnd fragend an.

Ich löffelte weiter und mimte den Beschäftigten. Zu gerne wollte ich hören, dass Hans vom spießigen Kreuzfahrtschiff erzählte.

»Wir sind mit einem Schiff gekommen.«

»Ui, toll! Mit so einem Containerschiff oder einem Segler? Das wollte ich auch schon einmal machen. Auf einem Containerschiff kann man sich ganz günstig eine Koje mieten. Das ist bestimmt aufregend.«

Ja, Lissi war schon damals auf Abenteuer aus. Daran hatte sich nichts geändert. Jedem Hotelzimmer zog sie stets ein Zelt vor.

»Nein, Lissi. Nicht so ganz. Wir sind mit einem Kreuzfahrtschiff da.«

»Ha! Ihr verarscht mich! Ihr zwei, mit so einem Rentnerdampfer?«

»Du, das ist überhaupt nicht so!«, verteidigte sich Hans.

Ich löffelte weiter in meinem Cappo.

»Ach, hör auf! Du, der Weltenbummler lässt dich in so einem Stahlkäfig übers Meer ziehen. Ich glaube es nicht!«

Hans blickte mich Hilfe suchend an.

Okay, ich klinkte mich in die Gesprächsrunde ein.

»Du, die haben auf den Dingern echt was zu bieten. Hans und ich haben schon allerhand erlebt. Wir waren im Casino und an Deck gab's ein Oktoberfest. Der Brüller! Und der Hans war sogar schon beim Friseur!«

Jetzt trat er mich unter dem Tisch.

»Hast dich rausgeputzt für mich? Ist dir gelungen, du Hübscher!« Sie blickte Hans verheißungsvoll an; ich kam mir vor wie das fünfte Rad am Wagen. Sofort fühlte ich mich in die Schulzeit zurückversetzt. Der, der Schmiere stand, während die anderen in der Umkleide knutschten, der war ich.

»Wie lange bleibt ihr im Hafen, Matrosen?«, wollte Lissi wissen.

»Morgen legt das Schiff wieder ab.«

»Ui, dann könnt ihr ja heute Abend ein wenig Party machen, oder? Abends läuft der Laden nicht schlecht.«

»Was heißt nicht *schlecht*?«, fragte Hans. »Das hier ist Spanien. Da wimmelt es vor Urlaubern, oder?«

Lissi setzte einen besorgten Blick auf, der mich fast dazu animierte, ihr sofort hundert Euro auf den Tisch zu legen.

»Ach, das war anfangs so. Die Urlauber sind nicht mehr das, was sie einmal waren. Geben weniger aus, wollen alles günstiger als nebenan. Es sind immer mehr Familien hier, die findest du abends nicht in der Bar. Außerdem buchen mehr Urlauber all-inclusive in ihren Hotels. Die trinken natürlich nicht bei mir.«

Tja, da denkt man, dort arbeiten, wo andere Urlaub machen, sei das große Los! Für mich als Spießer wäre das niemals etwas gewesen. Ich brauchte stets meine geregelten Bahnen. Sozialversicherungsnummer, Krankenkasse, Rentenbeitrag. Das war ich.

In den Tag hinein leben und nur bis morgen denken, das wäre nie etwas für mich gewesen.

»Wollt ihr mal mein Baby ansehen?«

Hans verschluckte sich fast an seinem letzten Milchschaum und bekam einen Hustenfall.

»Bitte, wie? Baby?«, sprach ich so lange Hans' Gedanken aus.

»Na, mein Baby. Mein *Naranja.*«

»Ach, du meinst die Bar!«, freute sich Hans.

»Was dachtest du?«

»Na, was man bei Baby halt so denkt. Strampler, Windeln, Papa ...«

»Dafür habe ich keine Zeit. Ich habe ja nicht mal einen Mann.«

»Was?«, warf Hans ein. »Eine hübsche Frau wie du? Die stehen sicher Schlange vor deiner Bar.«

»Ach was. Die meisten Männer haben Angst vor einer Aussteigerfrau wie mir. Die wollen lieber eine kleine Süße mit Bausparvertrag. Hast du eine Freundin, Herbert?«

»Ja, klar. Mit zwei Bausparverträgen und einem Prämiensparer!«

»Siehst du, Hans. Das ist die Wirklichkeit. Und du? Wie schaut's in deinem Hafen aus?«

»Du, hin und wieder mal ein kleines Schlauchboot. Leider hat ja vor etlichen Jahren ein Luxusdampfer meinen Hafen verlassen und ist nicht mehr wieder gekommen!« Hans lächelte sie an.

Schau an! In ihm steckte ja schon immer viel. Meist Hochprozentiges. Einen Lyriker hatte er bis dato nicht rausgehauen.

»Ach Hans, das wär bestimmt nicht gut gegangen mit uns, meinst nicht?«

»Wäre einen Versuch wert gewesen!«

»Jetzt kommt! Wir schauen uns mal die Bar an«, meinte Lissi und stand auf.

Hans tat es ihr gleich und ich zahlte schon wieder.

»Geht ihr vor, ich komme gleich nach. Ich telefoniere noch schnell mit der Anja!«, rief ich den beiden hinterher. Gehört hatte es niemand. Egal.

# Sag nicht *Elisabeth*

Ich wollte Anja einfach erzählen, wo wir waren. Schließlich war die Lissi nicht meine Ex. Was sollte also diese Geheimniskrämerei.

Da verstrickt man sich nur tiefer und tiefer in Lügen und Halbwahrheiten. Irgendwann kommt sowieso alles raus. Und wenn es erst Jahre später ist.

»Anja?«

»Mensch, Herbert. Du rufst ja wirklich noch mal an.«

»Tja, ich habe es versprochen, mein Spatzerl.«

»Und? Wart ihr schon in der Kathedrale?«

Jetzt galt es. Wahrheit oder garantierte Harmonie?

»Du stell dir vor. Witzige Geschichte. Du kennst doch den Hans!« Was für eine dumme Frage. *Herbert, reiß dich zusammen! Du redest nur mit deiner Freundin, verdammt.* Ach herrje, war ich nervös. Wie damals während meiner Schulzeit, als der Lehrer sagte: »Hefte weg, wir schreiben eine Ex.«

»Na klar kenne ich den Hans. Hast du getrunken?«

»Quatsch. Es ist nicht einmal Mittag. Du stell dir vor, wir haben die Lissi getroffen.«

»Wen?«

»Na, die Lissi. Die, in die der Hans so verschossen war.«

»Du meinst jetzt nicht die Elisabeth, oder? Die Aussteigertussi, von der du mir mal erzählt hast?«

»Sag nicht ›Elisabeth‹. Das mag sie nicht.« Autsch, böser Fehler. Niemals eine andere Frau als die eigene verteidigen!

»Und die habt ihr in der Kathedrale getroffen? Ist die jetzt Nonne?«

»Ach was. In der Kathedrale waren wir überhaupt nicht. Wir sind hier in Santa Ponsa!« Ich redete mich gerade um Kopf und Kragen und wünschte mich aufs offene Meer ohne Sendemast. Wo war ein Funkloch, wenn man eins brauchte? MOMENT! Ich konnte mir ja selbst ein Funkloch basteln. Ein imaginäres!

»Anja? Hallo? Bist du noch dran?«

»Klar bin ich dran, Herbert. Nun sag schon!«

»Anja, du bist ganz schlecht zu verstehen. Hallo?«

»Heeerbert!«

»Anja, ich ...ann ...ch ...anz ...echt ...ve ... ehen!« Schon drückte ich die rote Taste.

Was war das? Ich tat gerade so, als wäre ich beim Fremdgehen ertappt worden. Dabei war ich lediglich dabei anwesend, wie ein Single nach Jahren einen anderen Single wiedergetroffen hatte. Wo war da das Problem?

Es klingelte. Ich nahm das Gespräch an.

»Jetzt höre ich dich wieder. Du warst einfach weg!«

»Ja, Anja. Schlechte Verbindung. Was wolltest du wissen?« Ich versuchte, gelassener zu wirken.

»Wie war jetzt das mit der Aussteigertussi?«

»Ach, die Lissi. Komische Geschichte. Wir legen auf Malle an und dem Hans fällt die Lissi wieder ein. Die hat hier nämlich eine Bar. Und schnurstracks sind wir kurz vorbeigerutscht, um ›Hallo‹ zu sagen!«

Stille. War jetzt vielleicht wirklich die Verbindung weg? Nein, ich hörte ja im Hintergrund Tassengeklapper aus Anjas Café.

»Und jetzt klappert ihr beiden all eure Ex-Tussis ab, oder was?« Anja wirkte angespannt. Der Schuss ging eindeutig nach hinten los.

»Was heißt da ›ihr‹? Die Lissi war mit dem Hans zusammen. Damals, in der Schule. Das hab ich dir doch erzählt!«

»Na, was weiß ich, in welchen Häfen auch du irgendeine Mittelmeerperle sitzen hast. Ist bestimmt nett, so im Mondschein bei einem Gläschen über alte Zeiten zu plaudern.«

»Was meinst du mit Mittelmeerperle?«

»Na, irgend so eine Ex? Vielleicht wartet ja schon auf dich eine, wer weiß?«

»Anja, du bist meine Ex!«

»Bitte, was? Herbert, sag das nochmal!«

»Ich meine, du warst meine Ex. Und jetzt sind wir zwei glücklich zusammen. Also Anja, dieses Gespräch nimmt gerade eine Form an, die ...«

Es tutete.

»Anja?« Sie hatte aufgelegt.

Also damit hatte ich wirklich nicht gerechnet. Was hatte die? Ich, die treue Seele überhaupt, rechtfertigte mich um Kopf und Kragen und Anja bekam alles in den falschen Hals. Ich hatte sie nicht einmal fragen können, ob es ihr besser ging. Verdammt! So etwas hasste ich wie die Pest. Streit und Hunderte Kilometer voneinander entfernt. Hätte ich gleich wieder anrufen sollen? Nein. Wir hätten uns wahrscheinlich tiefer in Missverständnisse verstrickt und uns endgültig verzettelt. Am besten war es, erst einmal abzuwarten. Das hatte ich jetzt von der Scheißtelefoniererei. Wären wir auf See gewesen, wäre es niemals zum Streit gekommen.

Ich ging zu Lissis Bar.

»Hey, Herbie, was schaust denn so finster drein?« Lissi stand mit Hans hinter dem Tresen und zapfte ihm ein Pils.

»Ach, Ärger im Paradies.«

»Echt, oder? Geht's ihr immer noch nicht gut?«, fragte Hans und saugte die Schaumkrone vom Glas.

»Ach, sie ist sauer, weil wir hier ...«

»STOP!«, fuhr mir Lissi ins Wort. »Das hier ist Mallorca. Wir sind hier im *Naranja*. Und da gibt es keinen Beziehungsstress. Da könnt ihr ja gleich in eurem verregneten Deutschland bleiben. Am besten jeden Tag wie die Lemminge ins Büro fahren und den Tag runterschrubben.« Sie schob auch mir ein Pils herüber.

»Hört, hört!«, meinte Hans und stieß mit seinem Pils an mein Glas. »Prost, Alter. Jetzt mach dir keine Sorgen und genieße den Tag! Carpe Diem, wie der Schwede sagt.«

Hans und Lissi hatten recht. Ich hätte mir den Kopf zermartern können oder einfach mal die Seele baumeln lassen. Das Ergebnis war sicherlich das Gleiche. Also stieß ich mit den beiden an. Hans freute sich und warf die Anlage an. Gleich säuselte Bob Marley aus den Boxen. Lissi tanzte und Hans tat es ihr gleich. Ich setzte mich auf den Barhocker und schaute mich um. Scheiße, der Laden sah innen schlimmer aus als von außen. Zumindest bei Tag. Es stank nach Alkohol und kaltem Rauch. Der Tresen klebte, die Wände waren bis zur Decke rußig von den endlos vielen Kerzen, die Romantik versprühen sollten. In der Spüle stapelten sich dreckige Gläser. Lissi war wohl am gestrigen Tag nicht mehr zum Spülen gekommen, die Gute. Wahrscheinlich schaffte sie das keinen Abend. Lissi, Lissi. Da war ich lieber Lemming. Einer mit Bausparvertrag, Ziel vor Augen, und sauberer Küche. Okay, so genau hatte ich mein Ziel nun auch nicht vor Augen, aber Jahr für Jahr so in den Tag hineinleben? Nichts für mich. Das war was für Zwanzigjährige. War ja klar, dass die meisten Männer in ihr lediglich einen Urlaubsflirt sahen. Wer würde schon ernsthaft mit dem Gedanken spielen, hier mit der Lissi zusammen die Bar zu betreiben?

***

Die ersten Gäste trudelten ein. Es war später Nachmittag. Wieder ein Tag ohne Strand. Stattdessen hatten Hans und ich der Lissi geholfen, Geschirr zu spülen. Sie hatte hauptsächlich geraucht und gefegt. Das wollte ich schon immer mal. Im schönsten Süden an einem Urlaubstag in einer heruntergewirtschafteten Spelunke im Halbdunkeln stehen und Gläser spülen. Das Ganze mit einem mikrobiologisch fragwürdigem Schwamm. Nebenbei zusehen, wie Hans und Lissi sich neckten. Wie zwei Halbwüchsige. Was konnte es Schöneres geben? Mir wären bestimmt tausend Sachen eingefallen.

Als Lissi mich bat, schnell über die Klos zu huschen, winkte ich dankend ab.

Ich fragte mich, wann die Cindy auftauchen würde. Die, mit der die Lissi zusammen die Bar hatte.

»Die Cindy? Die hat mich mit dem Laden hier vor einem halben Jahr sitzen lassen. Ist mit so einem Vertreter zurück nach Deutschland. Macht jetzt einen auf Hausmütterchen. Total spießig!«, kämpfte Lissi gegen die Lautsprecher an und drehte sich nebenbei eine Zigarette.

Meine Güte! Wann war die Lissi bloß in ihrer Zeit stehen geblieben? Hauptsache, ja kein geregeltes Leben führen. Irgendwann, da war ich mir sicher, tauchte die wieder in Deutschland auf. Dann würde sie vom Sozialamt leben, weil sie nicht mehr vermittelbar war. Keine Frau für mich. Da war ich schon sehr glücklich mit meiner Anja. Wie es ihr wohl ging?

# *Samstag Nacht* geht auch Mittwochs

Allmählich füllte sich Lissis so gar nicht angesagte Bar. Ich fragte mich, warum es kaum zum Leben reichte. Entweder war die Lissi verschwenderisch oder es blieb einfach nicht genug hängen. So, wie ich Lissi einschätzte, hatte die nicht einmal ein Konto.

»Lissi, es läuft gut. Schau, der Laden ist fast voll. Und es ist noch hell.«

»Ja, Herbert. Das ist selten und totaler Zufall. Natürlich jetzt, wo meine Bedienung krank ist.«

Hans meldete sich zu Wort. »Du hast uns, nicht wahr, Herbert?«

Mir war alles egal. Diesen Tag konnte ich eh in die Tonne treten. An Bord hatten wir sicherlich auch keine bessere Stimmung als hier.

»Klar, Lissi. Wir helfen dir schon. Der Hans macht den Tresen, du karrst das Zeug raus, und ich kümmere mich um die Mucke.«

Da schaute sie, die Lissi. Menschen mit einem Plan. Ohne etwas dazu zu sagen, nickte sie meine Idee ab und ging an einen Tisch, um die Bestellung aufzunehmen. Für einen Bruchteil einer Sekunde hatte ich das Gefühl, sie würde Einspruch erheben, weil ich auch sie zur Arbeit eingeteilt hatte.

Hans machte sich ausgezeichnet am Zapfhahn. Cocktails konnten wir sowieso nicht anbieten, weil die Hälfte der Spirituosen gefehlt hätte. Entweder hatte Lissi vergessen, zu bestellen oder zu bezahlen. Egal, wir hatten hauptsächlich ergebnisorientierte Gäste in der Bude, also war alles recht. Hans brachte seine Bierchen schon an den Mann. Lissi kam mit dem Bedienen fast nicht mehr hinterher. Hans schob mir ein Bier an das DJ-Pult.

»Na, ist doch super hier!«

»Hans, ernsthaft?«

»Na schau dich mal um!«

»Du, das hab ich vorhin schon und da war es noch hell. Das hat mir gereicht. Ich glaube, ich habe auch schon einen kleinen Ausschlag hier am Arm!«

»Spinner. Ich meine, könnte dir das nicht gefallen? Wir beide. Hier! Oder auf Ibiza. Einen Club. Jeden Abend Party, Drinks, Schnecken!«

»Nein. Nicht mein Fall. Nicht mehr!«

»Mach mal ein bisschen lauter, dass ein bisschen Stimmung in die Bude kommt.«

Ich gehorchte und drehte am Regler.

Stimmung wollte nicht so richtig aufkommen. Alle standen leicht wippend herum und hielten sich an ihren Gläsern fest. Wie damals auf den Kellerpartys, bevor die ersten blau waren. Beim Blick in die Runde fiel auf, dass alle so alt waren wie wir. Ein paar ein wenig älter. Vielleicht standen die ja nicht auf die Mucke, die ich hier spielte. Was kam in solchen Fällen zum Einsatz? Richtig. Schlager!

»Hans, jetzt pass mal auf, ich fackle hier gleich mal ein Kännchen Stimmung ab.«

»Na, da bin ich mal gespannt, Mister DJ. Bisher glimmt es hier drinnen nicht annähernd. Mir wird schon das Bier schal.«

Dummschwätzer. Ich suchte in den Playlists herum und wurde schnell fündig. Der Typ, der sonst auflegte, hatte meine bevorzugten Titel unter der Rubrik »Grufties« gespeichert. Der Blödmann. Der wusste nicht, wie man Stimmung machte.

*Sommerabend, über blühendem Land,*
*schon seit Mittag, stand ich am Straßenrand …*

Sieh einer an. Der Drews hatte es noch drauf.

»*Ein Bett im Kornfeld*? Seid ihr wahnsinnig?«, regte sich Lissi auf, während sie auf dem Tresen ein Tablett mit leeren Gläsern abstellte.

»Lissi, jetzt zeigen wir dir mal, wie man Stimmung macht.«

»Das ist ja schön, Herbert. Bitte mach mir hier nicht den Ballermann. Dagegen habe ich mich Zeit meines Lebens gewehrt.«

»Liebe Lissi, dann hast du dich bisher auch gegen Kohle gewehrt. Das ist es, was die Leute wollen. Daheim singt niemand zu dieser Musik. Aber hier, auf Malle, anonym … pass auf!«

Ich wartete die richtige Stelle ab und drehte die Regler nach unten. Alle in der Bar legten los.

»Ein Bett im Kornfeld, das ist immer frei …«

Lissi drehte sich um und stand mit offenem Mund da. Fassungslos. Entweder, weil sie sich gefreut hatte, dass ihre Bar aufgewacht war, oder weil ich Schuft ihr Baby entweiht hatte. Mit Jürgen Drews. Mir war das egal. Dem Hans sowieso. Der stand mittlerweile mit einem Bier bewaffnet auf dem Tresen und grölte am Lautesten mit. Für mich war klar, ich brauchte mehr Lieder dieser Kategorie und auch mehr Bier.

Die ersten Gäste forderten Sangria aus Eimern, dagegen sträubte sich die Lissi vehement. Die Gäste standen bis auf die Straße; es wurden mehr und mehr. Na bitte. Hans und ich hatten es drauf. Er schmiss die Flaschen umher und ich die Regler des Mischpults. Eifrig hielt ich cool den Kopfhörer nur an ein Ohr. Ich kannte das aus der Disko und aus dem Fernseher. Da standen die auch an den Turntables so herum. Und stets stellte ich mir dieselbe Frage. Warum hatte das Ding einen Bügel und zwei Muscheln, wenn man es nur an ein Ohr hielt? Vielleicht wegen der Frisur. In dem Fall schied Hans schon mal als DJ aus. Schließlich hatten wir ihm die Haare gemacht.

***

Als die Stimmung abzuflauen drohte, setzte ich meine Allzweckwaffe ein. Mickie Krause. *Finger im Po, Mexiko.* Man mochte es kaum glauben. Diese Texte kannten sie alle. Die Stimmung war wieder hergestellt und die Zeit vorangeschritten.

»Du, Hans!«, schrie ich zu ihm rüber.

»Hier bei der Arbeit?« Hans rauchte. Das tat er bloß ab 1,5 Promille.

»Du, unser Schiff liegt im Hafen und wartet auf uns. Meinst nicht, wir sollten aufbrechen.«

»Ach geh! Jetzt, wo es so schön ist!«

»Ja, ich finde es ja auch pfundig. Vielleicht suchen die ja schon nach uns. Ich weiß nicht, ob man da wieder irgendwann da sein muss. Auch wenn das Ding über Nacht im Hafen bleibt.«

»Das ist ja keine Jugendherberge.«

»Bist du dir da sicher!«

»Klar! Zu fünfzig Prozent!«

Hans hatte leicht einen im Tee. Ich war auch nicht mehr fahrtüchtig. Glücklicherweise stand unser Auto sicher in Genua. Oder auch nicht.

»Hans, magst nicht noch der Lissi ein wenig an die Backe hinschmusen, und wir verziehen uns!«

»Spielverderber. Na gut. Entlüfte du die Boxen, ich suche die Lissi.«

Ich entschied mich für einen meiner Lieblingstitel, wenn es um Schlager ging. Seit meiner Kindheit hatte er mich begleitet. Ich drehte die Regler auf und schon war wieder Stimmung in der Bude und Howard Carpendale in der Luft. *Samstag Nacht* ging immer. Auch an einem Mittwoch.

»Müsst ihr wirklich schon gehen?« Lissi formte einen Schmollmund und berührte mich an der Schulter, während sie den Kopf schief legte.

»Du, ja. Ich glaube, der Kapitän sucht schon nach uns.«

»Ach schade. Ich könnte euch zwei so gut gebrauchen. Das war ein Spitzenabend.«

»Sag ich doch. Jetzt wischst morgen einfach mal feucht durch den Laden und wiederholst das Ganze. Wirst schon sehen, das wird ein Geheimtipp.«

»Warum sollte ich wischen? Sieht ja danach sofort wieder gleich aus: Dann kann ich es auch gleich lassen.«

Ich war mir sicher, bereits ein kleines Bläschen im Mundwinkel zu spüren. Stichwort: Gläserschwamm.

Ich knallte schnell eine CD in den Player und ging auf die Straße.

Die ersten Urlauber torkelten schon über den Bürgersteig und Autos bahnten sich vorsichtig ihre Wege durch die stark mit Fußgänger besiedelten Straßen. Es gab sicherlich schönere Plätze auf der Insel. Hauptsache, der Hans war happy.

»Servus Lissi. Schön war es bei dir. Lass mal was hören und halt die Ohren steif!« Ich drückte sie an mich und bekam währenddessen etwas Heimweh nach meiner Anja.

»Servus, Herbie. Und sag mir schöne Grüße an dein Frauchen.«

»Sicher nicht. Trotzdem danke!«

Lissi lachte.

Hans kam auch aus der Bar und fand uns schnell.

Ich winkte kurz zu den Gästen vor der Bar, hielt ein Taxi an und stieg hinter dem Fahrer ein. Ein Blick zu Hans und Lissi zeigte, dass sie sich äußerst innig voneinander verabschiedeten. Ständig wieder riss er sich von ihr los. Zwei Schritte später hing sie schon wieder an ihm dran.

Ich bekundete dem Taxifahrer, zu warten.

Endlich hatte es Hans ins Auto geschafft. Das heißt, ich stieg nochmals aus und marschierte mit Hans um das Auto herum, weil er sich zuerst den Platz des Fahrers aussuchte. Der hatte etwas dagegen.

»Dios mio!«, stöhnte er.

Lissi steckte den Kopf durch das geöffnete Fenster, um Hans final abzuknutschen.

Der Fahrer startete sein Taxi.

»Por favor que estos dos señores lleguen al puerto a salvo. Muchas gracias!«, wies Lissi unseren Chauffeur an.

Der nickte und startete freudig sein Taxameter.

Wir fuhren los und Hans streckte seinen Kopf aus dem Taxi, um seiner Lissi zum Abschied zu winken. Wie ein kleiner Junge winkte er ihr so lange, bis sie nicht mehr zu sehen war. Hans und Lissi. Anscheinend eine »Never ending Story«!

»Und? Hat es dir gefallen heute?«

»Klar. Hast gesehen? Sie hat sich kaum verändert, die Lissi!«, meinte Hans und versuchte, sich deutlich zu artikulieren.

Also ich fand schon, dass sich die Lissi deutlich verändert hatte. Das mochte ich dem Hans aber nicht mitteilen. Erstens wollte ich keine Diskussion starten, und zweitens hatte er sowieso eine rosarote Brille auf.

»Könntest du dir das vorstellen? Mit der Lissi in dieser Bar?«

»Sofort!«, kam es wie aus der Pistole geschossen aus Hans' Mund. »Du etwa nicht?«

»Gott bewahre! Ich brauche mein geregeltes Leben. Vor fünfzehn Jahren, wenn du mich da gefragt hättest, wäre ich sicher dabei gewesen. Heute ist das nichts mehr für mich.«

»Nicht mehr in die Scheißarbeit, Strand am Morgen, ab Mittag Kaffee vor der Bar servieren, abends Party und Stimmung, danach mit der Lissi in die Wohnung ...«

»Genau. Das machst einen Monat lang, dann läuft da überhaupt nichts mehr in der Wohnung. Wetten?«

»Ach, ich glaube schon. Du siehst das alles zu spießig!«

»Und du redest schon genau so wie die Lissi!«

»Ja, die Lissi«, schwärmte Hans. »Ich glaube, die hat alles richtig gemacht.« Er schlief ein.

Ich fragte mich, ob er wirklich zu verblendet war, um zu erkennen, dass die liebe Lissi dort in ihrer Bar eigentlich vor sich hin vegetierte. Egal. Hans war erwachsen und die Lissi einfach die Eine für ihn. Und somit stand sie für alle Zeiten beim Hans auf einem Podest.

***

Es war kurz nach Mitternacht. Als wir am Haupteingang des Hafens ankamen, verließ Hans schlaftrunken das Taxi und setzte sich erst einmal auf eine kleine Bank vor dem Gebäude. Ich zahlte natürlich schon wieder. Ich packte Hans und ging mit ihm zum Schiff. Sogar die Hände hatte ich ihm desinfiziert.

Auf dem Weg zu unserem Bett trafen wir auf Carmen. Sie hätte uns beim Abendessen vermisst.

Hans meinte in seiner leicht alkoholisierten, charmanten Art: »Wir euch nicht!«

Carmen verzieh ihm diese Aussage, wenn wir alle am nächsten Morgen Yoga machen würden.

»Carmen, ihr wisst mittlerweile, dass wir von Yoga so viel Ahnung haben, wie ein Vegetarier vom Schlachten.«

»Susanne und ich schon, doch die vier anderen Mädels nicht. Jetzt kommt, das wird super. Außerdem macht es mit Männern doppelt so viel Spaß. Wir können euch ja was zeigen.«

Bevor Hans etwas darauf antworten konnte, schob ich ihn weiter.

Auf unserer Kabine taute er plötzlich wieder auf. Ich überließ ihn sich selbst mit seinen Gedanken, da ich todmüde war. Nicht einmal die Zähne hatte ich mir geputzt. Und das mochte was heißen.

# Der beschleunigte Opa

Am nächsten Morgen peitschte uns mein Wecker bereits um sechs Uhr aus dem Bett. Vor dem Einschlafen hatte ich ihn mit letzter Kraft scharf gemacht. Hans und ich wollten definitiv nicht in der bezaubernden Morgensonne an Deck wie die Affen herumturnen. Um nicht Gefahr zu laufen, am Ende durch minutenlanges Türklopfen zu kapitulieren, verließen wir unser dunkles Loch und enterten den Fitnessraum. Seit Reiseantritt waren wir dort nicht gewesen. Unseren Yogamädels war hier drinnen bestimmt viel zu viel Testosteron.

»Hier geht's ja schon ganz schön ab.«

»Stimmt, Herbie.«

»Du, sag bitte wieder ›Herbert‹! Du musst hier jetzt nicht die Lissi nachmachen.«

»Schau mal, was für Männer hier drinnen sind.«

»Na, ganz normale Männer halt. Wie du und ich.«

»Spinnst du? Wir senken gerade immens den Altersdurchschnitt hier.«

Hans hatte recht. Der Raum war voller Endfünfziger und Senioren.«

»Du, Hans, vielleicht ist das die senile Bettflucht, von der man ständig hört.«

»Nein, Herbert. Das liegt an etwas ganz anderem. Das sind alles Urlauber aus den Innenkabinen, das sage ich dir. Sieh dich mal um! Alles verglast. Von hier drinnen kannst du überall rausschauen wie ein Goldfisch.«

Hans und seine blöde Innenkabine! Direkt vor der Fensterfront waren drei Laufbänder aufgestellt. Wahrscheinlich, um auf hoher See das Gefühl zu haben, man könne über Wasser laufen. Auf dem mittleren Laufband trainierte ein älterer Herr. Er wirkte schon leicht apathisch. Hans und ich bestiegen die Bänder links und rechts neben ihm. Ich grüßte den Mann. Er nickte zurück.

Hans startete das Laufband und ging es gemächlich an.

Ich wäre nicht Herbert, wenn ich den Teil des Aufwärmens nicht sofort übersprungen hätte. Ich startete umgehend mit einem leichten Trab.

Als Hans das merkte, legte auch er ein bisschen Tempo drauf.

Der Opa zwischen uns drückte ebenfalls an der Geschwindigkeit herum und beschleunigte.

Hans machte Quatsch, drehte sich um hundertachtzig Grad und lief rückwärts. Der Depp.

Ich verstellte daraufhin den Neigungswinkel des Gerätes und hob die Lauffläche vorne an.

Hans drehte sich wieder um und verstellte auch sein Band.

Der Opa legte einen Zahn zu.

Mittlerweile hatten wir drei eine beachtliche Geschwindigkeit erreicht. Dabei war es nicht einmal 6.30 Uhr. Und ich nüchtern. Also nahrungstechnisch. Dass mein Alkoholspiegel im Blut schon gesunken war, wagte ich zu bezweifeln. Hans und ich rannten bereits auf dem Teil und Opa holte auf. Hätte man in diesem Moment bei allen drei Laufbändern den Stecker gezogen, wir wären geradewegs durch die Glasfront gepest.

»Ist das alles, was du drauf hast?«, rief ich zu Hans hinüber.

Damit hatte ich wohl den Opa zwischen uns abgelenkt.

Er glotzte mich an und im nächsten Moment war er weg. Das Laufband hatte ihn geradewegs nach hinten geschossen.

»Wo ist er hin?«, grölte Hans.

Glücklicherweise landete er auf dem Stapel Gymnastikmatten, die hinter uns aufgetürmt waren. Nicht auszudenken, wenn dort die ganzen Freihanteln gewesen wären. Wir eilten zu Hilfe.

»Na, jetzt ging es aber steil bergab!«, frotzelte ich, während wir ihn aus den Matten zogen. Er war ganz benommen, der Arme. Sein Stirnband war herunter gerutscht und verdeckte zur Hälfte seine Augen. Dementsprechend legte er den Kopf in den Nacken, während er uns anstierte.

Hans richtete das Ding.

»Na, ich glaube, das war eine Welle, die mich von dem Band geschupst hat«, sagte er und versuchte, seinen Trainingsanzug zu ordnen.

»Nein, das glaube ich nicht«, erklärte Hans. »Wir sind im Hafen. Das Schiff ist bombenfest verzurrt. Da bewegt sich nichts!«

Er ließ sich nicht beirren. Felsenfest war er davon überzeugt, dass die raue See schuld an diesem Unfall gewesen war.

»Bleiben Sie besser vom Laufband fern, wenn wir wieder auf See sind!«

Und da hieß es, Sport sei gesund.

Hans und ich machten uns an die Hanteln.

Ich dehnte mich vorsichtshalber ein wenig.

Hans legte sofort los. Er setzte sich breitbeinig auf eine Trainingsbank, um mit Konzentrations-Curls zu starten.

»Hans, mach langsam, sonst zerrst du dir was!«

»Dehn du dich lieber eine halbe Stunde! Hast du gewusst, dass die meisten Sportunfälle beim Dehnen passieren?«

»Was meinst, ob die Yogatanten schon unsere Tür eingetreten haben?«

»Das ist mir so was von ...« Hans hielt inne. »Jetzt schau dir das an!«

Hans zeigte auf einen Mitreisenden, der vor ihm in Hocke ging, um sich die Schnürsenkel zu binden. Dabei rutschte seine

Jogginghose Richtung Süden, was uns einen hervorragenden Blick auf dessen Vollmond bescherte.

***

»Nein, Herbert, ich kann das nicht. Jetzt ist es endgültig vorbei. Ich meine, ich hab's versucht.«

»Was ist vorbei?«

Hans legte die Hantel zurück. »Na, das alles hier. Das ist nichts für mich. Ich gehöre hier wirklich nicht her. Und du auch nicht.«

»Jetzt beruhige dich! Wir machen eine Woche Urlaub und sind nicht ausgewandert.«

»Das mag schon sein, Herbert, aber das Leben ist zu kurz. Ich meine, schau dich mal um hier! Das sind nicht wir. Hans und Herbert. Das mag ja sein, dass es hier mit der Freundin toll ist; bestimmt hättest du mit deiner Anja hier eine Fetzengaudi. Doch wir zwei? Hier? Auf diesem Dampfer? Nein.«

Hans wischte sich den Schweiß mit dem Handtuch vom Gesicht.

Ich fühlte mich in diesem Augenblick ein wenig überfordert.

»Mensch, Hans, wir können jetzt nicht heimfahren. Spinnst du?«

»Das will ich ja auch überhaupt nicht. Aber hier kann ich nicht länger bleiben. Um Mitternacht legt das Schiff hier ohne mich ab.«

»Und wo bist du zu dem Zeitpunkt?«, wollte ich wissen und schaute ihn gespannt an.

»Da stehe ich hinter dem Tresen von der Lissi und helfe ihr ein paar Tage, den Laden wieder auf Vordermann zu bringen.«

»Hans, ich zahle hier nicht für ein Luxusschiff und verbringe die restliche Zeit meines Urlaubs in Santa Bonanza in einer stinkigen Bar!«

»Erstens ist die Bar von der Lissi nicht stinkig, zweitens heißt der Ort nicht Santa Bonanza.«

»Na, so schwanzgesteuert, wie es dich dort hinzieht, sollte er lieber Santa Potenza heißen! Und die Bar ›Lissis Grotte der Lust‹.«

»Herbert, ich habe hier einiges mitgemacht. Jetzt kannst du mal was für mich tun!«

»Was hast du schon mitgemacht? Hier ist das reinste Paradies!«

»Du, ich war mit dir beim Friseur. Ich habe mit meinem besten Freund zusammen Prosecco geschlürft. Verdammt Herbert! Einmal hätte ich fast beim Trinken den kleinen Finger abgespreizt!« Hans redete sich in Rage.

Das veranlasste mich dazu, ruhiger zu werden. Mir war nicht klar, ob er mich nur auf den Arm nehmen wollte. Angesichts der Uhrzeit verwarf ich diesen Gedanken. Es war einfach zu früh für Blödeleien.

Plötzlich wurden die zwei Türen wie die eines Saloons aufgestoßen und sechs Frauen standen vor uns. Es waren Carmen und Susanne mit den vier anderen Damen. Wie geklont, allesamt in ihren Yogahosen und Stulpensocken, die Hände in die Hüften gesteckt.

»Also da habt ihr euch versteckt! Wir suchen euch schon überall.«

Hans und ich standen mit offenem Mund erschrocken da.

Auch die anderen Männer in der Muckibude ließen umgehend von ihren Geräten ab. Es lag eine Stimmung in der Luft, als hätte man den letzten Rückzugsort männlicher Lebewesen jäh entweiht.

Ich sah Hans an, er mich.

»Hans?«, flüsterte ich zu ihm.

»Ja, Herbert?« Auch Hans sprach jetzt sehr leise.

»Jetzt sehe ich es auch.«

»Was schlägst du vor?«

»Rückzug. Direkt durch sie hindurch.«

Wir nickten uns zustimmend zu, marschierten unerschrocken auf die Damen zu.

»Hey, gut schaut ihr aus. Wir dürfen mal?« Carmen schaute mich mit großen Augen an.

»Servus, Mädels«, begrüßte Hans die Meute. »Es ist jetzt gerade ganz schlecht. Uns pressiert es ganz stark. Wir sehen uns bestimmt nachher beim Frühstück. Tolle Socken!«

»Ja, wir haben einen dringenden Termin. Ihr kommt bestimmt ohne uns klar.«

Susanne wirkte etwas traurig. »Wir wollten euch ein wenig Yoga beibringen.«

»Du, Susi, das ist ganz lieb von euch«, versuchte ich, sie milde zu stimmen. »Wir sind momentan so überhaupt nicht in unserer Mitte, gell? Schaut, da drinnen sind ein Haufen Mannsbilder, die freuen sich bestimmt, wenn ihr an deren Chakra ein wenig rumschraubt.«

Sie ließen mit ihren Blicken umgehend von uns ab und fixierten die Männer, als wären es Antilopen an einem Wasserloch und sie eine Herde Löwinnen. Vorsichtig tasteten sie sich gemeinsam in den Fitnessraum hinein, und wir nutzten die Chance, uns schnell zu verziehen.

Kaum außer Sichtweite, rannten wir. Dabei gackerten wir wie zwei Zwölfjährige, die gerade an einem Hochhaus alle Klingelknöpfe gleichzeitig gedrückt hatten.

# Ausgecheckt

An unserem Zimmer angekommen, packten wir umgehend. Ohne die Klamotten schön zusammenzulegen, drückte ich alles so, wie es kam, in meinen Koffer.

Hans tat es mir gleich. Somit packte er auf die gleiche Art, wie eh und je.

»Ui, Hans, was sagen wir eigentlich an der Rezeption?«

»Was willst du da sagen?«

»Na, wir verlassen das Schiff und kommen nicht mehr zurück. Da müssen wir etwas sagen, meinst du nicht?«

»Ach woher. Wir haben schon alles bezahlt. Das ist denen schnuppe. Im Theater, wenn du Karten hast und nicht hingehst, fangen die ja auch mit der Vorstellung an. Oder meinst, die suchen nach dir?«

Hans' Erklärung war mir zwar suspekt, aber sie erschien mir plausibel. Somit machte ich mir keine weiteren Gedanken. Wir legten unserem Zimmerjungen Badrig einen Zehner aufs Bett, schon waren wir raus.

Dummerweise trafen wir auf das Yuppiepärchen. Ein Riesenschiff, gefühlte achtzig Decks, aber diese zwei Nasen mussten in diesem Moment unseren Weg kreuzen.

»Na, na! Das Tafelsilber bleibt aber hier!«, scherzte Mattis. »Wohin des Weges mit dem ganzen Gepäck? Ist eine Außenkabine mit einem Bullauge frei geworden?«

Hans verdrehte die Augen, Maike grinste mich an.

»Du, Matjes? Was ich dich fragen wollte, warum haben dich deine Eltern eigentlich nach einem Fisch benannt? Und warum nicht gleich Hering? Oder haben die das schon früh gewusst, dass du nie geschlechtsreif wirst?«

»Also erstens heiße ich Mattis, zweitens ...«

»Und zweitens interessiert es mich eigentlich gar nicht«, funkte Hans dazwischen. »Wir könnten ja noch weiter so miteinander quatschen, aber ich mag nicht. Servus Maike, hat mich gefreut. Du hast ja meine Nummer.«

Hans warf sich seine Tasche über die Schulter und ging weiter. Beinahe hätte er mit seinem Gepäck dem Mattis einen neuen Scheitel gezogen, wenn der nicht ausgewichen wäre.

Mattis war rot im Gesicht und schaute seine Maike böse an. Die wiederum blickte mit einem Achselzucken hilflos und nichtsahnend drein.

»Tja, die Seeluft, gell. Man sieht sich irgendwo am Catwalk, ihr zwei Hübschen«, ich folgte Hans.

Die zwei haben vielleicht dumm geschaut. Nur hatte ich das mit dem *geschlechtsreif* und dem *Hering* nicht so ganz verstanden. Fisch war eh nie mein Thema. Im Stillen wünschte ich mir, dass die Maike erkennen würde, was sie sich da für einen Dödel angelacht hatte. Was für eine Verschwendung!

Wir erreichten schnell das Deck, von dem wir das Schiff verlassen konnten. Ein nächster Gedanke überfiel mich.

»Und was sagen wir jetzt am Ausgang? Ich meine, mit vollem Gepäck fährt niemand an den Strand zum Baden.«

»Ach, das ist dem Security egal. Hauptsache, du desinfizierst dir schön deine Hände, wenn du wieder zurückkommst. Alles andere interessiert den nicht.«

Und so war es auch. Nicht mal komisch geschaut hatten die zwei am Ausgang, als wir mit unserem Gepäck das Schiff verließen.

Wehmütig drehte ich mich um und schaute mir die weiße Lady ganz genau an. Das sollte es jetzt gewesen sein? Vorbei mit dem Urlaub auf hoher See? Cocktails? Oktoberfest? Marseille hätte ich auch zu sehen bekommen. Das alles im Tausch gegen die stinkende Kneipe und die tätowierte Lissi? Mir kam Anja in den Sinn. Was sollte ich ihr erzählen? Die war ja schon sauer, dass wir die Lissi überhaupt besucht hatten. Und jetzt hatten wir vor, für zwei Nächte zu ihr zu ziehen?

»Jetzt komm! Trödel nicht so! Die Lissi wartet.«

»Die wartet nicht. Oder hast du ihr geschrieben, dass wir kommen?«

»Schmarrn. Dann wäre es keine Überraschung mehr.«

Wir stiegen in eines der Taxis. Hans zeigte dem Fahrer die Adresse von Lissi in seinem Handy. Los ging es. Verdammt. Ich war zu alt für das alles. Ich ging auf die Vierzig zu. Warum ließ ich mich ständig auf Hans' Marotten ein? Anscheinend war ich machtlos, mich ihm gegenüber durchzusetzen. Oder ich dürstete nach Abenteuer. Ich wusste es nicht. Dennoch war mir in diesem Augenblick nicht so ganz klar, ob ich gerade einen großen Scheiß machte oder spontan war. Wie auch immer, mich beschlich wegen Anja ein ganz böses Gefühl. Das konnte mir auch Hans mit seiner Aufgeregtheit nicht nehmen. Zumal er ja sowieso gefühlsresistent war, was Anja und mich betraf.

Ich stellte meine schlechten Gedanken zurück. Schließlich waren wir im Süden und das Wetter zu schön, um es nicht zu genießen. Wir drehten die hinteren Scheiben herunter, setzten unsere Sonnenbrillen auf und legten synchron die Ellenbogen aus dem Wagen. Wir rollten los.

»Auf nach Santa Potenza!«

***

»Was zum Teufel macht ihr hier?«, schnaubte Lissi schlaftrunken vom Balkon herunter, kurz nachdem wir geklingelt hatten.

»Überraschung!«, riefen wir beide zu ihr hoch.

Ich winkte ihr.

»Kommst runter, oder machst du uns auf?«

Lissi verschwand von ihrem Balkon. Der Türsummer ratterte; ich drückte die Haustür auf. Im Hausflur sah es genau so aus, wie ich es bereits befürchtet hatte. An der Wand neben der Treppe lehnten zwei kaputte Fahrräder, der Boden war sandig und dreckig, es miefte und auf der zweiten Treppenstufe stapelten sich alte Zeitungen. Wahrscheinlich aus der Zeit, als Jürgen Drews gerade erst zum König gekrönt worden war. Kabel hingen aus der Wand, natürlich nicht isoliert, und der Sicherungskasten hatte keine Türen mehr. Ach doch, eine lehnte unter dem Kasten an der Wand. Also, wenn das der Grund war, warum man unbedingt aus dem verregneten Deutschland auswandern sollte ...

»Total cool, oder?« Hans wirkte aufgeregt.

Total vernebelt war er, hatte gleich drei rosarote Brillen auf. Bemerkte er wirklich nicht, in welchen ärmlichen Verhältnissen seine große Jugendliebe hauste?

»Wollt ihr da unten Wurzeln schlagen oder kommt ihr auch mal hoch?« Lissi meldete sich und wir marschierten die Treppe hoch.

Ich hoffte inständig, dass uns oben ein kleines Schmuckstück an Mädchenwohnung erwartete.

Oben wurden wir von der Lissi begrüßt. Ich normal, Hans ein wenig intensiver. Lissi war noch nicht so ganz in den Tag gestartet. Wieder hatte sie nur ein Tangahöschen und ein T-Shirt an. Barfuß stapfte sie hin und her und nahm unser Gepäck ab.

»Jetzt erzählt mal! Habt ihr euer Schiff verpasst oder haben sie euch runtergeschmissen?«

»Weder noch. Wir erzählen es dir ja gleich. Hast vielleicht einen Kaffee für uns?«, bat Hans.

Lissi schlenderte zu ihrer Küchenzeile. Wenn man das so nennen konnte. Eigentlich waren dort nur ein Tisch, ein Kühlschrank und ein Herd mit vier Kochplatten, die man mit einem großen Deckel verschließen konnte. Auf dem Tisch stapelten sich alte Pizzaschachteln. Die Kaffeemaschine wirkte, als wäre sie nie entkalkt worden, geschweige denn gereinigt. Gut, dass für Kaffee das Wasser gekocht wurde.

»Nett hast du es hier«, log Hans, um das Gespräch ein wenig ins Rollen zu bringen.

»Hätte ich gewusst, dass ihr kommt, hätte ich natürlich ein wenig sauber gemacht.«

»Quatsch! Für uns doch nicht. Wir sind anderes gewöhnt, nicht wahr, Herbert?«

Ja, ich war anderes gewöhnt. Nicht einen Tag hatte es so in meiner Singlebude damals in Freising ausgeschaut. Nicht mal nach einer Party. Ich meine, man muss eine gewisse Grundsauberkeit haben. Es war ein Unterschied, ob es unordentlich oder dreckig war. Hier war es eindeutig dreckig.

»Wisst ihr, ich bin ja kaum hier in der Wohnung. Nur zum Schlafen. Tagsüber bin ich am Strand oder in meiner Bar. Zum Aufräumen habe ich keine Zeit.«

*Oder keine Lust*, dachte ich. Wenn ich in dieser Wohnung hätte wohnen müssen, wäre ich auch den ganzen Tag auf der Straße. Mir war schleierhaft, wie man sich so aufgeben konnte.

»Freust du dich gar nicht, dass wir wieder da sind? Hey, Party!« Hans hatte sich wohl eine stimmungsvollere Begrüßung erhofft.

»Klar, freue ich mich. Aber es ist so scheißfrüh!«

»Ach was!« Ich guckte auf meine Uhr. »Es ist schon … NEUN!«

Lissi verteilte die Tassen an uns und wir gingen auf den Balkon. Das heißt, Hans und sie gingen auf den Balkon. Damit war er nämlich voll. Um auch ein wenig mitzuspielen, stellte ich wenigstens einen Fuß nach draußen und schlürfte an meiner Tasse. Hans erzählte Lissi, dass er keinen Bock mehr gehabt hatte, auf dem Spießerboot umherzuschippern, dass alles so steif und bieder dort sei. Es war schon fast peinlich, wie er sich aufführte. Mit aller Gewalt wollte er cool wie ein Aussteiger wirken, um bei der Lissi zu punkten. Augenscheinlich ging seine Rechnung auch auf.

Lissi fühlte sich bestätigt, mit ihrer Art zu leben. Weg, vom Alltag, vom Spießertum, von den Lemmingen, die Tag für Tag ihren geregelten Tagesablauf hatten. Ein Sparbuch und eine Altersversorgung. Somit waren binnen kürzester Zeit an diesem Morgen alle zufrieden mit ihrem Dasein.

Nur ich nicht. Ich hatte ein flaues Gefühl im Magen. Und das lag nicht am Kaffee. Mir war nicht wohl bei dem Gedanken, einfach so das Schiff verlassen zu haben. Auch wegen Anja. Was sollte ich zu ihr sagen? Ich konnte ja nicht so tun, als würde ich mit dem Hans weiter auf dem Meer herumschippern. Hans und ich müssten unser Leben lang aufpassen, nicht das Falsche zu erzählen. Also musste ich mir eine Taktik überlegen, wie ich es der Anja erklären konnte, warum wir hier bei der Lissi waren.

Hans beteuerte Lissi, dass sie keinen Cent für uns aufbringen müsse. Schließlich würden wir für Kost und Logis bei ihr in der Bar arbeiten. Super! Davon wusste ich ja überhaupt nichts!

Lissi willigte ein, war dennoch alles andere als begeistert. Natürlich gab sie sich alle Mühe, sich das nicht anmerken zu lassen.

Selbst Hans bemerkte wohl, dass etwas nicht stimmte. Seine Fröhlichkeit wirkte aufgesetzter.

Lissi verschwand im Badezimmer.

Hans kam zu mir auf die Couch herüber. Ich suchte das Ladekabel für mein Handy im Koffer.

»Du sag mal, findest du auch, dass die Lissi irgendwie komisch ist?«

»Hans, was hast du erwartet? Zwei Nasen wie wir tauchen unverhofft früh am Morgen auf und verkünden freudig: ›Hallo, hier sind wir. Wir wohnen jetzt bei dir!‹«

»Also mich würde so etwas freuen.«

»Deshalb bist du ja auch der Hans und der Rest der Menschheit nicht. Verflucht, wo habe ich jetzt das Kabel?«

»Meinst, die hat einen Stecher?«

»Einen was?«

»Na, einen Freund. Und das will sie mir jetzt nicht sagen. Wegen der alten Zeiten und so, verstehst?«

»Nein, verstehe ich nicht. Warum sollte sie uns nichts von einem Freund erzählen? Meinst nicht, dass von dem hier irgendwas rumliegen würde?«

»Ich kann mich ja mal ein wenig umschauen!« Hans scannte die Bude ab.

»Ha! Viel Glück! Guck dich hier mal um! Ein Messie ist ein Scheißdreck dagegen.«

»Jetzt sei nicht so! Sie hat halt viel um die Ohren, die Lissi.«

»Was denn bitte schön? Irgendwann am Vormittag aufwachen, ein paar Getränke bestellen, danach an den Strand und irgendwann diese Rotzbude aufschließen, die sich Bar schimpft. Täglich bis in die Puppen hinter der Theke stehen und zwei Schachteln Kippen wegqualmen.«

Hans protestierte und wurde ein bisschen lauter.

»Jetzt werde nicht unfair! Du würdest dich das ja überhaupt nicht trauen, allein in ein fremdes Land gehen. Die Lissi ist zu bewundern. Und das, was du da beschreibst, so ist das nämlich bestimmt nicht, gell?«

»Hört auf, Jungs! Der Herbert hat schon recht. Genauso ist es!« Aufgrund der hitzigen Diskussion hatten wir nicht mitbekommen, dass die Lissi längst wieder im Zimmer war.

Hans erschrak, als er sich umdrehte.

Ich war, gelinde gesagt, ziemlich peinlich berührt. Die Hitze stieg mir ins Gesicht und ließ meine Visage brennen.

»Du, Lissi, das war jetzt nicht so …«

»Doch Herbert. Du hast das ziemlich genau getroffen. Nur hat das bisher niemand so klar ausgesprochen.«

Hans nahm einen Stapel Klamotten von einem Stuhl und setzte sich hin.

»Lissi! Du lebst deinen Traum«, versuchte Hans, die Situation zu retten.

»Tja, Jungs, so war es mal gedacht. Die Realität sieht ganz anders aus.«

»Bist du überhaupt nicht glücklich hier?«, wollte ich wissen, nachdem sich mein Gesicht wieder einigermaßen erholt hatte.

»Ach, was ist schon Glück? Sieht so für euch eine Wohnung von jemandem aus, der glücklich ist?«

Lissi redete. Hans und ich hörten aufmerksam zu.

Für mich gab sie im Grunde nichts Neues von sich. Genauso, wie Lissi ihre Geschichte erzählte, war es ständig zu lesen: Die meisten Auswanderer denken, sie hätten die Weisheit mit Löffeln gefressen. Kehren Deutschland den Rücken und sind sich ganz sicher, wir Daheimgebliebenen sind alle doof. Das Beste, was ich mal im Fernsehen gesehen hatte, war ein Pärchen, das nach Italien auswanderte. Ihre einzigartige Geschäftsidee hatten sie mit im Gepäck: Eine Eisdiele. In Italien. Dass da niemand vorher darauf gekommen war, war mir schleierhaft.

»Und warum bist du nicht einfach wieder zurück nach München?« Hans schlug einen ruhigeren Ton an.

»Ach, vielleicht, weil das damals alle erwartet hatten, als ich wegging. ›Du kommst eh bald wieder‹, hatten sie gesagt. Außerdem, was mache ich dort? Ich habe nichts gelernt!«

Lissi wollte nicht mehr über dieses Thema reden und schlug vor, dass wir zum Strand gingen. Es wären ja nur ein paar Meter.

Wir waren einverstanden. Klar, wir hätten zu jedem Vorschlag von Lissi in diesem Moment »JA« gesagt. Wir wollten ihr das Gefühl geben, dass sie uns etwas bieten konnte. Ob uns das gelang?

# Im Autoskooter zum Baumarkt

Der Strand war schon gut besucht. Jeder kannte jeden, und alle kannten Lissi. Die Ausgeflippte aus Deutschland mit den Ringen und Tattoos.

»Wie es scheint, kennen dich hier alle!«, wollte Hans seine Lissi hochleben lassen. »Warum, meinst du, läuft dein Laden nicht?«

»Na, weil die Einheimischen unter sich bleiben. Die sind nett, weil ich es bin. Denkst du, die sind scharf darauf, dass eine Ausländerin sich hier einnistet und ihnen die Touris wegschnappt? Was meinst du, was das am Anfang mit den Behörden für ein Kampf war? Jeden Abend war die Polizei in meiner Bar, weil angeblich die Musik zu laut war. Sie wollten ständig meine Schanklizenz sehen, die Arbeitserlaubnis ...«

Hans und ich hörten wieder aufmerksam zu und ich konnte mich einer gewissen Bewunderung dieser Frau gegenüber nicht mehr verschließen. Ich glaube nicht, dass ich das ausgesessen hätte. Der falsche Stolz ließ sie durchhalten. Alles war für die Lissi besser, als reumütig nach Hause zu kommen und sich den hämischen Kommentaren zu stellen.

Ich watete ins Wasser. Wenigstens die zweite Hälfte dieser Woche sollte sich ein wenig nach Urlaub anfühlen. Bisher war es ja drunter und drüber gegangen. Außerdem wollte ich den beiden Turteltauben ein wenig Zeit für sich geben. Ich schwamm weit hinaus und ließ mich von den sanften Wellen treiben. Ich fragte mich, warum bei der Anzahl der Urlauber Lissis Bar nicht lief. Vielleicht blieben die meisten wirklich in den Hotelanlagen. Somit hatte man mit einer Bar mitten in Santa Ponsa natürlich schlechte Karten.

Außer, man hübschte diese Spelunke ein wenig auf, damit auch andere Gäste den Weg zu Lissi finden würden. Von außen sah die Bar alles andere als einladend aus. Ich blickte Richtung Strand und beobachtete, wie Hans seine Lissi immer wieder anschmuste. Sie ließ es sich gefallen. Wahrscheinlich war ihre anfängliche Scham zwischenzeitlich verflogen und sie genoss einfach den Augenblick.

Ich überlegte, was ich Anja sagen sollte. Sie wusste, dass wir im Hafen waren und nicht auf hoher See. Das letzte Gespräch lief ja eher suboptimal. Umso wichtiger würde es sein, das nächste wieder in eine normale Bahn zu lenken.

***

Mein Kopf war zu voll mit Lissi und ihren Problemen. Der Frau musste geholfen werden. Was, wenn man einfach die Zeit zurückdrehen und einen Neustart wagen würde? Ich schwamm zurück zum Ufer.

»Hey, ihr zwei, hört mal her! Ich habe mir da mal Gedanken gemacht.«

Ich wurde nicht gehört. Anscheinend hatte sich Hans so fest an die Lissi gesaugt, dass in beiden Köpfen ein Vakuum entstanden war, welches die Ohren von innen verschloss.

»HALLO! Ich rede mit euch!«

»Ah, Herbert, du. Was gibt's?« Lissi wischte sich leicht verschämt den Mund ab.

»Was sagt ihr dazu, wenn wir das *Naranja* aufmöbeln? Ich meine, ein bisschen Farbe hier, ein wenig Staubwischen da.«

Hans und Lissi guckten sich an.

Er bekam einen freudigen Gesichtsausdruck.

»Das hört sich gut an, nicht wahr Lissi? Wir haben eh nichts Besseres vor. Und schaden kann es ja nicht. Oder was meinst du?«

»Ich meine, dass sich das super anhört. Ich kann das aber nicht bezahlen.«

Hans starrte mich an, ich nickte seine nicht gestellte Frage zustimmend ab.

»Das lass mal unsere Sorge sein! Wir zwei Spießer können uns schon zusammen einen Eimer Farbe leisten.«

Für diesen Satz erntete Hans einen Boxhieb auf den Oberarm, der sofort wieder mit einem Kuss verarztet wurde.

»Wir brauchen lediglich einen fahrbaren Untersatz und eine Wegbeschreibung zum nächsten Baumarkt«, entgegnete ich, zu allen Taten bereit.

»Mein Auto steht da vorne. Ist auf Reserve.«

»Also lass uns loslegen! Komm, auf geht's!« Hans zog die Lissi vom Handtuch hoch und warf mir einen Blick zu. Einen Blick mit der Aussage: »Gut gemacht, Kumpel!«

Ein alter Fiat 500. Meine Fresse! Wie, in Gottes Namen, sollten wir zwei ausgewachsene Burschen da hineinpassen? Diese Karre war eine bessere Gehhilfe.

Hans bestand darauf, zu fahren. Mir war das eh lieber. Ich war nicht erpicht darauf, derjenige zu sein, der am Ende etwas kaputt machte. Als wir endlich drinsaßen, war es fast unmöglich, die Türen zu schließen. Irgendwie schafften wir es. Dies hatte zur Folge, dass wir im Wageninneren Schulter an Schulter gepresst saßen. Ich kam mir vor wie im Autoskooter. Anschnallen war zwecklos und sogar unnütz.

Wir steuerten eine Tankstelle an. Glücklicherweise eine mit Service, und wir mussten nicht aussteigen. Bis Hans allerdings an seine Geldbörse gelangte, um durch das Fahrerfenster zu zahlen, dauerte es. Der Dödel verlangte: »Voll!«

Ich durfte jede Taxifahrt zahlen, und er mimte bei der Lissi den edlen Spender. Na, mir sollte es Recht sein. Solange er die Schüssel nicht generalüberholte und durch den TÜV brachte, war mir das egal.

»Schau, Herbert, da ist er schon, der Baumarkt. Meinst, die haben hier ein geschmeidiges Alpinweiß?«

»Du, wenn die Lissi da erst wieder einen Monat ihre Fluppen in der Bar gedampft hat, ist eh wieder alles grau. Ganz zu schweigen von den gefühlten tausend Kerzen!«

»Jetzt sei nicht so! Sie gibt sich halt Mühe im Rahmen ihrer Möglichkeiten!«

»Na, das lässt du sie besser nicht hören. Im Rahmen ihrer Möglichkeiten. Das ist ja total beleidigend. Ich würde einfach sagen, die gute Elisabeth ist ein wenig in ihren besten Jahren stehengeblieben.«

»Wie meinst jetzt das wieder?«, wollte Hans wissen, während er einzig mit dem Rückspiegel einparkte Zum Umdrehen war kein Platz. Dazu hätte ich aussteigen müssen.

»Hans, ich bitte dich! Kerzen auf einen Flaschenhals gesteckt. Das war schon out, da haben wir beide noch in die Windeln geschissen.«

Wir stiegen aus.

»Und, was schlägst du vor?«

»Uns wird schon was einfallen. Jetzt lass uns erst mal ein paar Sachen kaufen und wir sehen weiter. Aber Hans?«

»Ja?«

»Es müssen jetzt nicht die teuersten Sachen sein, gell?«

»Sag nicht ständig *gell*. Nur ich beende die Sätze mit *gell*!«

# Da war noch Strom drauf

Wir enterten den Laden und steuerten umgehend die Farben- und Pinselabteilung an. Hans warf Abdeckfolie und Klebeband in den Wagen. Schleifpapier, Reinigungsmittel, LED-Birnen.

»Hans? LED-Birnen?«

»Klar. So kann die Lissi bares Geld sparen!«

»Na, wenn du meinst!«

Hans bildete sich unbedingt ein, neue Sicherungen, Kabel und Isolierband kaufen zu müssen.

»Hans, du willst dich nicht ernsthaft an den Strom in der verhauten Bude trauen!«

»Ach, ein paar neue Kabel sind da schnell durchgezogen. Klebeband rum und fertig! So schwierig wird das schon nicht sein. Ist eh alles Aufputz!«

»Hans, das lassen wir mal schön einen Profi machen.«

»Ach was, der kommt erst wochenlang nicht und knöpft danach der Lissi einen Haufen Geld ab. Du hast ja gehört, wie die hier sind.«

Es war zwecklos. Er machte eh, was er wollte. Viel interessanter war, wie wir die ganzen Sachen in den Fiat bekamen.

Glücklicherweise hatte das Auto eine kleine Rückbank. Da diese schnell voll war, waren wir gezwungen, zu improvisieren. Hans startete die Karre. Beide Fenster unten, jeder von uns einen Farbeimer in der Hand. Außerhalb des Wagens.

Lissi war schon fleißig, als wir ankamen. Sie hatte bereits alle Stühle auf die Straße geräumt. Anscheinend hatten wir sie mit unserer Aufbruchsstimmung angesteckt. Sie rannte ums Auto herum und nahm uns die Eimer ab.

»Und? Seid ihr fündig geworden?« Lissi schaute auf die Rückbank. »Mensch, ihr seid ja wahnsinnig. So viel?«

»Na, mit weniger wird es nur halb so schön. Komm, wir tragen die Sachen rein und legen los. Zeit ist Geld«, trieb ich Lissi an.

Hans zapfte drei Bier, schmiss die Anlage an und schon war Stimmung in der Bude.

Während ich mit Lissi die Abdeckfolie auslegte, machte sich Hans an den Tresen. Mit einem Schleifschwamm bearbeitete er großflächig das Holz, als ob er in seinem Leben nie etwas anderes getan hätte.

Lissi staunte nicht schlecht. Es kam glatt mit jedem Schliff helles Holz zum Vorschein. Über Jahre hinweg war der Tresen mit Qualm und Spirituosen getränkt worden, sodass man eine Holzmaserung nur vage erahnen konnte. Die Kanten bearbeitete er mit einem feinen Schleifpapier.

Ich nahm einen Schluck vom nicht mehr ganz so kühlen Blonden und rührte die Farbe an. Als ich die gewünschte Konsistenz erreicht hatte, klatschte ich das reine Weiß an die Wände. Mit jeder Bahn wurde der Raum heller und freundlicher. Lissi wäre ein dunkles Rot oder ein Hauch von Terrakotta lieber gewesen, überließ uns aber die Entscheidung. Außerdem: Wer zahlt, schafft an.

Ich tauchte gerade meinen Farbroller in den Eimer, als ich Hans dabei beobachtete, wie er die große Lampe über dem Tresen abmontierte. Ich hatte zwar von Elektrik keine Ahnung, vermutete aber, dass es in dieser Bar alles gab, nur keine zwei getrennten Stromkreise. Die Musik lief. Konnte es wirklich sein, dass Hans an der Lampe herumfummelte, ohne die Sicherung herauszunehmen?

»Hans?«

Er hörte mich nicht.

»HANS?«

»JA?«

»HAST DU DIE SICHERUNG DRAUSSEN?«

»WAS?«

»OB DU DIE SICHERUNG …« Funkenflug, ein Knall, Rauch und mit einem Schlag war die Musik aus.

Hans zuckte kurz und fiel unkontrolliert vom Tresen. Plötzlich war alles finster, da die Bar ja kaum Fenster hatte.

Lissi stürmte erschrocken herein, und ich stand da, wie gelähmt.

»Was ist passiert?!«, kreischte sie hysterisch.

»HANS?«, ich lief zum Tresen. Dabei trat ich den Farbeimer um, weil ich durch das wenige Licht der Eingangstür bloß schemenhaft erkennen konnte, wo ich hintrat.

»HANS!«, rief ich abermals.

»Hoppla!«, hörte ich und erkannte eine Hand, die hinter dem Tresen auftauchte und sich daran festhielt. Eine zweite Hand und Hans' Kopf kamen zum Vorschein.

»Hans, bist du okay?«

»Das hat jetzt vielleicht fies gezogen! Leck mich am Arsch!«

»Sag mal spinnst du?«, fauchte ich ihn an. Ich war im leichten Schock. Der Dödel, was nicht alles hätte passieren können!

»Hans, ist alles in Ordnung mit dir? Was ist eigentlich geschehen?«, erkundigte sich Lissi, nachdem auch sie den Tresen erreicht hatte.

»Du, Lissi, da war Strom drauf!«

»Klar war da Strom drauf. Hallo? Licht, Musik? Was meinst, von woher dafür der Strom kommt? Aus einer 12-Volt-Batterie?«

»Huiuiui! Jetzt bin ich wach. So fühlt sich das also an. Du, das brauch ich nicht mehr. Ich habe auch so einen fiesen Geschmack im Mund!«

»Ja, du Depp. Das sind die Röstaromen!«

Langsam fing auch ich mich wieder und war einfach nur froh, dass dem großen Blonden nichts passiert war.

»Jetzt brauche ich erst einmal einen Schnaps. Lissi, geh, sei so nett und schenk mir mal was Hochprozentiges ein!«

Lissi verkroch sich hinter dem Tresen unter der Abdeckplane und suchte die Flaschen mit dem harten Zeug. Bei der geringen Lichtausbeute kein leichtes Unterfangen. Hans ging aus der Bar. Er schnappte sich einen Stuhl, der von Lissi bereits gereinigt war und setzte sich in den Schatten.

»Sag mal, Hans, tickst du eigentlich noch richtig?«

»Also das Schlagerl gerade hat meinen Takt ein bisserl aus der Bahn gebracht, aber geht schon wieder!«

»Du Depp hättest tot sein können.«

»Du, ich hätte schwören können, dass da kein Strom mehr drauf war!«

Lissi hatte für uns Drei einen Schnaps parat.

Nachdem wir auf Hans angestoßen hatten, schnappte ich mir eine Taschenlampe, um mir den Sicherungskasten näher anzusehen. Meine Befürchtung sollte wahr werden. So ziemlich alles, was sich in diesem alten, verstaubten Kasten befand, war komplett durchgebrannt.

Hans und Lissi kamen hinzu.

»Und? Wie schaut's aus?«

»Überhaupt nicht gut. Ich würde sagen: Exodus.«

»Du, Herbert, kein Problem. Ich zieh da schnell ein paar neue Kabel durch und das funzt wieder!«

»Du, mein Lieber, lässt schön deine Finger von dem Ding. Da muss ein Profi ran.«

»Und da haben wir jetzt ein Problem!« Lissi schaute besorgt drein. »Heute bekommen wir da keinen mehr. Vielleicht morgen.«

Hans tigerte auf und ab, blieb auf einmal stehen und schaute uns an wie damals Wickie, nach dem er sich ein paar Mal an der Nase gerieben hatte.

»Ich hab's. Lissi? Wie viele Verlängerungskabel hast du?«

Ich ahnte, was Hans vorhatte.

»Vergiss das ganz schnell wieder! Du legst hier nicht von Lissis Balkon den Strom in die Bar.«

»Aber ...«

»Nichts aber!«

»Hay un problema?« Wir drehten uns gleichzeitig um.

»Alejandro! Dich schickt der Himmel!« Lissi fiel dem Fremden um den Hals. »Darf ich vorstellen? Das ist Alejandro. Mein einziger Verbündeter auf der Insel. Was machst du hier?«

»Nach meiner Lissi schauen!« Er sprach hervorragendes Deutsch.

Hans blickte skeptisch drein. Sollte der Typ etwa ein Lover von der Lissi sein? Verhalten grüßte er den Neuankömmling zurück, als der ihm die Hand hinstreckte.

»Hola!«, begrüßte er uns.

Lissi erzählte uns, dass Alejandro der war, der ihr damals geholfen hatte, diese Bar zu eröffnen. Er selbst besäße in Berlin ein spanisches Restaurant und käme alle paar Monate nach Santa Ponsa, um seine Familie zu besuchen.

Hans war beruhigt, als er erkannte, dass es sich bei Alejandro nicht um einen Nebenbuhler handelte.

Wir erzählten ihm, was vorgefallen war.

»No hay problema!«, er zückte sein Telefon. Ja, es hatte so seine Vorteile, einen Einheimischen zu kennen.

***

Ein wenig später standen zwei Elektriker kopfschüttelnd vor dem Sicherungskasten. Wortlos starrten sie in das Ding hinein, blickten zu Hans, danach wieder verständnislos in den Kasten des Grauens. Wie es aussah, nahmen diese Elektriker das Debakel persönlich. Man hätte meinen können, Hans hätte einen Welpen getötet. Ich hielt es für besser, wenn wir aus deren Blickfeld verschwinden würden. Schließlich musste noch einiges gestrichen werden.

Nach drei Stunden waren wir mit den Wänden fertig, Lissi hatte die Möbel aufpoliert und die Jungs vom Strom hatten diesen wieder hergestellt. Sie fanden sich nach getaner Arbeit vor Hans ein und redeten auf Spanisch wie wild auf ihn ein.

Lissi schmunzelte, weil sie verstand, was die beiden von ihm wollten. Sinngemäß vermutete ich Folgendes: »Junge, fass niemals mehr in deinem Leben ein Kabel an!«

Es verstand sich von selbst, dass Alejandro und seine zwei Helfer für heute Abend eingeladen waren. Freudig sagten sie zu.

# Herbert kann das nicht

Es war fast 20.00 Uhr. Die Bar füllte sich. Dank Alejandro kamen auch ein paar Einheimische. Zumindest war seine Familie erschienen. Die beiden Elektriker waren gleich dageblieben und besiedelten die Bar ab dem Zeitpunkt, seit wir wieder Strom hatten. Alejandro hatte eine Karaoke-Anlage organisiert. Mir war nicht ganz klar, ob Karaoke nicht schon seit hundert Jahren out war. Einen Versuch war es allemal wert.

Hans war bereits wieder bei Lissi in der Bar, während ich mich in deren Wohnung umzog. Außerdem wollte ich mich kurz bei Anja melden.

»Schönborn?«

»Ja, Anja, ich bin es.«

»Ah, Herbert.«

Was war das bitteschön für eine Begrüßung? *Ah, Herbert.* Als hätte sie jemand anderen erwartet.

»Und, wie geht es dir?« Ich wollte absichtlich nicht auf den Streit des letzten Telefonats eingehen.

Was hätte ich auch sagen sollen? *Du übrigens, wir sind jetzt nicht mehr in Lissis Bar, wir wohnen jetzt bei ihr?* Gott bewahre!

»Ach, nicht sonderlich besser. Ich lasse mich jetzt gleich wieder von meinem Dad heimfahren. Meine Mutter nervt.«

»Warum nervt sie?«

»Sie meint es ja gut, aber es ist so anstrengend. Dauernd will sie mich bekochen und zum Arzt schleppen und Fieber messen. Dreimal am Tag fährt sie in die Apotheke und holt tausend Medikamente. Sag mal, wo bist du gerade? Was ist da so laut im Hintergrund?«

Mist! Was sollte ich nun wieder sagen?

»Ach hier an Bord ist eine Karaoke-Party. Nichts Besonderes.«

»Und das soll ich dir glauben? Wann legt das Schiff ab?«

»Um Mitternacht. Warum?«

»Ihr seid auf Mallorca und verbringt den Abend auf dem Schiff?«

»Klar. Warum auch nicht. Wir haben ja auch hier zu Abend gegessen.«

Zwischenzeitlich war die Lissi unter ihrem Balkon und rief wie irre nach mir.

»Und wer ist das? Warum ruft da eine Frau deinen Namen?«

»Ach, das ist eine vom Animationsteam. Die spielen hier Brettspiele und warten auf mich.« *Was für einen Scheiß erzählst du hier, Herbert?*

Ich ging auf den Balkon und versuchte, Lissi mit Gesten verständlich zu machen, dass sie ihre Klappe halten solle und ich gleich kommen würde. Gerade jetzt musste die rufen.

»Animationsteam. Brettspiele. Meinst du nicht, ihr seid an Land und auf den Brettern sind Stangen befestigt, an denen leichtbekleidete Damen rauf- und runterrutschen?«

»Ach, woher! Was soll ich in so einem Schuppen?«

»Ich meine ja nur. Bedenke, jedes dieser Mädchen hat Eltern, von denen es geliebt wird. Oder sogar schon Kinder.«

Anja musste auflegen, weil ihr Vater fahren wollte. Sie bat mich, sie kurz vor Mitternacht nochmals zu Hause anzurufen. Super. Ich musste also nüchtern bleiben und unbedingt das Handy laden.

Langsam hatte ich es satt, Anja ständig zu belügen. Wenn ich wirklich einen Grund hätte, ihr etwas zu verheimlichen, wären diese Lügereien wenigstens gerechtfertigt. In diesem Fall ging es mir ziemlich auf die Nerven. Der einzige Grund, warum die Stimmung zwischen Anja und mir ständig kippte, war Hans. Das musste sich ändern.

Weil Lissi schon wieder nach mir rief, stöpselte ich mein Handy an und ging rüber in die Bar.

»Da bist ja wieder, Mister DJ. Du, die Mucke legt sich nicht von alleine auf. Mach mal was Gescheites rein! Mit dem Karaokescheiß blute ich schon fast aus den Ohren.«

Hans tat gerade so, als wäre es seine Bar und ich würde für ihn arbeiten. Wie ein Irrer zapfte er ein Bier nach dem anderen und verursachte unnötig Stress. Ich vermutete, dass er auf diese Weise der Lissi imponieren wollte. Hans, der Held, der in letzter Sekunde auftauchte und der Lissi den Arsch rettete. Ich merkte, dass ich unterschwellig sauer auf ihn war. Dennoch hätte ich ihm in diesem Moment keinen plausiblen Grund dafür nennen können. Es waren Kleinigkeiten und jede für sich gesehen lapidar. In der Summe hatte sich aber ein bisschen was angestaut. Und das tat meiner Beziehung zu Anja derzeit überhaupt nicht gut.

»Ist es nicht toll, wie der Hans den Laden schmeißt? Wie gut, dass ihr gekommen seid!«

»Ach Lissi, das packst du schon, da bin ich mir ganz sicher.«

»Hat der Hans daheim eigentlich eine Freundin?« Lissi zündete sich eine Zigarette an. In der frisch gestrichenen Bar. Wohl ihre Art, danke zu sagen.

»Nein, hat er nicht. Kennst ja den Hans. Fest binden will der sich nicht.« Wir sahen beide zu Hans.

Der prostete uns zu und zapfte freudig weiter. Der Laden war brechend voll. Eigentlich hätte ich jetzt als bester Kumpel die beste Gelegenheit gehabt, Hans den Weg in Lissis Herz endgültig zu ebnen. Ich hätte ihr erzählen können, wie sehr er sie vermisst und dass er nur Augen für sie hatte. Dass er unbedingt hier nach Santa Potenza gewollt hatte, um sie wiederzusehen. Die Frau seines Lebens. Ich hatte keine Lust. Ich hatte es ihm einfach nicht gegönnt. Dabei fühlte ich mich mies und befreit gleichzeitig.

***

Es war nach 22 Uhr und die Stimmung drohte, abzuflauen. Das allerdings konnte ich nicht zulassen. Dabei ging es mir überhaupt nicht um Lissi oder ihre Bar. Nein! Ich war der DJ. Das erste Mal in meinem Leben. Ich wollte bestimmen, wann heute Schluss war. Das konnte ich nicht mit dem ganzen Salsa oder diesem Lounge-Quatsch. Es gab nur einen, der helfen konnte.

Ich suchte das Lied, drückte auf Play und zog die Regler bis zum Anschlag.

»Samstag Nacht, und du hast nur deine Lieder …«

Tja, da konnte man gerne drüber lachen, aber Howie rettete jede Party, auf der Damen jenseits der Vierzig waren. Und das war an diesem Abend mein Publikum. Ich lief zur Höchstform auf. Alle holte ich sie raus: Hubert Kah, Nena und den Lindenberg. Als erfolgreicher DJ verstand es sich natürlich von selbst, das Publikum einzubeziehen. Den Refrain überließ ich stets der alkoholisierten Meute.

»Hans, mach du schnell weiter! Ich rufe noch mal die Anja an. Es ist gleich elf.«

»Ach komm, die kannst du morgen auch anrufen. Du siehst ja, was hier los ist.«

»Mach es einfach!«, befahl ich und ließ Hans stehen. Wieder stellte er sein Anliegen über meines. Das konnte ich nicht mehr zulassen. Mir war definitiv meine Beziehung zu Anja wichtiger als Lissi und ihre Scheißbar, in die sie an diesem Abend sicherlich schon wieder eineinhalb Schachteln hineingedampft hatte.

***

Ich betrat Lissis Wohnung und knipste das Licht an. Es flackerte. Der Kühlschrank surrte. Daneben steckte mein Handy an der Dose. Ich wählte plus vier neun ... und hielt inne. Ich schaute mich um. Schmutziges Geschirr in der Spüle, überall Klamotten, klebrige Ränder von Tassen auf dem Tisch. Daneben ein Aschenbecher, der lange nicht mehr geleert worden war. Ein paar Kippen lagen schon daneben. Pizzakartons, Brösel und überall Wollmäuse. Man konnte sich überhaupt nicht bewegen, ohne dass die Dinger um einen herumtanzten.

»Sieht so dein Urlaub aus, Herbert«, fragte ich mich.

Mit zwanzig ... sofort. Aber heute? Ich drückte die rote Taste meines Handys, warf es samt Ladekabel in den Trolley und schloss den Reißverschluss. Ich zog den Griff heraus, schnappte mir meine Tasche und verließ die Wohnung.

An der Bar angekommen, parkte ich mein Gepäck vor der Tür und schritt zu Hans an den Tresen. Ich bat ihn, kurz mit rauszukommen.

»Hey, machst schon schlapp?«

»Nein, Hans. Ich kann und möchte das nicht. Das ist nicht meine Welt!«

»Du hast die Nena aufgelegt. Leg halt was anderes auf! Auswahl ist genug da.«

Lissi kam hinzu und stützte sich auf Hans' Schulter.

»Was ist denn los, Herbert? Du schaust so bedrückt aus«, sie trat am Boden ihre Zigarette aus, während sie den letzten Zug in den Himmel pustete.

»Leute, ich verlasse euch jetzt!«

Hans glotzte mich mit großen Augen an und Lissi ihn.

»Wie! Du haust ab oder was?«

»Ja. Auf mich wartet ein Schiff, mit dem fahre ich jetzt heim.«

Hans war sprachlos.

Damit hatte er nicht gerechnet. Wie auch? Ich selbst hatte ja bis vor fünf Minuten nicht gewusst, dass für mich das Abenteuer hier endete.

»Was ist mit uns? Hans und Herbert? Gaudi, Stimmung?«

»Das hat jetzt alles mal Pause. Lasst euch durch mich nicht die Stimmung verderben! Guck, der Alejandro nutzt schon die Gunst der Stunde und hat deinen Zapfhahn eingenommen.«

»Und wie kommst von Genua wieder heim?«

»Na mit dem Zug. Kannst mir auch die Autoschlüssel vom Volvo geben. Vielleicht ist er nicht geklaut?«

»Versuch dein Glück!« Hans kramte in seiner Hosentasche und nahm den Autoschlüssel vom Bund. »Hier. Du haust jetzt echt ab, oder?«

»Jepp! Du, und gib mir deine Bordkarte vom Schiff. Ich glaube, es ist wirklich besser, wenn die dich da ordentlich ausbuchen. Nicht, dass die dich am Ende suchen.«

»Das wäre ja nicht so schlimm«, meinte Hans. »Schlimmer wäre es, wenn sie mich finden und ich müsste da wieder drauf!«

Wir lachten. Das war gut. Es erleichterte mir meinen Schritt und hob die Stimmung etwas.

Lissi stoppte ein Taxi, ging zu mir her und drückte mich.

»Dank dir für alles, Herbert. Bist echt in Ordnung und derselbe Spinner wie damals.«

»Gern geschehen, Lissi. Pass du mir auf den Hans auf! Dass er mir ja den Strom in Ruhe lässt. Nicht, dass mit einem Schlag die ganze Insel dunkel ist!«

Sie lachte kurz und ließ Hans und mich allein. Bevor sie verschwand, streifte sie kurz seinen Arm und ging in die Bar zurück.

»Zwischen uns beiden ist alles klar, oder?«, fragte mich Hans mit besorgter Miene.

»Freilich, Hans. Das hier ist einfach nicht mehr meine Welt.«

»Spießer!«

»Jetzt komm her, Großer!« Ich drückte ihn.

Nur kurz. Wie man es unter Männern so macht. Heranziehen, kurz zweimal von hinten auf den Rücken geklopft und schnell wieder auseinander. Damit keine Gerüchte aufkommen.

»Mach, dass du das mit der Lissi klärst!«

»Ja, schaut gut aus.«

»Du fliegst nicht wirklich am Sonntag heim, damit du am Montag wieder in der Arbeit bist, oder?«

»Mal abwarten!«, er grinste.

Ich stieg in das Taxi; der Fahrer warf mein Gepäck in den Kofferraum. Als wir losfuhren, winkte ich aus dem offenen Fenster nach hinten.

Hans tat es mir gleich und verschwand wieder in Lissis Bar.

Ich fühlte mich gut!

***

Blick auf die Uhr. Scheiße! Überhaupt nicht gut!

»VAMOS, VAMOS!«, rief ich nach vorne zum Taxifahrer. »PUERTO!« Verdammt, was bedeutete Mitternacht? »MEDIANOCHE!« Er verstand und gab Gas. Eigentlich sollte man eine halbe Stunde vor Abfahrt an Bord sein. Das wurde knapp. Ich drückte zur Sicherheit dem Fahrer schon einmal vorab fünfzig Euro in die Hand und signalisierte, dass dies so passen würde.

Er gab sich alle Mühe, pünktlich am Hafen anzukommen.

Ich ließ während der Fahrt mein Fenster unten. Die warme Luft strudelte durch den Wagen und beruhigte mich.

Wir näherten uns dem Hafen und mein Fahrer fuhr mich mit einem Affenzahn direkt vor die Eingangshalle. Mein Schiff war noch da. Ich schmiss die Tür auf und holte selbst mein Gepäck aus dem Kofferraum.

»BUENA SUERTE!«, rief er mir hinterher.

»GRACIAS!«

Ich schulterte die Tasche und zog meinen Trolley hinterher. Da ich sehr schnell lief, hatte er nur zeitweise Bodenkontakt. Ich lief die Rolltreppe hinauf. Das Sicherheitspersonal in der Abfertigungshalle checkte kurz meinen Bordausweis und wies mich durch. Zwei Kurven und ich hatte es geschafft. Die Treppe wurde schon entsichert und die Sicherheitscrew machte sich daran, das Schiff zu verschließen.

»Stopp! Ich muss mit!« Sie hörten mich.

Ich bremste am Eingang ab, desinfizierte mir andächtig die Hände und warf mein Gepäck auf das Röntgengerät. Der Mann von der Security scannte meine Bordkarte ab und verglich meine Visage mit dem Foto auf seinem Bildschirm.

Geschafft! Auf meinem Weg zu meiner Kabine machte ich einen Umweg über die Rezeption. Schließlich wollte ich Hans abmelden. In gebrochenem Deutsch ließ ich eine kleine Standpauke über mich ergehen, da dies normalerweise die Aufgabe von Hans gewesen sei. Schließlich konnte nicht einfach jeder dahergelaufene Urlauber einen anderen vom Schiff abmelden. Ich konnte sie glücklicherweise davon überzeugen, dass es einen unvorhersehbaren Notfall gegeben und Hans nicht die Möglichkeit gehabt hätte, sich selbst abzumelden. Schnell unterschrieb ich einen Wisch und Hans war von Bord.

Da das Schiff gerade erst ablegte, nutzte ich die Gelegenheit, um mich bei Anja zu melden. Zehn bis zwanzig Minuten würde ich bestimmt telefonieren können. Ich betrat meine Kabine, stellte mein Gepäck ab und schmiss mich aufs Bett.

Anja war sofort dran. Ich hatte keine Lust mehr auf Geschichten und Ausflüchte. Frei von der Leber erzählte ich Anja, was in den letzten zwei Tagen vorgefallen war. Erst reagierte sie ein wenig ärgerlich. Am Ende war sie froh, dass ich wieder an Bord war und nicht volltrunken unter dem Tresen in Lissis Bar lag. Das schaffte wenigstens wieder ein wenig Vertrauen; mir ging es in diesem Augenblick so richtig gut. Wir verabschiedeten uns, bevor das Handynetz zu schwach wurde.

Ich räumte meine Sachen wieder in den Schrank, duschte, putzte mir die Zähne und ging in die Falle.

Tausend Gedanken schossen mir durch den Kopf und hinderten mich am Einschlafen, als ich das Licht löschte.

Heute war ein Wendepunkt in meinem Leben. Ich musste erst fast vierzig werden, um zu erkennen, dass ich nicht Hans' Leben führen konnte. All die Jahre hatte ich zu ihm aufgesehen, wollte sein wie er. Hans, der Partyhengst, der Aufreißer, der, den niemand dumm anmachte. Heute wurde ich eines Besseren belehrt. Ich hatte mich weiterentwickelt. Mein Weg war ein anderer. Ich war nicht der Typ, der mit Ende Dreißig von einer Party zur nächsten jagte. Ich wollte meinen Hafen. Und den hatte ich längst daheim. In Schwabing. Zweiter Stock, ohne Aufzug.

# Retter in der Not

Marseille!

Das war der erste Gedanke, den ich an diesem Tag hatte. Nein, stimmt nicht ganz. Ich fragte mich, wie spät es wohl sei. Zu dumm. Kabine ohne Fenster. Ich musste an Hans und seine doofen Sprüche denken. Natürlich hatte er recht. Sollte ich jemals wieder eine Kreuzfahrt antreten, niemals würde ich eine Innenkabine nehmen. Andererseits vertrödelte man auf seinem Zimmer nicht allzu viel Zeit. Es zog mich förmlich nach draußen. So auch an diesem Morgen. Ich freute mich auf ein ausgiebiges Frühstück. So gerne ich an die Zeit mit Hans an Bord zurückdachte, alleine war es auch ganz schön. Besonders nach den letzten Tagen. Ich müsste lügen, wenn ich behaupten würde, es wäre bis jetzt langweilig gewesen. Es war eindeutig zu viel. Mit Urlaub hatte diese Reise bisher ziemlich wenig zu tun gehabt. Umso mehr freute ich mich darauf, mich heute ganz alleine an Land zu begeben. Marseille! Wie ich hörte, nach Paris die zweitgrößte Stadt Frankreichs. Ich konnte kein Wort Französisch. Außer »mon cheri« vielleicht. Oder »adieu« und »merci«. Irgendwie würde ich schon durch die Stadt kommen.

Es war kurz nach sieben, als ich zum Frühstück ging. Glücklicherweise hatten die Yogadamen aufgegeben. Nicht auszudenken, wenn die an diesem Morgen wieder um kurz nach sechs auf der Matte gestanden hätten.

***

Da der Frühstückssaal um diese Zeit dünn besiedelt war, hatte ich keine Probleme, einen der begehrten Fensterplätze zu ergattern. Immerhin würden wir bald Land sehen und den Hafen erreichen. Das war schon Luxus, sich beim Anlegemanöver ein Tässchen Kaffee einzugießen.

Ich strich mir gerade Erdbeermarmelade auf meine Semmel, als ich von hinten an meiner Schulter berührt wurde. Ich zuckte zusammen. Mein erster Gedanke war, dass mich die Yogatruppe gefunden hatte. Ich blickte über meine Schulter und war erleichtert. Es war Frau Krüger. Die Tanzoma vom Tisch im Speisesaal. Ohne Turnsäckchen und Opi.

»Hallo, Herr Neumann!«, begrüßte sie mich und trat neben mich.

»Ach Frau Krüger, für Sie immer noch Herbert. Guten Morgen!«

»Wir vermissen Sie und Ihren Partner beim Abendessen!«

Wäre es unhöflich gewesen, wenn ich einfach gesagt hätte: *Ich euch alle nicht!* Anscheinend dachte sie nach wie vor, Hans und ich wären ein Paar und stünden kurz vor unserem Coming out.

»Ach, Sie haben doch den Mattis.«

»Der ist so komisch und lacht ja überhaupt nicht. Aber Ihr Partner. Wo ist er eigentlich?«

»Der musste in Palma von Bord.«

»Ach, haben Sie sich gestritten? Das vergeht. Da machen Sie sich mal keine Sorgen! Das kommt in den besten Ehen vor.«

Ich ließ sie in dem Glauben, da es mir, ehrlich gesagt, total egal war, was sie dachte. Nach dieser Reise würde ich die ganze Bagage sowieso nie wiedersehen.

»Wo ist denn Ihr Mann?«, lenkte ich das Gespräch in eine andere Richtung.

»Ja, deswegen bin ich hier. Ich habe Sie nämlich gesucht.«

»Tja, da bin ich. Um was geht es?« Ich zog den Stuhl neben mir zur Seite und bot Frau Krüger einen Platz an.

Sie dankte und setzte sich.

»Ach, dumme Geschichte! Mein Mann stieg heute Morgen auf einen Stuhl, um das Schutzgitter der Klimaanlage abzumontieren. Wissen Sie, das klappert schon, seit wir an Bord sind. Als ich aus dem Bad kam, knallte ich mit der Tür gegen den Stuhl, auf dem er stand, und schon war es passiert.«

»Was ist passiert, Frau Krüger?«

»Na, er ist heruntergefallen und hat sich das Bein verstaucht. Und heute Abend ist ja die Tanzgala.«

»Sie haben in Ihrem Leben schon so viel getanzt. Er soll sich einfach ein paar Tage Ruhe gönnen, dann wird das schon wieder.«

Verdammt, ich wollte frühstücken! Was musste der auch auf den Stühlen herumklettern.

»Gerade das ist das Problem!« Frau Krüger wirkte verzweifelt. »Die Reederei hat uns ja engagiert, damit wir die Gala heute Abend eröffnen. Wir waren ja schließlich einmal Deutsche Meister im Paartanz, mein Mann und ich.«

»Sagen Sie einfach ab!«

»In dem Fall begehen wir Vertragsbruch. Schließlich sind Kost und Logis frei. Durch diesen Auftritt heute Abend sind wir überhaupt erst zu dieser Reise gekommen. Wir könnten uns das niemals leisten.«

»Sie sind doch bestimmt gegen solche Dinge versichert, oder?«

Ja, da kam er wieder durch. Der Spießer in mir. Das war mein erster Gedanke. Eine Versicherung. Dabei hatten Anja und ich uns selbst die gespart für diesen Urlaub.

»Ach, die Versicherung ist viel zu teuer. Wir haben nur eine kleine Rente!«

»Und jetzt?«, stellte ich die Frage in den Raum, der sich zunehmend füllte.

»Wie wäre es, wenn Sie mit mir …«

»Auf keinen Fall! Haben Sie mich nicht vor ein paar Tagen gesehen? Ich hätte beinahe die Susanne von unserem Tisch getötet. Tanzen? Ich? Wirklich nicht. Ich meine, ich hab's probiert.«

»Das würden wir heute schon hinkriegen, mein Mann und ich. Immerhin hatten wir eine Tanzschule in …«

»Heilbronn. Ich weiß. Dennoch Frau Krüger. Ich muss da leider passen. Außerdem wollte ich nach Marseille. Der Mattis, der kann bestimmt tanzen.«

»Ach der! Der hat doch keine Seele. Wissen Sie, Herbert, in meinem Alter da erkennt man das ganz gut! Außerdem geht es um Tango.«

Super! Ich scheiterte ja schon am Discofox. Selbst beim Stehblues kam ich aus dem Rhythmus. Und auf einmal sollte es Tango sein? Nie im Leben. Ein Hosentürschieber? Gerne. Aber Tango?

»Frau Krüger …«

»Mechthild.«

»Mechthild, so gerne ich auch helfen würde, mit mir würden Sie keinen guten Stich machen.«

»Bitte! Sie sind unsere letzte Chance!«

Sie guckte mich mit glänzenden Augen an. So fies. Was hätte ich da machen sollen?

»Na gut, Mechthild. Ich kann Ihnen nichts versprechen. Auf Ihre Verantwortung.«

»Ach, Herbert, Sie sind ein Schatz. Das muss ich gleich meinem Mann erzählen.«

»Wann soll es losgehen?«

»Am besten verlieren wir keine Zeit. Wir treffen uns in einer Stunde im Flamingo Saal. Dort findet heute Abend nämlich die Gala statt. Ziehen Sie sich flotte Schuhe an.«

»Sicher.«

Und schon war sie weg. *Goodbye, Marseille*, dachte ich mir, während ich draußen den Hafen erblickte. Die Provence war greifbar nah. Super. Die letzte Gelegenheit, den Urlaub halbwegs zu retten, und ich würde im Hafen von Marseille in einem dunklen Tanzsaal herumstolpern. Hans hätte seine wahre Freude mit dieser Situation gehabt. Der hätte sofort zugesagt.

Ich trank aus und schlich zurück in meine Kabine, um Anja anzurufen. Blick aufs Display, drei Balken. Schau an, die Franzosen konnten sogar beim Schwimmen außerhalb des Bojenbereichs telefonieren!

Als ich ihr von meinem Vorhaben erzählte, bekam sie fast einen Lachanfall. Dies trug nicht sonderlich zur Stärkung meines Egos bei. Ehrlich gesagt, war ich leicht angepisst. Eine Freundin sollte dafür da sein, um ihrem Partner Mut zuzusprechen. Stattdessen nahm sie mir den letzten Funken Selbstbewusstsein. Bevor ich protestieren konnte, beendete Anja schnell das Gespräch, da sie einen Arzttermin hatte.

Eigentlich hätte ich mir dieses Gespräch sparen können.

# Es muss immer Tango sein

Die Krügers waren bereits im Flamingo Saal. Ich war alles andere als erfreut, als ich die Räumlichkeiten betrat. Die ersten Gäste verschwanden in Richtung Ausgang, um sich in Marseille einen schönen Tag zu machen. Ich Dödel machte mich währenddessen auf, um für den restlichen Tag über ein Tanzparkett zu hopsen.

»Na Herr Krüger, Sie machen ja Sachen!«

»Sagen Sie ruhig Clemens. Die verdammte Klima. Nichts funktioniert in der Kabine.«

»Clemens, ich habe dir schon tausendmal gesagt, dass du in deinem Alter nicht auf einen Stuhl steigen sollst.« Seine Frau nutzte die Gelegenheit, um abermals zu schimpfen.

Ich war mir sicher, dass er diesen Satz seit heute Morgen schon zehnmal gehört hatte. Da er kaum eine Regung seiner Mechthild gegenüber zeigte, nahm ich an, er schaltete auf Durchzug. Große Ohren dafür hatte er ja. *Ob auch meine Ohren im Alter größer werden würden?*

»Jetzt lasst uns keine Zeit verlieren! Wir haben viel vor«, trieb Clemens uns an, während er sich einen Stuhl zurecht schob, um sein Bein darauf zu parken.

»Herbert, können Sie denn so überhaupt nicht tanzen?«, fragte mich Mechthild.

»Wie gesagt, mein Handicap beim Tanzen sind definitiv meine Beine.«

»Alle beide?«

»Ich befürchte. Wenn nur eines schlecht wäre, würde das die Lage ja auch nicht verbessern, oder?«

»Hm!«

»Wann hatten Sie ihren letzten Tanzkurs?«, wollte Clemens wissen.

»Während der Schulzeit.«

»Und da ist nichts hängengeblieben?«

»Klar. Die Gewissheit, dass ich nicht tanzen kann.«

Clemens und Mechthild sahen sich fragend an, dann wieder mich, zu guter Letzt meine Beine. Sie fixierten dermaßen meine Haxen, dass ich befürchtete, sie überlegten ernsthaft, mir die Dinger auszuwechseln.

»Muss es gleich Tango sein?«, wagte ich einen zaghaften Versuch.

Die beiden ließen mit ihren Blicken von meinen Beinen ab, schauten sich an und fingen gleichzeitig an, zu lachen.

»Ach Jungchen!« Mechthild ging näher an mich heran, als wolle sie mir ein Geheimnis verraten. »Es muss immer Tango sein!«

Er unterstrich den Satz seiner Frau mit einem Kopfnicken.

»So, fangen wir am besten einmal mit dem Grundschritt an. Ich tanze Ihnen das Ganze vor, danach probieren wir es gemeinsam.«

Mechthild breitete ihre Arme aus und dachte sich einen imaginären Tanzpartner.

Clemens zählte ein und brummte einen Tango. Dabei wippte er freudig mit seinem verletzten Fuß auf dem Stuhl umher.

Mechthild wartete auf ihren Einsatz und tanzte los.

»Sehen Sie, Herbert, das ist Ihr Grundschritt. Eins, zwei, Wiegeschritt, rück, seit und Schluss. Gesehen?«

Nichts hatte ich gesehen, weil ich zu sehr davon abgelenkt war, wie Clemens voller Elan die Kapelle ersetzte.

»Herbert?«

»Ja, gesehen. Eins, zwei, wiegen.«

»Jetzt probieren wir es gemeinsam.«

Mechthild und ich brachten uns in Stellung. Sie korrigierte meine Körperhaltung und zog mich an sich heran. So viel Nähe war ich eigentlich allein von meiner Anja gewohnt. Als sie mich nach ihren Wünschen ausgerichtet hatte, sah sie ihren Clemens an. Der wusste sofort Bescheid und zählte los. Es kam sein Einsatz.

»Brömm Pöm Pöm Pöm, da di da da daa, Brömm Pöm Pöm Pöm ...«

Für meine Ohren hörte sich das eher nach Marsch an.

Mechthild zählte laut mit ein und ging einfach nach hinten weg, während ich wie angewurzelt auf der Stelle stand und Clemens' Mund fixierte.

»Na, Sie müssen schon mitgehen, Herbert. Brömm Pöm Pöm ...«, wies Clemens mich an.

»Ach so, ja sorry, mein Fehler. Noch mal von vorne.«

Ausgangsposition, auf Clemens warten und ... Hey, das war gar nicht so schwer.

»Au! Herbert, jetzt sind Sie mir auf den Fuß getreten. Wir stehen leicht versetzt, damit das nicht passiert. Außerdem gehen wir nicht endlos in eine Richtung, sonst sind wir nach zehn Sekunden heute Abend aus dem Saal raus. Auf drei startet der Wiegeschritt, auf sechs gehen Sie rückwärts.«

Das war mir stets ein Rätsel, wie Tanzlehrer das hinbekamen. Man könnte sie mitten in der Nacht aufwecken. Aus dem Stand können die sowohl den Männerschritt als auch den der Damen. Einfach so.

Wir fingen von Neuem an; ich versuchte, mich auf Mechthild zu konzentrieren.

Sie zerrte an mir herum, um mir die Richtung vorzugeben. So, als wäre ich ein Gaul und sie hätte die Zügel in der Hand.

»Heute Abend müssen Sie führen, Herbert!«

Genau! Gebt dem die Führung, der am wenigsten Ahnung hat. Deshalb tanzten wahrscheinlich Männer so ungerne. Ich hatte es gerne gemütlich. Anja beriet mich stets bei meiner Klamottenwahl, sie entschied meist, was wir kochten und legte fest, wann wir ins Kino gingen. Sogar um die Kartenreservierung kümmerte sie sich. Und auf einmal sollte ich auf Knopfdruck die Führung übernehmen? Verkehrte Welt. Kein Wunder, dass das nicht klappte.

Eine halbe Stunde später saß wenigstens schon mal der Grundschritt und ich war begeistert. Vielleicht war ja doch Zeit für Marseille. Da hatte ich die Rechnung ohne meine zwei Tanzbären gemacht. Die beiden hatten nämlich vor, aus mir innerhalb von wenigen Stunden einen argentinischen Hengst zu formen, der am selben Abend selbstbewusst seine Tanzpartnerin über das Parkett ziehen und den Zuschauerinnen im Saal lüsterne Blicke zuwerfen würde. Nebenbei sollte ich sicherlich mit meinen Nüstern schnauben. Angst loderte in mir auf, als ich überlegte, ob es beim Tango auch Hebefiguren gab.

Eins, zwei, Wiegeschritt, rück und Schluss. Das saß schon mal; ich bat um eine kleine Pause. Während mir der Ober ein Wasser brachte, tupfte ich meine Stirn ab und setzte mich zu Clemens.

»Also Clemens, seien Sie mir nicht böse, mehr ist nicht drin.«

»Ach, Sie werden doch jetzt nicht aufgeben. Wir haben es bisher mit jedem Patienten geschafft, nicht wahr, Mechthild?«

»Mit jedem!«, bestätigte sie und richtete sich ihr Kleid.

»Ich habe wirklich zwei linke Füße. Da können Sie gerne meine Freundin fragen!«

»Ach, eine Freundin haben Sie auch! Weiß ihr Hans das?«

Jetzt ging das schon wieder los. Wie am ersten Abend. Sie dachte wirklich, ich wäre mit Hans liiert.

»Nein, Mechthild, ich habe nur eine Freundin und Hans ist mein bester Freund.«

»Ach, das muss einem ja gesagt werden. Wo steckt der eigentlich?«

»Lange Geschichte.«

»Lirum Larum, zurück zum Tango! Herbert, Sie müssen den Tango in sich spüren. Er steckt voller Leidenschaft. Lassen Sie den Rhythmus in sich hinein, wehren Sie sich nicht! Und glauben Sie mir Herbert, der Tango ist alles andere als steif. Immerhin wurde er im Rotlichtmilieu in Argentinien geboren. Und nicht irgendwo in England bei Hofe. Tango ist der erotischste Tanz, den es auf der Welt gibt. Er steckt voller Leidenschaft. Sind Sie gar nicht leidenschaftlich, Herbert?«

Klar, war ich leidenschaftlich. Als die Bayern bei einem Heimspiel verloren hatten, da hatte ich geweint.

»Denken Sie einfach an Ihre Freundin!« Mechthild klinkte sich ein.

Als sie »Freundin« sagte, formte sie mit beiden Zeige- und Mittelfingern diese blöden Gänsefüßchen. So, als würde sie mir das mit Anja nicht glauben.

»Genau!«, fügte Clemens hinzu. »Denken Sie sich, wie Ihre Freundin sich auf Sie verlässt. Sie gibt sich Ihnen ganz hin. Vertraut auf Sie. Sie nehmen das Ruder in die Hand. Sind ihr Fels in der Brandung. Voller Leidenschaft geleiten Sie Ihre Freundin durchs Leben. Sie verschmelzen ineinander. Jeder spürt, was der andere spürt. Die Bewegungen werden eins. Sie werden untrennbar bis in alle Ewigkeit. Das ist Tango!«

Du meine Güte, das war Leidenschaft. Für diese Ausführung gab es für ihn von seiner Mechthild einen Kuss auf die Wange. Ob er auch für einen Foxtrott solch eine Ansprache hatte?

Mechthild zog mich von meinem Stuhl, da sie mir den Valentino zeigen wollte. Vielleicht ein Bekannter von ihr, aus Italien? Falsch. Wie sich herausstellte, war es ein Zwischenschritt, der nicht schwierig war und mächtig etwas hermachte. Dabei ging ich einen Schritt zurück und beugte meinen Oberkörper nach vorne, während Mechthild sich von mir abwandte. Sah sehr dramatisch aus. Das Ganze natürlich mit absolut gerader Haltung, so, als hätte ich einen Stock im Arsch.

»Wie lange wollen wir eigentlich üben?«

»Ach, Sie werden jetzt nicht schlapp machen, oder?« Clemens stand auf und lockerte sein Bein.

»Ach woher«, log ich. Mir tat bereits alles weh. »Gibt es eigentlich heute Abend richtige Musik oder machen Sie das auch a cappella?«, fragte ich Clemens, der nicht auf meine Frage einging.

Stattdessen wies er uns an, das Ganze abermals durchzutanzen. Verdammt, Marseille und die Provence lagen mir zu Füßen und ich war hier gefangen. Ich Dödel habe Anja auch noch von meiner Tanzkarriere hier an Bord erzählt. Wetten, ich finde mich in ein paar Wochen in Schwabing in einem Tangokurs wieder? Anja war stets darauf bedacht, dass wir etwas gemeinsam machten. Das gab mir das Gefühl, dass sie gerne in meiner Nähe war. Dennoch, wir hatten unterschiedliche Auffassungen von »Etwas gemeinsam machen«. Weggehen, Frühstücken, zusammen einen Film ansehen, wunderbar. Aber Tanzkurs, Einkaufen, Spazieren gehen ... nicht mein Fall. Leider gehören zu einer Partnerschaft eben auch Kompromisse.

»Herbert, ich glaube, wir lassen es so. Können Sie sich die Schritte bis heute Abend merken?«

Ich guckte auf die Uhr.

»Na ja, heute Abend ist ja schon in drei Stunden. Haben wir wirklich den ganzen Tag mit Tanzen verbracht?«

»Ja, Herbert«, meinte Clemens freudig. »Beim Tango vergisst man die Zeit. Alles um einen herum verlangsamt sich.«

Für den war sicherlich Zeit seines Lebens der Tango das perfekte Vorspiel gewesen. Wir verabschiedeten uns voneinander. Die Frage von beiden, ob wir uns gleich beim Abendessen sehen würden, verneinte ich. Auf Carmen und Susanne hatte ich keinen Bock. Und das neureiche Klimpergesicht samt Anhang konnte mir auch gestohlen bleiben. Außerdem hatte ich keine Lust, die Geschichte mit Hans zu erzählen. *Hey, morgen sehe ich die alle nie wieder.*

# Valentino und aus

Auf meiner Kabine kümmerte ich mich zuerst um mein Erscheinungsbild. Mir stand eventuell eine absolute Katastrophe samt Blamage bevor. Da wollte ich wenigstens gut aussehen. Wobei, ich erkannte am heutigen Nachmittag, dass ich kein schlechter Tänzer war. Schließlich schaffte ich es in wenigen Stunden über den Grundschritt des Tangos hinaus.

Ich legte mir meine Garderobe für den Galaabend zurecht. Scheiße! Kein weißes Hemd mehr. Und mein Anzug war auch total verknittert. Kurzentschlossen warf ich mir schnell etwas über und suchte jemanden von der Animation. Ich dachte, dass ein solches Schiff sicherlich über einen Theaterfundus verfügen müsste. Oder zumindest über ein Bügeleisen. Wo findet man auf einem Schiff am ehesten jemanden von der Animation? Genau, am Pool.

Eine kleine hübsche Italienerin mit Minigolfschläger in der Hand kreuzte meinen Weg. Ich erklärte ihr kurz mein Dilemma. Kurzentschlossen nahm sie mich bei der Hand und ging mit mir auf Deck Fünf. Eigentlich durfte ich diesen Bereich nicht betreten. Hier waren die Unterkünfte der Besatzung und eben auch der Theaterfundus. Es wäre Unsinn gewesen, wenn sie mir jedes Teil auf meine Kabine gebracht hätte. Ich staunte nicht schlecht über die stattliche Auswahl an Klamotten. Schnell wurde ich fündig. Ich entschied mich für einen Smoking, ein weißes Hemd und einen Kummerbund. Wenn schon, dann richtig. Ich beteuerte meiner Retterin, dass ich die Sachen sicher wieder zu ihr bringen würde. Sie winkte ab, als ob es ihr egal wäre.

***

Vor lauter Aufregung konnte ich nicht einmal aufs Oberdeck, um wenigstens ein Stück Pizza zu essen. Das Schiff war schon wieder auf See und ich in meiner Kabine. Außerdem hatte ich zu große Bedenken, dass ich mir die Sachen vollsauen würde. Ich musste an Krügers denken, wie sie wahrscheinlich völlig relaxed beim Abendessen saßen, mit ihren Turnbeuteln an den Stuhllehnen.

Es war kurz vor 21 Uhr; ich schlenderte langsam los. Mein Magen drehte sich. Ich ärgerte mich, dass ich mich auf diese Sache eingelassen hatte. Noch mehr nervte es mich, dass ich überhaupt aufgeregt war. Warum nur? Mir war es meist egal, was andere über mich dachten. Vielleicht lagen mir die Krügers am Herzen. Sie hatten mich gebeten, ihnen zu helfen in dieser dummen Lage. Sie hätten auch den Yuppie fragen können. Nein, Frau Krüger wollte mich. Einen Mann mit Seele. Also hatte ich auch die Pflicht, mein Bestes zu geben.

Von Weitem entdeckte ich die beiden schon. Clemens band sich gerade seine Tanzschuhe zu. Warum nur?

»Ach Herbert, da sind Sie ja. Ich hatte schon die Befürchtung, Sie würden kneifen.«

»Versprochen ist versprochen. Sind ja eine Menge Leute hier!«, rief ich erstaunt.

»Tja, wenn es um Tango geht!«, Clemens lehnte sich entspannt in seinen Sessel.

»Warum haben Sie eigentlich Ihre Tanzschuhe an, Clemens? Geht es Ihnen wieder besser?«, wollte ich hoffnungsvoll wissen.

»Ach nein. Leider nicht. Das ist nur so eine Marotte von mir. Sobald meine Frau tanzt, muss auch ich die Schuhe anziehen.«

Matties und seine Holde waren auch vor Ort. Weil das nicht genügte, entdeckte ich weiter links Carmen und Susanne. Die Krügers hatten offensichtlich die Werbetrommel gerührt. Susanne wollte es sich bestimmt nicht entgehen lassen, zu beobachten, wie ich Mechthild über einen der Tische warf. Ich verurteilte diese Haltung nicht, sofern sie zutraf. Immerhin hatte ich ihr den wahrscheinlich peinlichsten Tanzmoment beschert.

Endlich dimmte sich das Licht; der Moderator betrat mit einem Mikro die Tanzfläche. Natürlich gingen sofort gefühlte hundert Handys in die Luft. Scheiß-Fotohandys!

Mechthild stellte sich neben mich und hing sich bei mir ein.

Clemens wünschte uns viel Spaß.

Glück oder Erfolg wäre mir lieber gewesen. Spaß sah bei mir anders aus. Anscheinend hatten die Krügers vergessen, dem Moderator zu verklickern, dass ich aushalf.

Der Typ sagte mich nämlich als Clemens Krüger an und dass ich mit Mechthild eine Tanzschule in Heilbronn betreiben würde.

Aus den abgedunkelten Reihen der Zuschauer hörte ich Mattis. »Hört, hört!«, rief der Arsch. Als ich ihn erblickte, winkte er mir zu.

In Gedanken grüßte ich anders zurück.

»Begrüßen Sie mit mir das Ehepaar Krüger mit einem der erotischsten Tänze aller Zeiten. Einem Tango! Applaus!« Der Moderator verschwand an den Rand der Tanzfläche.

Ich stolzierte mit Mechthild in die Mitte des Scheinwerferkegels, der geduldig auf uns wartete.

»Wird schon gut gehen«, versuchte Mechthild, mich zu beruhigen.

Ich hingegen hatte ein Problem damit, dass ich für all die Gäste hier auf dem Schiff mit Mechthild verheiratet war. Mein Blick schweifte durch die Zuschauer und ihre erwartungsvollen Gesichter. Ich blieb bei Mattis hängen, der lediglich darauf wartete, wie ich gnadenlos scheitern würde. Meine linke Hand schwitzte. Dennoch ergriff ich Mechthilds Hand und nahm Haltung an. Bestimmt sah ich gut aus in meinem Smoking. *Bitte, lieber Gott, lasse Anja niemals Bilder von diesem Abend sehen!*

Die Musik startete. Mechthild zählte für mich leise ein. Mit einem Finger ihrer Hand unter meinem Schulterblatt führte sie mich. Eins, zwei, Wiegeschritt ... Es lief. Ich blendete die Zuschauer aus und konzentrierte mich voll auf meine Tanzpartnerin und den Rhythmus. Schritt für Schritt fand ich in den Tango hinein; meine Beine bewegten sich wie von alleine nach dem Takt der Musik. Ich übernahm die Führung und konnte von Mechthild einen stolzen Blick erhaschen. Stolz fegte ich mit ihr von einer Ecke des Parketts zur anderen. Drehung, Valentino und weiter ging es. Ein paar Schritte und ... Aus! Das Licht ging an und der Applaus prasselte auf uns herab. Es war herrlich.

Einer klatschte nicht. Mattis. Neid und Missgunst waren auch eine ernstzunehmende Form der Anerkennung.

Somit war ich vollends zufrieden. Der Moderator forderte alle auf, es uns gleich zu tun.

Als die Musik wieder startete und Tanzpaare aufs Parkett kamen, brachte ich Mechthild zurück an ihren Tisch und zu ihrem Mann.

Der erwartete uns schon freudestrahlend. »Ich habe es gesehen!«, sagte er zu mir, als ich vor ihm stand.

»Na, das will ich schwer hoffen, Clemens.«

»Ach Herbert. Ich meine was ganz anderes. Ich habe es in Ihren Augen gesehen: das Feuer, die Hingabe.«

»Echt? Ich dachte, in meinen Augen seien nur Panik und Angst zu sehen!«

Die beiden lachten und bedankten sich recht herzlich bei mir für meine Hilfe.

Carmen und Susanne standen unerwartet hinter mir. »Da hat einer geübt, was?«, meinte Susanne mit schnippischem Unterton.

»Tango kann man nicht üben«, antwortete Clemens für mich. »Entweder man hat es oder eben nicht. Dieser junge Mann hier, der hat es. Ganz bestimmt.«

Clemens wandte sich an seine Frau, die sich mittlerweile zu ihm an den Tisch gesetzt hatte. Die beiden stießen mit einem Sekt an.

»Ich hätte wohl besser mit dir einen Tango getanzt, was?« Susanne ließ nicht locker. »Wie sieht es aus, wagen wir es noch mal zusammen?«

»Ach Susanne, lieber nicht. Wir wollen das Glück nicht herausfordern. Außerdem sollte man aufhören, wenn es am Schönsten ist.«

Meine Antwort schien ihr nicht zu gefallen. Sie schaute zu Carmen und zog einen Schmollmund.

Ich gab Mechthild einen flüchtigen Handkuss und verabschiedete mich standesgemäß von meinen Tanzlehrern.

»Gehst du schon?«, staunte Carmen.

»Ja, ich muss packen. Um 23.00 Uhr werden die Koffer vor der Kabinentür abgeholt. Euch einen schönen Abend. Schaut, da hinten der Mattis. Der wartet schon ganz ungeduldig, bis er von euch zum Tanzen aufgefordert wird. Wollt ihr ihm nicht den Gefallen tun?«

Die beiden machten sich schnurstracks zu dem Vollidioten auf. So, das war auch erledigt.

Ich verließ den Flamingo Saal und setzte mich in die Blue-Bayou-Bar. Einfach in Ruhe einen Absacker trinken. Außerdem sah ich einfach zu gut aus, um gleich wieder aus diesem Anzug zu schlüpfen. Ich kam mir vor wie Bogart, als ich an der Bar hockte und einen Cognac trank. Ich hasste Cognac. Wahrscheinlich war es ein Fehler, dem Barkeeper zu sagen: »Geben Sie mir einfach irgendwas!«

Mein Bauch knurrte wie irre. Ich hatte noch immer nichts im Magen. *Vielleicht sollte ich vor dem Packen auf dem Oberdeck noch einen Burger essen?* Der würde vielleicht den fiesen Geschmack des Cognacs vertreiben.

Ich leerte mein Glas und verließ die Bar. Auf dem Weg zum Fahrstuhl kam ich am Sushi-Restaurant vorbei. Der Koch und die zwei Bedienungen taten mir leid. Ich beobachtete durch die Glasscheibe der Eingangstüre, wie sie sich an einem der Tische langweilten. Fehlte noch, dass sie mit ihren Stäbchen Mikado spielten. Ich hielt kurz inne.

»Ich mache das jetzt!«, sprach ich entschlossen und stieß die Tür in eine neue Welt auf.

»Sayonara. Bekomme ich hier noch was zu essen? Ich sage es aber gleich: Ich habe nicht reserviert!«

»Kon'nichiwa!«, verbesserten die Drei im Chor.

Der Koch persönlich begrüßte mich mit Handschlag und ließ mir freie Platzwahl. Seine Augen leuchteten, als er mir die Speisekarte reichte. »Ist alles ganz frisch!«

»Na, das will ich meinen.« Ich klappte die Speisekarte wieder zu. »Wissen Sie was? Überraschen Sie mich!«

Mir war fast so, als hätte ich noch eine kleine Freudenträne entdeckt, als er sich beschwingt auf den Weg in seine Küche machte. Bei der Bedienung orderte ich ein großes Bier und nahm einen kräftigen Schluck. Immerhin musste ich mir noch ein wenig Mut antrinken.

Ich leerte mein Glas in einem Satz und bestellte nach. Mit dem zweiten Bier kam auch schon eine Auswahl bunter Röllchen, die auf den ersten Blick gar nicht so übel aussahen. Richtige kleine Kunstwerke. Ich nahm die Stäbchen in die rechte Hand und versuchte damit, eines der Röllchen aufzunehmen. Schnell wurde es mir zu dumm und ich spießte es einfach auf. Mutig zog ich das Teil durch eine der Soßen und steckte es mit geschlossenen Augen in meinen Mund. Vorsichtig kaute ich darauf herum.

»Hey! Gar nicht so schlecht.«

Ich stach mit meinem Stäbchen in ein zweites Röllchen und wurde mutiger. Grasgrün leuchtete mich eine Paste freudig an. *Bestimmt so etwas wie Guacamole*, dachte ich.

»Verdammt! Leck mich doch! Wasser!«

»Ist Wasabi. Ein bisschen scharf. Gut für die Verdauung!«, rief der Koch mir von hinten zu, als hätte er schon auf diesen Augenblick gewartet.

Der hatte gut reden: »Ein bisschen scharf.« Der war das Zeug ja von Kindesbeinen an gewöhnt. Dafür vertrug er bestimmt nicht unser bayerisches Bier. Pah!

Ich mied die grüne Pampe und konzentrierte mich auf den Rest meiner Auswahl. Erstaunlich, wie gut mir das schmeckte. Anja würde mich nicht wiedererkennen. Vielleicht war einfach meine Zeit gekommen, um neue Wege zu gehen.

***

Ich tauschte auf meiner Kabine den Smoking mit Jeans und T-Shirt und packte alles zusammen. Bis auf meine Sachen zum morgendlichen Waschen und frische Klamotten für die Heimreise. Schließlich wollte ich sauber und frisch von Bord gehen. Meinen Koffer stellte ich brav vor die Tür. An diesem letzten Abend war mir so gar nicht danach, mich so früh ins Bett zu legen. Es war ja nicht einmal Mitternacht.

Ich schnappte mir meinen Pullover und schlenderte aufs Sonnendeck. Bevor ich mir eine abgelegene Liege suchte, bewaffnete ich mich mit zwei Bier, da die Poolbar bald schloss. Wenn ich schon mal auf hoher See war, wollte ich wenigstens eine Nacht unter freiem Himmel verbringen. Einmal auf dieser Reise von der Sonne geweckt werden. Bei einer Innenkabine ja schier unmöglich. Hans hätte seine Freude gehabt. Der stand bestimmt wieder hinter der Theke und sorgte für Stimmung.

# Der Blitzmerker wird gebraucht

Nebelhorn! Dreimal! Ich schreckte hoch und stieß mit meinen Füßen die zwei leeren Biergläser vom Vorabend um. Mein Schlummertrunk hatte erstklassig gewirkt. Tja, manche brauchten eine Tablette oder Musik zum Einschlafen. Bei mir reichten zwei Bierchen. Als ich mich orientiert hatte und wusste, wo ich war, legte ich mich wieder zurück auf meine Liege. Ich hatte Zeit. Ein Blick auf meine Uhr verriet, dass es kurz vor sieben Uhr war. Ausgecheckt wurde erst in zweieinhalb Stunden.

Ich sah verträumt den Möwen zu, wie sie über mir kreisten. Bestimmt waren sie auf Futtersuche. Die hatten keine Sorgen. Breiteten ihre Flügel aus und legten sich auf den leichten Morgenwind, um sich treiben zu lassen. Ja, die Natur hatte ihre Reize. Viel zu selten widmete man der Schönheit, die uns geschenkt wurde, die gebotene Aufmerksamkeit, weil man ... Und schon hatte mich eines der verdammten Mistviecher angeschissen. Das war doch Absicht. Das brauchte mir keiner erzählen, dass das Zufall war! Mein Auto wurde von dem verdammten Federvieh ausnahmslos zugekleistert, wenn ich frisch aus der Waschanlage kam. Waren eigentlich Waffen an Bord? Auf diesen Dampfern gab es bestimmt Tontaubenschießen. Das wäre in diesem Moment etwas gewesen. Ich hätte laut geschrien: LOS! Die doppelläufige Schrotflinte im Anschlag. Dann hätte ich an der armen Tontaube vorbeigezielt und zack! »Sorry, mein Fehler!« Letztlich kam es im Leben auf eines an: Wer die größeren Haufen machte.

Ich zog meinen mit Vogelkacke versauten Pulli aus und warf ihn in den Mülleimer neben dem Pool. Ich hatte zwar nichts gegen Urlaubsandenken, aber dieses musste es nicht sein und der Pulli war alt. Im T-Shirt war es um diese Uhrzeit ein bisschen frisch, doch der Anblick, der sich mir bot, war es mir wert, an Deck zu bleiben. Vor uns lag der Hafen von Genua. Kräne bewegten sich, um Container zu verladen, Fischerboote kamen neben uns wieder zurück, um ihre Beute ein paar Stunden später hoffentlich gewinnbringend auf dem Markt an den Mann zu bringen. Und Möwen. *Bleibt bloß weg, ihr Viecher! Das ist mein Lieblingsshirt!*

Das Schiff drehte sich auf der Stelle und unter mir blubberte das Wasser wie wild, aufgescheucht von den Seitenstrahlrudern. Millimetergenau setzte der Kapitän den Koloss an die Hafenkante, bereit, vertäut zu werden. So schnell konnte eine Woche vergehen. Ich war kaum an Land, hatte so gut wie nichts gesehen und dennoch so viel erlebt. Meine Fresse! Nie wieder ein Urlaub ohne meine Anja. Vielleicht wäre es nicht so turbulent mit ihr gewesen, aber wahrscheinlich hätte ich mich erholt.

Während ich so den Hafenarbeitern bei ihrer Arbeit zusah, merkte ich, dass ich urlaubsreif war. Und hungrig.

Im Frühstücksraum saßen schon die Ersten mit ihrem Handgepäck. Und die Krügers mit ihren Turnsäckchen.

»Guten Morgen. Na? Wurde es spät gestern?«

»Ach Herbert, schön, dass wir Sie noch einmal treffen. Herzlichen Dank, dass Sie uns aus der misslichen Lage gerettet haben.« Mechthild drückte mich, bevor ich mich von den beiden verabschiedete und weiterging.

Ich hatte Hunger.

Fast wollte ich fragen, warum sie sogar beim Frühstück ihre Säckchen dabei hatten. Egal. Die vier anderen vom Tisch hatte ich an diesem Morgen nicht mehr gesehen und auch nicht vermisst.

Ich wollte nur eins: Heim zu meiner Anja. Von mir aus auch einen Tanzkurs belegen. Von diesem Abend musste ich ihr erzählen. Auch, wenn so ein Kurs die Konsequenz daraus sein könnte.

***

Ein letztes Mal hatte ich in der fensterlosen Kabine geduscht. Als ich das Badezimmer verließ, um mich abzutrocknen, musste ich an Hans denken. Wie er mich aufgezogen hatte wegen der Kabine. Sicherlich wäre es lustiger gewesen, den Spinner bei der Heimreise neben mir zu haben. Er hatte sich für seinen Weg entschieden. Und das war nicht meiner.

Auf dem Flur traf ich glücklicherweise auf Badrig, unseren Zimmerservice. Ich hatte doch den Smoking. Natürlich kümmerte er sich um das gute Stück und verdiente sich einen Fünfer dazu. Für mich war es Zeit, von Bord zu gehen. Ich löschte das Licht in der Kabine und drehte mich ein letztes Mal kurz für einen flüchtigen Blick um. Einen Blick in die Bleibe der letzten Woche. Ohne Licht sah ich ins Schwarze und musste lachen. Ich zog die Tür zu.

Mit meinem geschulterten Rucksack ging ich die Stufen der hafeneigenen Gangway hinunter, um in der Abfertigungshalle mein Gepäck entgegenzunehmen. Ein letzter Blick zu diesem weißen Riesen.

Der Kapitän stand auf der Brücke und schaute dabei zu, wie seine Gäste seine Lady verließen.

Ich winkte ihm und sah, dass er seine Kapitänsmütze auf dem Kopf hatte. Die hatte dem Hans auch gut gestanden.

Nach Farbe sortiert, standen die Koffer aufgereiht in einer Linie zur Abholung bereit und ich hatte meinen Trolley schnell zur Hand. Die gläserne Schiebetür öffnete sich mit einem sanften Zischen; ich verließ das Hafengebäude.

Das Leben auf den Straßen von Genua pulsierte bereits, die Autos schoben sich über den Asphalt. Ich haderte mit mir, ob ich ein Taxi zum Bahnhof nehmen oder den Weg zu Fuß zurücklegen sollte. Nein. Das Wetter war einfach zu schön, um ein Taxi zu nehmen. Also folgte ich dem Schild mit der Lokomotive drauf. Der Weg war mir die ersten paar hundert Meter bekannt. Immerhin war ich mit Hans vor gut einer Woche auf diesen Straßen unterwegs gewesen. Plötzlich vibrierte meine Hose. Ich parkte meinen Trolley neben mir und zog das Handy aus der linken Hosentasche.

»Hier ist Herbert mit dem Rohr am Ohr?«

»Na, du hast ja eine gute Laune!«

»Guten Morgen, meine große Liebe. Klar habe ich gute Laune. Bin erfolgreich von Bord gegangen und habe wieder Netz. Nun kann uns nichts mehr trennen.«

»Das sagst du. Wäre schon toll gewesen, wenn du mich gestern Abend angerufen hättest!«

»Du, dumme Geschichte. Das glaubst du mir nie. Ich hatte nämlich gestern ...«

»Danke, dass du dich so sehr dafür interessierst, wie es mir geht«, fiel sie mir ins Wort.

Verdammt! Wie unaufmerksam von mir.

»Das wollte ich gleich als Nächstes fragen. Wie geht es dir? Was hat der Arzt gesagt?«

»Ja, der Arzt hat die Ursache gefunden. Ich weiß jetzt, warum ich spucken musste!«

»Virus, oder? Du, das ging bei uns im Finanzamt auch total rum, als ich in Urlaub ging. Ich hatte mich schon gewundert, warum ich mich nicht angesteckt hatte. Du weißt ja, dass ich bei solchen Dingen gleich dreimal *HIER* schreie!«

Anja setzte erneut an, um weiter zu erzählen. Keine Chance. Ich hatte mich so gefreut, bald wieder nach Hause zu kommen, dass es nur so aus mir heraussprudelte.

»Vielleicht habe ich den Virus an dich weitergegeben und wurde verschont?«, beendete ich meine Theorie.

Anja ließ eine kurze Pause, bevor sie weiterredete.

»Nein, Herbert. Kein Virus. Eher so was wie Pollenflug!«

»Eine Allergie?«

»Ich sag mal so, uns geht's gut.«

Ich hatte keinen Schimmer, was sie da von sich gab.

»Klar geht's uns gut. Ich stehe hier in der warmen Morgensonne und du hast mich bald wieder. Da kann es uns beiden nur gut gehen.«

»Herbert, ich rede überhaupt nicht von dir. Ich sagte nur, *uns* geht's gut!«

»Hast du Besuch?«

»Du bist wirklich schwer von Begriff. UNS GEHT ES GUT!«

Ich hielt inne. Schaute die Menschen an, die an mir vorbeigingen. Drehte mich um, blickte zum Himmel, während sich meine Gehirnzellen einen Wolf schrubbten. Ich hasste solche Rätsel. MOMENT!

»Sag mal, soll das heißen, du bist ...«

»Blitzmerker!«

»Aber, das, das ... ist ja ...«

»Freust du dich oder kriegst du jetzt einen Nervenzusammenbruch?«

»Natürlich freue ich ... also du bist ... ich meine, wer sagt dir so etwas?«

»Mein Arzt und die Pharmaindustrie.«

»Und er ist sich ganz sicher?«

»Nein. Er hat geraten und gesagt, schauen wir mal in ein paar Monaten.«

»Verarsch mich nicht!«

»Jetzt komm heim. Du wirst hier nämlich gebraucht!«

»Okay, mach ich. Heute Abend bin ich da. Ich melde mich von unterwegs.«

»Wenn es einen Sendemasten gibt.«

Ich legte auf.

»Ich werde Vater!«, rief ich einem vorbeigehenden Pärchen zu.

»Grazie!«, sagten die.

Ich nahm meinen Rucksack von der Schulter, um das Handy im vorderen Fach zu verstauen. Meine Hosentasche war einfach zu eng für das Ding. Ich setzte den Rucksack ab und öffnete den Reißverschluss. Dabei fiel der Autoschlüssel vom Volvo auf den Gehsteig. Ich verstaute mein Telefon und griff nach dem Schlüssel.

Was, wenn Hans nicht recht gehabt hatte. Die paar Meter waren es wert. Ich packte meinen Trolley und marschierte weiter. Hinein in die zweite Seitenstraße. Ja, ich erinnerte mich. An der nächsten Ecke nach links, danach wieder rechts. Meine Schritte wurden schneller, mein Trolley ratterte. Ich kam um das letzte Eck, ging ein paar Meter, bis sich die leichte Linksbiegung der Straße begradigte. Da sah ich ihn, in seiner vollen Pracht: Hans' Volvo. Mit vier Reifen, Nummernschildern mit abgelaufenem TÜV und verschlossenen Fenstern.

»Tja, Hans. Da hast du die Rechnung ohne die hiesigen Landsleute gemacht. Anscheinend wollte niemand dein Auto«, sprach ich zu mir selbst.

Ich öffnete den Kofferraum, verstaute mein Gepäck darin und setzte mich hinter das Lenkrad. Ich richtete mir den Sitz und stellte mir die Spiegel ein. In dem mittleren Rückspiegel sah ich mich kurz an. »Papa«, sagte ich und steckte danach den Schlüssel ins Zündschloss. Ich drehte ihn in die erste Stellung. Die Lämpchen am Armaturenbrett leuchteten. Ich startete. Ohne zu murren, sprang er an. Ein altes Auto, aber ein verlässliches. Ich schmiss das Radio an und suchte einen Sender, der meine Laune unterstrich. Wie an einem Tresor fummelte ich den Senderknopf abwechselnd ein wenig nach links und nach rechts. Ich drehte lauter. Im Radio war Adriano Celentano zu hören. AZZURRO! Ein Klischee, doch in diesem Moment unheimlich passend.

Ich löste die Handbremse, machte das Radio lauter und kurbelte die beiden vorderen Fenster runter. Los ging es. Auf nach Hause. Nach Deutschland, nach München, nach Schwabing. In den zweiten Stock ohne Aufzug zu meiner Anja. Falsch!

Zu meiner Familie.

***

Lesen Sie auch von diesem Autor:

*Ich bin Single, Kalimera*
Roman, 209 Seiten

Sommer, Sonne, Strand, Meer.
Wie man sich als Single in einem Familienhotel durchschlägt.
Wie man die beste Liege am Pool sichert.
Warum es sinnvoll ist, beim Baden im Meer Schuhe anzuziehen.

Herbert ist Spießer aus Überzeugung, Mitte dreißig, Bayer. Wie jedes Jahr reist Herbert im Urlaub in den Süden. Dieser Herausforderung stellt er sich, ausgerüstet mit einer gesunden Portion Selbstbewusstsein und Durchhaltevermögen. Denn Herbert weiß aus Erfahrung, dass Urlaub auch anstrengend sein kann – erst recht dann, wenn man alleine reist.

Ob Herbert seinen Urlaub auch als Single beendet?

Ein Roman, auch für Männer.

Lesen Sie auch von diesem Autor:

*Wie Champagner*
Roman, 271 Seiten

Goodbye, Singleleben.

Am Ende seines Urlaubs auf Rhodos hat Herbert seine Jugendliebe Anja wiedergetroffen. Nach einer halben Ewigkeit. Nun schwebt er im siebten Himmel, denn es ist nicht bei diesem einen zufälligen Wiedersehen geblieben. Schon bald beziehen die beiden mitten in Schwabing eine gemeinsame Wohnung. Herberts neues Leben wäre perfekt, wäre da nicht Anjas Exmann, der sich stur weigert, einzusehen, dass er Anja für immer verloren hat. Auch Anjas Eltern missfällt die Wahl ihrer Tochter. Herberts bester Kumpel Hans ist in Beziehungsfragen keine große Hilfe. Der ist seit Kurzem wieder solo, deshalb würde er am liebsten gemeinsam mit Herbert jeden Abend um die Häuser ziehen. Das junge Glück steht auf wackligen Beinen. Kämpft Herbert doch nicht zuletzt auch gegen so manch eine seiner eigenen, liebgewonnenen Gewohnheiten.

Ein Roman auch für Männer.

Nach »Ich bin Single, Kalimera« der zweite Roman von Friedrich Kalpenstein.

41845824R00169

Printed in Poland
by Amazon Fulfillment
Poland Sp. z o.o., Wrocław